Retrouvailles à Brasilia

*

Ce bonheur à t'offrir

LUANA DAROSA

# Retrouvailles à Brasilia

*Traduction française de*
MARIE CHÉNÉ

BLANCHE

HARLEQUIN

*Collection :* Blanche

*Titre original :*
FALLING AGAIN FOR THE BRAZILIAN DOC



**HARPERCOLLINS FRANCE**
83-85, boulevard Vincent-Auriol, 75646 PARIS CEDEX 13
Service Lectrices — Tél. : 01 45 82 47 47 - www.harlequin.fr
ISBN 978-2-2804-8850-1 — ISSN 0223-5056

Composé et édité par HarperCollins France.
Imprimé en mai 2023 par CPI Black Print (Barcelone)
en utilisant 100% d'électricité renouvelable.
Dépôt légal : juin 2023.

FSC www.fsc.org MIXTE Papier issu de sources responsables FSC® C159065

Pour limiter l'empreinte environnementale de ses livres, HarperCollins France s'engage à n'utiliser que du papier fabriqué à partir de bois provenant de forêts gérées durablement et de manière responsable.

# 1.

Yara remua sur sa chaise et attrapa le verre d'eau devant elle, pour le reposer aussitôt.

Mieux valait éviter les objets fragiles pour le moment !

Elle avait éprouvé une sensation étrange en franchissant la porte de l'hôpital. Comme une matière en fusion qui lui remplissait le ventre et les poumons et qui altérait le rythme de sa respiration. Il lui avait fallu un moment pour l'identifier : elle avait le trac. Cela faisait une éternité que ça ne lui était pas arrivé, mais elle était nerveuse.

Qu'est-ce qu'il lui prenait ?

Salvador, bien sûr. Salvador Martins.

Au souvenir de cet homme qu'elle n'avait pas revu depuis trente ans, son cœur battait de nouveau à tout rompre !

Elle avait appris par le plus grand des hasards qu'il travaillait au centre médical Juliana Amala, l'établissement qui l'avait appelée en renfort sur un cas difficile. Ils avaient été inséparables par le passé. Elle ne savait même pas à quoi il ressemblait désormais, ni ce qu'avait été sa vie depuis qu'elle avait quitté Brasilia.

Depuis son diplôme, elle s'était fait un nom en tant que chirurgienne de haut niveau, mais elle était surtout connue comme diagnosticienne. C'est vers elle que l'on se tournait lorsqu'un cas donnait du fil à retordre aux autres médecins, et c'est précisément pour cela qu'elle se trouvait aujourd'hui au centre Juliana Amala.

Elle n'aurait pas dû être nerveuse. Elle ne l'aurait pas été sans les sentiments enfouis que le souvenir de Salvador faisait remonter des zones les plus obscures de sa mémoire.

Avait-il compris que c'était elle qui venait les aider pour le diagnostic ? Cela le rendait-il aussi nerveux qu'elle ?

Vu les circonstances de son départ, elle en doutait.

Lorsqu'elle était partie pour la faculté de médecine de Porto Alegre, à presque deux mille kilomètres au sud de Brasilia, sa ville natale, leur amitié d'enfants avait eu le temps d'évoluer en sentiments plus profonds. Pendant son adolescence, ses parents lui reprochaient ses fréquentations, et tout particulièrement sa proximité avec Salvador Martins. Leur fille aînée devait épouser un garçon de bonne famille, qui ferait honneur aux Lopes. Quelqu'un comme Lawrence Silvia, le fils d'amis de la famille…

Son ex-mari, dont elle était divorcée depuis un an.

Quand ils avaient compris qu'elle ne se laisserait pas si facilement séparer de Salvador, ses parents étaient passés à la vitesse supérieure et avaient mis dans la balance la chose qui comptait le plus à ses yeux : ses études de médecine. Sans leur soutien financier, elle aurait dû renoncer à son rêve de devenir médecin et à l'espoir de faire leur fierté.

Pourtant, à peine avait-elle quitté le foyer familial qu'ils s'étaient totalement désintéressés de ce qu'il se passait dans sa vie. Leur seule motivation avait-elle été de se vanter auprès de leurs amis ?

Quand sa sœur Bianca avait été en âge de se choisir un avenir, ils n'étaient plus du tout obnubilés par le statut social. Ou peut-être étaient-ils plus souples avec elle parce que sa naissance n'avait pas été prévue ?

Cela n'avait plus d'importance, de toute façon.

La porte s'ouvrit sur le médecin chef de l'hôpital, avec lequel elle avait eu plusieurs entretiens vidéo. Calant un ordinateur portable sous son bras gauche, il lui tendit la main.

— Bonjour, docteur Sakamoto, dit-elle en se levant pour lui serrer la main, c'est un plaisir de vous rencontrer en personne.

— De même, docteur Silvia, répondit-il avec chaleur. Je suis très heureux de vous compter parmi nous. L'équipe et moi-même avons hâte d'attaquer le travail.

Il lui remit l'ordinateur et poursuivit :

— Vous trouverez là-dedans le dossier complet de M. Orlay, ses résultats d'examens, ses IRM. L'équipe est en stand-by. Si vous avez des questions, contactez n'importe lequel d'entre nous. Cette petite salle de conférences sera votre bureau le temps de votre séjour.

Elle le remercia en souriant.

Avec un peu de chance, elle passerait plus de temps à confronter les points de vue avec ses confrères qu'enfermée entre ces quatre murs.

Sa mission précédente avait pris fin deux jours plus tôt à Singapour, ce qui lui avait laissé le choix, pendant le trajet en avion, entre dormir ou compulser les documents concernant le patient. Elle avait demandé des mises à jour quotidiennes sur l'état du patient en préparation de sa venue à Brasilia. Comment aurait-elle pu trouver le sommeil avant d'avoir tout lu ?

M. Orlay était entré à l'hôpital pour une opération cardiaque dont il ne s'était jamais complètement remis. D'après le dossier envoyé par le Dr Sakamoto, l'équipe l'avait soumis à divers examens neurologiques qui avaient donné des résultats contradictoires.

— J'aimerais rencontrer le patient avant de prendre connaissance des dernières informations sur son cas. J'ai besoin de l'ausculter moi-même pour identifier les potentielles erreurs d'interprétation.

Cela suscitait généralement de la réticence de la part des médecins avec lesquels elle collaborait. Personne n'aime qu'une personne extérieure à l'équipe envahisse son domaine pour lui dire que des étapes de son diagnostic posent problème. Même si c'est précisément pour cela qu'elle était là.

Le Dr Sakamoto la guida sans faire de commentaire vers le couloir et s'arrêta devant une porte.

— Nous vous avons installée ici pour être juste à côté de la chambre du patient.

Ils étaient dans une zone un peu à l'écart de l'aile de médecine générale. Le blanc cassé des murs et du sol avait un effet apaisant, et l'absence de traces d'usure donnait une idée de l'âge du bâtiment. Pas plus de cinq ans, à vue d'œil. Ou alors ils avaient fait des travaux de rénovation rien que pour l'impressionner.

D'ailleurs, impressionnée, elle l'était. C'était un des plus beaux hôpitaux qu'elle ait jamais vus, l'espace semblait conçu pour laisser entrer la lumière et inciter les patients à se concentrer sur leur convalescence.

Le médecin chef frappa à la porte et l'ouvrit pratiquement sans attendre.

Un homme d'une soixantaine d'années était allongé dans le lit. À en juger par les poches sous ses yeux et son teint livide, la mystérieuse maladie ne le ménageait pas.

— *Bom dia, senhor.* Je suis le Dr Silvia, je viens prêter main-forte à l'équipe et m'occuper de votre cas. Puis-je vous examiner ?

— *Sim*, répondit le patient, d'une voix rocailleuse, probablement due à l'assistance respiratoire sous laquelle il avait été placé suite à l'opération.

Elle appliqua son stéthoscope sur le torse du patient.

Malgré des signes respiratoires faibles, il parvenait à respirer par lui-même, du moins pour le moment. Mais d'après ce qu'elle avait lu sur son cas, la faiblesse généralisée dont il souffrait depuis l'opération allait en s'aggravant.

Elle écouta ensuite son cœur.

La nouvelle valve faisait circuler suffisamment de sang pour le maintenir en vie mais il n'avait pas assez d'énergie pour les exercices de kiné postopératoire.

Fallait-il attribuer son état à quelque chose qui se serait passé depuis l'opération ? Une prophylaxie inadaptée ? Ou alors s'agissait-il d'une maladie inconnue résistante à tout traitement et qui s'aggravait d'heure en heure ? Cela avait-il un lien avec la valve cardiaque défectueuse pour laquelle il avait été opéré ?

Elle allait vérifier son traitement et arrêter tout ce qui ne serait pas justifié par l'auscultation. Elle testa ses réflexes pupillaires à l'aide d'une petite lampe-stylo.

Ils étaient normaux. Au moins, il n'avait aucun signe d'atteinte neurologique.

— Merci, monsieur Orlay. Je compte bien avoir le fin mot de l'histoire. Je reviens vous voir au plus vite pour discuter de la prochaine étape.

Elle se sentait déjà mieux. Depuis que le médecin chef était venu l'accueillir avec les dernières données sur le cas, elle avait repris la main sur les événements. Poser un diagnostic, c'était de cela qu'elle devait se préoccuper. Pas d'un lointain amour d'adolescence et de retrouvailles hypothétiques. Avec un patient en situation critique, elle n'aurait pas le loisir de retrouver le fil d'une relation interrompue. Elle devait se concentrer, résoudre ce mystère médical, puis elle repartirait de nouveau de sa ville natale.

Peut-être accordait-elle trop d'importance à tout cela. Voilà trois décennies qu'elle n'avait pas vu Salvador. Elle n'avait pas essayé de reprendre contact, et lui non plus. Peut-être ne souhaitait-il pas la revoir ? Peut-être se retrouveraient-ils simplement autour du cas médical et rien de plus ?

Ce serait probablement pour le mieux.

Salvador repoussa avec un soupir les scanners de Henrique Orlay, un patient qui souffrait d'incompréhensibles effets secondaires postopératoires.

Cela faisait quatre jours qu'il examinait les clichés à la loupe, littéralement à la loupe, qu'il les retournait dans tous les sens pour trouver comment aider cet homme qui luttait pour sa vie sans que personne ne sache pourquoi.

La situation avait empiré au point que le médecin chef, le Dr Sakamoto, avait fait appel à un spécialiste-vedette. Cela avait froissé l'orgueil de certains des collègues qui travaillaient avec lui sur le cas, mais il s'en souciait comme d'une guigne. Sa seule ambition était de faire du bon travail.

Il suivait le patient depuis le début, il était le radiologue le plus impliqué. D'autres membres de l'équipe pouvaient effectuer les examens, mais personne ne les avait autant étudiés dans le détail que lui. Si quelqu'un devait remarquer une anomalie, ce serait lui.

Son téléphone lui rappela qu'il devait faire une IRM de contraste actualisée à la demande du Dr Sakamoto.

En arrivant dans la chambre du patient, la porte était entrebâillée, et il remarqua le médecin chef accompagné d'une femme qui devait être la spécialiste appelée en renfort sur le cas. Il resta sur le seuil, le regard aimanté par la silhouette féminine.

Sa tenue n'avait rien de particulier, un chemisier bleu foncé et une jupe droite, mais il suivit des yeux la courbe gracieuse de son cou lorsqu'elle se pencha pour écouter les battements de cœur du patient. Quelques mèches de cheveux bruns s'échappaient de son chignon.

Elle pinça les lèvres.

L'auscultation ne se passait-elle pas comme elle le souhaitait, ou s'agissait-il d'autre chose ?

Il ne pouvait détacher les yeux d'elle.

Comment s'appelait-elle, déjà ?

Son nom lui avait été communiqué quelques jours auparavant en même temps que l'annonce de sa venue, comme à toute l'équipe. Mais si son nom de famille ne lui revenait pas, il portait son prénom gravé dans un endroit secret de son cœur.

*Yara.*

Même après toutes ces années, le souvenir de l'amoureuse de son adolescence était chargé de mélancolie, comme s'il ne s'était jamais totalement remis depuis qu'elle lui avait fait ses adieux et avait quitté la ville sans le prévenir que c'était pour toujours. L'incompréhension, la souffrance s'étaient apaisées depuis trente ans qu'il ne l'avait pas vue, mais cela avait laissé des traces en lui. Le sentiment de trahison lui avait appris à ne plus jamais baisser la garde avec quiconque. Peu importait à quel point il avait *l'impression* de connaître quelqu'un, il se souvenait toujours que les gens peuvent changer. Qu'ils font ce qui est bon pour *eux*, pas pour les autres.

C'était ce que Yara avait fait avec lui. Au fond, il lui en était reconnaissant. Sans cela, il n'aurait jamais cessé de croire que la vie lui réservait mieux que ce qu'il avait. Grâce à elle, il ne s'était pas trop investi dans ses relations sentimentales, il n'avait laissé personne s'attacher à lui.

Edinho, sa dernière relation, avait bien fait chanceler les remparts qu'il avait érigés autour de son cœur, mais il avait capitulé devant le défi ultime : l'amour qu'il avait pour Felix, son neveu qu'il avait récemment accueilli chez lui. Assurer à Felix une vie en sécurité, sans dangers, telle était désormais sa mission, son but dans l'existence.

— Ah, docteur Martins ! Merci de nous rejoindre, je vais pouvoir vous présenter au Dr Silvia.

À sa grande surprise, la femme qui lui tournait le dos se raidit, comme prise de court.

Ne s'attendait-elle pas à rencontrer les médecins de l'équipe ?

Comme le Dr Silvia esquissait un mouvement pour se retourner, il s'avança vers elle, la main tendue.

— Ravi de faire votre connaissance, docteur Silvia. Je suis Salvador Martins, radiologue, je vais travailler avec vous sur le cas de M. Orlay…

Mais quand elle lui fit face pour de bon, il s'arrêta brusquement, sous l'effet d'un sentiment familier. Le sentiment d'une proximité, d'une connexion profonde qui se remettait en place, de manière évidente et avec une puissance à couper le souffle.

Elle le regarda de ses grands yeux bruns, explorant son corps avant de revenir à son visage.

Ce sentiment… Il devait se tromper. Comment serait-ce possible ?

— Yara ?

Il se força à poser la question, espérant se tromper… Ou avoir raison. Il était pris dans un tel tourbillon d'émotions qu'il ne savait plus ce qu'il souhaitait.

La femme qui lui faisait face acquiesça d'un signe de la tête, comme si elle comprenait qu'il avait besoin d'une confirmation : c'était bien elle.

— Bonjour, Salvador, dit-elle d'un ton indéchiffrable.

— Vous vous connaissez ? demanda le médecin chef d'un ton réprobateur, comme s'il leur reprochait de ne pas l'avoir prévenu.

— Je ne savais pas que tu étais le Dr Silvia, tu as changé de nom, répondit-il, luttant contre son cerveau embrouillé.

Elle eut brièvement l'air peinée.

— C'est ce qu'on fait quand on se marie.

— Mais toi, tu avais dit que tu ne le ferais pas, répondit-il du tac au tac, avant de prendre conscience que la conversation à laquelle il faisait allusion remontait à leur adolescence.

Yara avait fait preuve d'une conviction à toute épreuve, son nom de famille comptait beaucoup pour elle. C'était étonnant qu'elle ait changé d'avis. Mais en quoi ces propos de l'époque pourraient-ils avoir le moindre poids à présent ? La femme qui se tenait devant lui n'était pas la jeune fille qu'il avait connue.

Il allait devoir s'en souvenir.

Yara ouvrit la bouche pour une réponse qui ne vint pas.

Depuis qu'elle avait posé les yeux sur Salvador, son cerveau s'était vidé. Cela faisait des dizaines d'années qu'elle imaginait ce moment, mais jamais elle n'aurait cru qu'il lui lancerait précisément ces mots-là, sans avoir conscience qu'ils touchaient un point très sensible.

Qu'était-elle censée répondre ? Que ses parents l'avaient poussée à épouser un autre homme ? Un homme qui avait enlevé tout sens au nom de Yara Lopes, au point qu'elle doutait que cette femme existe encore. Si c'était elle que Salvador pensait revoir, mieux valait qu'il le sache tout de suite, cette Yara-là n'existait plus.

Personne n'était au courant de leur divorce, ni de la manière dont cet homme l'avait détruite. Elle ne briserait certainement pas le silence pour Salvador. Elle lui devait beaucoup, mais il n'avait aucun droit sur cette partie de son histoire. C'était à cause de ce qu'il s'était passé avec Lawrence qu'elle avait évité de rentrer au Brésil et choisi de faire carrière à l'étranger. Personne ne s'étonnait qu'elle ne passe pas plus d'une semaine au même endroit, ses secrets étaient bien gardés.

Comment avouer que ses parents avaient fait pression sur elle et qu'elle n'avait pas lutté pour Salvador, l'homme avec qui elle pensait à l'époque passer sa vie ? Elle l'avait abandonné en échange de ses études à l'université de Rio Grande do Sul.

— J'ai grandi à Brasilia, expliqua-t-elle au Dr Sakamoto qui les dévisageait d'un air suspicieux. On est allés à l'école ensemble.

Rasséréné, le médecin chef se tourna vers Salvador.

— Ah ! Dans ce cas, vous voudrez bien faire visiter l'établissement à votre vieille amie et la présenter à l'équipe ?

Salvador accepta d'un hochement de tête tellement raide qu'il en était presque insultant, et le Dr Sakamoto quitta les lieux sans voir la tension entre eux – ou en décidant de l'ignorer.

Elle aurait voulu dire tellement de choses à Salvador ! Mais rien ne sortait. Le silence n'était plus interrompu que par les bruits des machines qui surveillaient leur patient.

Comment s'excusait-on d'avoir laissé tomber son petit ami trente ans après les faits ?

Changer d'air serait une première étape.

— On pourrait sortir discuter un moment ?

Salvador l'observa une seconde et se tourna vers le patient.

— Henrique, j'ai bien peur de devoir de nouveau vous emmener faire un tour en radiologie. Ceci vous rappelle quelque chose ? demanda-t-il en enfilant des gants et en lui montrant une seringue emplie de liquide opaque.

Henrique Orlay eut un soupir éloquent. Il avait manifestement été observé sous toutes les coutures et piqué de toutes parts pour tenter d'identifier son mystérieux problème. Yara espérait ne pas devoir le soumettre à trop d'examens complémentaires avant de comprendre.

Salvador avait lui aussi perçu le désarroi de son patient, car il tira un tabouret pour s'installer à son chevet.

— J'ai de bonnes nouvelles pour vous. On a fait venir une médecin du tonnerre pour vous soigner. Si quelqu'un est capable de comprendre ce qu'il se passe, c'est elle. Il va juste falloir être encore un peu patient. Je vais vous injecter le produit de contraste, puis on vous descendra à l'IRM. Je vous y retrouve dans quelques instants.

Cela redonna-t-il vraiment des couleurs au patient ? Il sourit en tout cas malgré son état d'épuisement.

Cela réchauffa le cœur de Yara, et la chaleur irradia bientôt dans son corps tout entier.

Le temps n'avait pas altéré la douceur de Salvador !

Il avait toujours été attentionné, avec un œil pour les personnes fragiles et une détermination sans faille à les aider. Elle admirait ce trait de caractère, qui lui avait donné envie par le passé de donner le meilleur d'elle-même.

Elle sortit de sa torpeur lorsqu'il passa sans un regard devant elle pour aller programmer l'IRM de M. Orlay au secrétariat des infirmières.

— Salvador…

Il se tourna vers elle, le regard lourd d'une souffrance à laquelle elle ne s'attendait pas.

— Je ne peux pas parler maintenant, Yara, et je ne suis même pas sûr de le vouloir, répondit-il quand l'infirmière se fut éloignée, les laissant seuls.

Avec des dizaines d'années de retard, des excuses auraient sonné creux et été insultantes.

— Juste rapidement. Pour le meilleur ou pour le pire, nous allons travailler ensemble dans les jours à venir. Je voudrais simplement… assainir l'atmosphère. Ce que je pourrai dire ne changera rien, mais donne-moi au moins une chance de t'expliquer.

Salvador croisa les bras sur son torse, les mâchoires serrées, tandis qu'il cherchait ses mots.

Elle sentit son estomac se nouer.

Ce n'était pas comme cela qu'elle s'était imaginé la scène. Bien sûr, elle se doutait qu'il serait en colère. Il avait tous les droits de l'être. Mais connaissant son bon fond, elle avait pensé qu'il la laisserait s'exprimer. Si, pour finir, il décidait que la blessure était trop profonde, elle l'accepterait. Cela ne changerait rien à leur collaboration professionnelle…

Pourtant, elle avait une profonde envie de se réconcilier avec lui. Leur amitié avait énormément compté pour elle, et sans la pression de ses parents, leur histoire sentimentale aurait pu s'épanouir.

— Non, Yara, je ne peux pas m'occuper de ça maintenant, répondit-il, lui déchirant le cœur.

La déception l'envahit, noyant l'étincelle d'espoir qu'elle avait entretenue pendant son voyage. Elle suivit son regard : quelqu'un de l'équipe emmenait M. Orlay passer son IRM.

— On n'est pas obligés d'en faire une affaire, insista-t-elle. Un café entre deux patients, c'est très bien. On va travailler ensemble sur ce cas. Quoi qu'on ressente l'un et l'autre, j'ai juste besoin de savoir qu'il n'y aura pas de problèmes.

Elle dirigerait l'équipe, après tout, et il y avait du vrai dans son raisonnement. Une relation tendue entre eux ne serait pas bénéfique pour leur patient.

— Donne-moi une minute de ton temps, Salvador, implora-t-elle lorsque son regard revint sur elle.

— On m'attend pour l'IRM, répondit-il, la mâchoire crispée.

# 2.

La sérénité que Salvador retrouvait d'habitude à l'hôpital était réduite à néant, et il savait précisément qui en était responsable.

Le service était souvent survolté et surchargé de travail, mais c'était l'endroit où il se sentait en pleine possession de ses moyens et en paix avec lui-même. Ici, en travaillant avec une équipe médicale aussi passionnée et dévouée que lui, il était maître de son destin. C'est ici qu'il pouvait faire le plus de bien, ici et en s'occupant de son neveu, en lui offrant la vie qu'il méritait. Lui, il s'était fait tout seul, suite aux choix de vie désastreux de ses parents, qui avaient même entraîné son frère Felipe à leur suite. Lui-même s'étonnait encore de s'en être sorti sans plus de dégâts.

*Yara.*

Les souvenirs surgissaient malgré lui à son esprit.

Elle l'invitait souvent chez elle après l'école, et elle lui proposait de rester si elle sentait que quelque chose ne tournait pas rond : lorsque ses parents se déchiraient à propos de l'argent, des dettes, leur agressivité débordait souvent sur leurs enfants.

Yara ne demandait jamais d'explication, elle l'accueillait simplement dans sa maison et dans son cœur sans le juger, contrairement à d'autres personnes de son milieu social. Et puis, elle l'avait quitté sans un mot.

Il avait passé des années à se demander pourquoi, le cœur brisé, incapable de dépasser la souffrance.

Leur histoire sentimentale venait à peine de commencer lorsqu'elle était partie suivre ses études de médecine, mais la colère et la douleur l'avaient empêché de vivre quoi que ce soit de sérieux depuis. Ne pas revenir sur ce qu'il avait traversé quand Yara était partie rendait la vie moins compliquée et douloureuse.

Pourtant, malgré la rage qui bouillonnait encore, il reconnaissait qu'elle lui avait sauvé la vie, ce dont elle ne se doutait même pas. Il s'était senti à l'abri chez elle, il y avait trouvé la distance nécessaire pour ne pas reproduire les comportements de ses parents. Il lui était plus reconnaissant qu'il ne voulait le reconnaître, et jamais il ne pourrait lui rendre ce qu'elle lui avait donné… Mais s'il lui venait un souvenir lié à elle, c'était de la douleur qu'il ressentait.

À moins que la brûlure ne soit due à autre chose ? Les dernières braises de leur histoire d'amour naissante ?

Non, c'était impossible ! Leur attirance pointait à peine quand Yara était partie pour Porto Alegre. Les baisers qu'ils avaient échangés se comptaient sur les doigts d'une main !

Oui, mais ces quelques précieux instants avaient suffi pour lui faire entrevoir un avenir enchanteur.

Il repoussa ces pensées tandis qu'un jeune radiologue entrait dans la pièce, une tablette à la main.

— Voici les scanners, docteur Martins.

Il le remercia d'un hochement de tête, les consulta rapidement puis glissa la tablette sous son bras.

Après l'examen de M. Orlay, il avait reçu deux demandes supplémentaires à propos de cas complexes. Les résultats de l'un d'entre eux venaient de lui être transmis. Les symptômes du patient n'étaient pas cohérents, et le médecin lui avait demandé son assistance. Mais quand il se renseigna, le Dr Douglas ne pouvait le rejoindre que dans l'après-midi, après un cours qu'il donnait.

Il consulta sa montre.

Il aurait préféré être trop occupé pour pouvoir voir rapidement Yara comme elle le lui avait proposé. Elle voulait revenir sur ce qu'il s'était passé entre eux toutes ces années auparavant ? Lui, il avait depuis longtemps perdu tout espoir d'avoir cette conversation. Il avait dû accepter de ne pas comprendre pourquoi elle était partie et d'ignorer ce qu'il se serait passé si elle était restée.

Auraient-ils été heureux ? Il se connaissait si peu à l'époque ! Il n'avait pris conscience que bien plus tard qu'il était attiré à la fois par les hommes et par les femmes. Aurait-il pu explorer son orientation sexuelle s'il s'était lié pour toujours à une femme, et si jeune ?

Une autre des excuses qu'il se trouvait, c'était qu'il ne se croyait pas capable de faire le bonheur de Yara, elle qui avait eu une enfance toute d'opulence et de stabilité, alors que sa vie à lui était pleine de chaos, de conflits, de ce que la pauvreté et le crime font à l'existence. Il n'avait pas oublié les regards et les murmures qui les suivaient lorsqu'ils sortaient dans son quartier, lui qui n'était pas digne de la toucher comme il l'aurait voulu.

Mais Yara avait raison, ils devaient faire équipe pour prendre soin de ce patient. Être tendu ou distrait ne pouvait que conduire à des erreurs.

Il se dirigea vers l'aile de médecine générale où se trouvait le bureau de Yara. Sur un coup de tête, il attrapa deux petits paquets de chips dans un distributeur avant de frapper à sa porte.

— Entrez.

Yara, les yeux plissés face à l'écran de son ordinateur, faisait virevolter un stylo de sa main droite. Elle avait déjà couvert toute une page de carnet de son écriture de pattes de mouche.

Il ne put retenir un sourire.

À l'école, il se moquait de ses prises de notes illisibles et pourtant très complètes.

— Je te proposerais bien de relire tes observations, mais j'ai laissé ma loupe à la maison, fit-il spontanément.

Yara releva brusquement la tête, les yeux agrandis par la surprise.

C'était tout elle, d'être absorbée à ce point dans ses réflexions.

— Salvador…

Elle s'agita sur sa chaise, manifestement mal à l'aise.

Il la comprenait. Lui-même, jamais il n'aurait cru qu'ils se retrouveraient trente ans plus tard, et il n'était pas tellement certain d'avoir envie de savoir pourquoi elle était partie.

— J'ai une minute, si tu veux parler, dit-il en refermant la porte derrière lui.

— Bien sûr, dit-elle avec une pointe d'hésitation, puis elle se reprit. Assieds-toi.

Il s'exécuta en plaçant un paquet de chips devant elle.

— Je me disais que le dossier médical t'avait peut-être creusé l'estomac.

— Goût fromage ? fit-elle en retournant le paquet.

— Tu n'aimes plus ça ?

— Si, mais je sais que je ne devrais pas, dit-elle en consultant les ingrédients avec une moue inquiète. Goût fromage, mais sans contenir le moindre fromage !

Elle marqua une petite pause et ouvrit le paquet.

— Je n'en reviens pas. Tu te souviens que j'aime les chips, et les chips goût fromage !

Il regarda le paquet qu'il avait en main.

Il ne s'en était pas souvenu à proprement parler, mais devant le distributeur, les choses s'étaient faites de façon automatique, presque inconsciente.

Mais avouer que, trente ans après, il n'avait rien oublié, cela aurait laissé entendre que ces détails comptaient toujours pour lui.

— Comment avancent tes recherches ? demanda-t-il pour changer de sujet.

— Bien, j'ai l'impression. C'est une énigme intéressante du point de vue médical. L'opération du cœur perturbe le diagnostic, on cherche des liens qui ne sont pas forcément là…

Elle mit une chips dans sa bouche et écarquilla les yeux.

— Ça a exactement le même goût !

Il sourit et ouvrit son paquet.

Les arômes artificiels explosèrent bientôt dans sa bouche.

— Comment est-ce que tu peux aimer ça ?

Elle éclata de rire, et il fut assailli de souvenirs du temps où rire ensemble était leur activité principale.

— Ça n'est pas forcément bon, mais réconfortant, répondit-elle avec un sourire qui n'avait pas changé.

Il observa son visage.

Elle était restée la même, avec ses yeux noisette emplis de curiosité. Fut un temps où les regarder lui serrait le cœur d'amour. Désormais, c'était de la colère et de la douleur que cela provoquait en lui, des sentiments qu'il pensait avoir dépassés depuis longtemps.

— Ce sont les derniers scans ? demanda-t-elle en désignant la tablette qu'il avait posée sur la table.

— Non, ça concerne une patiente qui est arrivée ce matin d'un autre hôpital.

— Je peux les voir ?

Elle avait la curiosité chevillée au corps.

Il déverrouilla la tablette.

— Ils nous l'ont adressée parce qu'ils n'ont plus d'hypothèses pour expliquer sa perte de poids et sa fatigue.

Il donna plus de détails tandis qu'elle zoomait dans les scans. Elle garda le silence, inclinant la tête et faisant virevolter son stylo entre ses doigts comme si ça l'aidait à se concentrer.

— Ah, intéressant…

— Quoi ?

Yara lui rendit la tablette.

— Tu as le dossier de la patiente ? Je voudrais voir ce que les médecins ont observé d'autre.

Elle ne pouvait quand même pas poser un diagnostic après un simple coup d'œil sur les scans ?

— Tu veux diagnostiquer le cas ? demanda-t-il en haussant un sourcil.

Il ouvrit le dossier de la patiente, et Yara s'absorba dans les données.

— Ah, elle a une vascularite.

Il avait noté les inflammations autour de l'aorte, mais, associées à la perte de poids et à la fatigue, elles pouvaient être symptomatiques de nombre de pathologies. Le service de médecine générale allait devoir faire le tri.

— Tu peux le dire à partir des scans ? demanda-t-il sans parvenir à masquer son incrédulité.

— Et des notes, répondit-elle en soulignant ce qu'elle venait de lire sur la tablette. Elle a un pouls diminué dans le bras.

Avec la fatigue et l'inflammation visible sur les scans, elle a une artérite de Takayasu.

Il fronça les sourcils.

— Je ne crois pas avoir étudié ça à la fac, dit-il.

— Ah, c'est la maladie des femmes sans pouls. Tu vois les artères pulmonaires, ici ? Ça se rétrécit autour de l'inflammation. Les notes mentionnent un pouls faible du côté gauche – c'est un symptôme commun quand l'inflammation fait gonfler les artères, qui se resserrent.

Elle eut un petit rire.

— C'est une maladie assez rare. Je ne l'ai diagnostiquée qu'une ou deux fois. Heureusement que c'est arrivé alors que je suis là.

— Pfiou !

Il consulta de nouveau les scans avant de lever les yeux vers elle.

Ils étaient assis ici depuis quelques minutes à peine, et elle avait réussi à diagnostiquer une patiente, là où un hôpital entier avait échoué.

Une étrange sensation s'installait dans sa poitrine. La jeune femme qui l'avait attiré il y avait si longtemps était ambitieuse, et il prenait un plaisir inattendu à découvrir jusqu'où cela l'avait menée, mêlé à la douleur qu'elle n'ait pas voulu l'associer à cette part de sa vie. Après son départ, elle avait égoïstement repoussé toutes ses tentatives pour lui parler.

Pourquoi ? Il n'avait jamais eu l'impression que leur différence de classe sociale la dérangeait. Elle ne se souciait ni de la richesse ni du regard des autres. À l'école, elle traitait par le mépris les rumeurs sur les activités criminelles de son père, elle le voyait pour ce qu'il était lui, pas en fonction des actions de ses parents.

Jusqu'au jour où elle l'avait abandonné et où il était devenu évident pour lui qu'il n'aurait pas été digne d'elle, qu'il n'aurait pas pu lui offrir le standing auquel elle était habituée. Alors il avait renoncé à toute vie sentimentale un peu sincère et s'était contenté d'aventures superficielles et sans lendemain. Sa dernière histoire aurait pu prendre un autre chemin, mais Ed l'avait quitté quand il avait compris qu'il ne s'ouvrirait jamais complètement. Cet homme gentil et doux l'avait presque convaincu qu'une vie amoureuse épanouie était possible, puis, juste au moment où Salvador avait reçu la garde de Felix, Ed lui avait dit qu'il ne voulait pas d'enfant.

Peut-être la trahison de Yara avait-elle été un mal pour un bien, après tout. Peut-être que son attirance à lui pour les hommes aurait nui à leur relation. Il avait mis du temps à reconnaître qu'il éprouvait la même chose pour un homme séduisant que pour une femme avec qui il allait passer la nuit : cela ne correspondait pas à l'idée qu'il se faisait de lui-même. Il lui avait fallu des années et de nombreux amants secrets pour comprendre qu'il était bisexuel – et plus encore pour l'accepter.

Rien de tout cela n'aurait pu arriver s'il était resté avec Yara, et qui pouvait affirmer que cela ne leur aurait pas posé problème ?

Pourtant il souffrait encore, et il voulait entendre ce qu'elle avait à lui dire.

— Pourquoi, Yara ?

Sous l'intensité du regard de Salvador, Yara sentit sa peau la picoter.

C'est elle qui avait souhaité cette conversation, et sans tarder. Non parce qu'elle aimait revenir sur ses insécurités d'adolescente, mais parce qu'elle avait besoin de sérénité pour travailler vite et bien. Elle comptait passer une quinzaine de jours maximum à Brasilia pour éviter que sa famille ne repère sa présence.

Elle n'avait pas encore décidé si elle rendrait ou non visite à sa sœur et à ses cousins. Ils lui manquaient, mais elle redoutait les interrogatoires sur l'échec de son mariage. Pas question de s'entendre dire qu'elle avait déshonoré sa mère, que les voisins racontaient des horreurs à propos de sa fille divorcée. C'était ce genre de pression qui lui avait fait épouser un homme parce que cela semblait parfait sur le papier et que la réputation de la famille en sortirait grandie.

Elle était proche de sa sœur, mais leurs parents n'avaient pas fait subir le pire à Bianca. Leurs dix années de différence l'avaient protégée. Ils avaient réservé leurs attentes irréalistes à Yara, qui avait bataillé pour ne pas en vouloir à sa sœur d'un privilège dont elle n'était pas responsable.

Quant à la cause, aux causes de son départ… Elle avait exclu Salvador de sa vie pour des raisons devenues plus floues avec chaque année passée à occulter les manipulations de ses parents. Comment avouer qu'ils avaient menacé de lui enlever la chose qui comptait le plus pour elle ?

Pour se pardonner ses choix de vie, elle s'était raconté qu'ils ne voulaient que son bien en la poussant dans les bras d'un homme qu'elle connaissait à peine. Quel genre de parents faisaient le malheur de leur fille pour préserver la réputation de la famille ? Il lui avait fallu des années pour comprendre à quel point on s'était joué d'elle.

C'est alors qu'elle avait demandé le divorce et qu'elle avait quitté le domicile conjugal pour les États-Unis. Cela faisait un an.

Mais elle n'exposerait pas ses blessures en plein jour.

Elle ne pouvait pas lui dire ce qui lui était arrivé depuis qu'ils s'étaient perdus de vue, et certainement pas ses rêves éveillés à propos d'une existence dans laquelle ils étaient en couple.

— J'étais jeune et franchement stupide, je ne t'apprends probablement rien…

— Bon, si tu ne veux pas me le dire, laisse tomber. J'ai abandonné l'espoir d'en savoir plus il y a longtemps, quand tu ne prenais pas mes appels, fit-il d'une voix sourde.

Elle resta digne, comme elle se l'était promis, mais les mots la frappèrent en plein cœur.

Parce qu'il avait raison. Après tout ce qu'ils avaient partagé, elle lui devait plus que de creuses excuses.

Mais la vérité était ensevelie sous des monceaux d'insécurités et de manque de confiance qu'elle n'était pas prête à reconnaître. Elle avait passé l'année écoulée depuis son divorce à se reconstruire, à se retrouver. C'était un équilibre nouveau, fragile, qu'elle protégeait d'autrui.

— On était amis depuis des années, et à un moment la nature de notre relation a changé, dit-elle, cherchant à approcher de la vérité. On est devenus proches, et j'ai cru que c'était ce que je voulais. Mais après mon départ, j'ai eu des doutes, peut-être ne voulais-je pas être plus qu'amie avec toi, alors j'ai paniqué.

Le mensonge lui laissa un goût amer, tandis qu'elle gardait un visage impassible.

Elle avait paniqué, mais pas à cause de regrets. Plutôt parce qu'elle se sentait terriblement vulnérable et qu'évoquer les exigences de ses parents avec lui les auraient encore rapprochés.

Elle ne resterait pas longtemps à Brasilia, autant qu'il croie cela plutôt que de découvrir l'étendue de son manque de confiance en elle.

Elle osa enfin lever les yeux vers lui.

Il gardait les bras croisés, et les yeux fixés sur elle.

Autrefois, il ne mettait pas ses paroles en doute, il lui faisait implicitement confiance. Mais c'était avant qu'elle le laisse tomber. Il ne fallait pas s'étonner qu'il hésite. Elle n'était de nouveau pas complètement honnête avec lui, elle lui donnait tout ce qu'elle pouvait, dans l'espoir de rétablir de bonnes relations entre eux.

— Tu ne voulais pas plus que de l'amitié ? demanda-t-il avec prudence.

Il soupesait chaque mot, froidement, mais il ne voulait pas la mettre mal à l'aise.

Cela la toucha, la fit vibrer.

— Je… Je pensais être sûre de ce que je voulais. Mais ensuite je suis partie en fac de médecine, et l'idée de rentrer me faisait paniquer.

Ça, au moins, c'était vrai, même si ce n'était pas pour les raisons qu'il imaginait. Ses parents la harcelaient, et elle doutait de ses capacités à juger vraiment du caractère de quelqu'un. C'était sa mère qui lui avait parlé la première des rumeurs sur la famille de Salvador. Yara savait que c'était un problème pour lui, mais il n'en parlait jamais, et elle ne posait pas de questions. Il l'aurait prévenue s'il avait eu des ennuis, non ? En fait, elle s'était mise à douter de tout. Alors, elle l'avait évité, ce qui est rarement la bonne stratégie.

Le silence se prolongea. Salvador la dévisageait toujours, ses yeux semblaient avoir accès à des zones invisibles aux autres.

Pour finir, il secoua la tête et soupira.

— Tu aurais pu me le dire, répondit-il, d'une voix profonde qui la troubla.

Ce ton si doux, si mystérieux, était-il dû au soulagement ? S'était-il rendu responsable de son départ pendant toutes ces années ?

— Je suis désolée, Salvador. À l'époque, j'étais trop centrée sur moi-même pour mesurer la gravité de mes actes. Mais j'en ai conscience maintenant, et même si ça n'a pas beaucoup d'importance désormais, j'ai toujours regretté de t'avoir perdu comme ami.

C'était cela, qu'elle voulait qu'il entende. Elle lui avait fait des excuses vagues mais sincères. Leur rupture la touchait encore de trop près pour qu'elle en parle, mais elle pouvait partager le plus important avec lui : il lui avait manqué.

Salvador recula dans son siège, laissant ses mains retomber sur ses cuisses.

— Je te remercie pour tes excuses, dit-il, pensif, même si je ne suis pas sûr que nous puissions redevenir amis, ni d'en avoir envie. Que tu me quittes sans un mot m'a quasiment anéanti. Je m'en suis remis, mais je me souviens du sentiment de dévastation…

Son visage avait une expression indéchiffrable, et ses mots l'atteignirent en plein cœur. Elle savait que les choses risquaient de finir ainsi, pourtant sa poitrine se serra à l'idée de ne pas retrouver leur amitié.

Il eut un regard perçant et froid.

— Mais je ne te ferai pas de problème tant que nous travaillerons ensemble, du moment que nos échanges sont liés au patient. C'était le but de cette conversation, pour moi.

Elle hocha la tête.

Le silence revint, mais pas la tension. Un étrange sentiment de familiarité la remplaçait, maintenant qu'ils avaient évoqué ce qu'il s'était passé trente ans avant.

— Quand vas-tu voir Bianca ? demanda-t-il.

— Je ne sais pas, ça dépend du temps que me prend le patient et où je suis appelée la semaine prochaine. Le travail m'amène rarement au Brésil, ce serait agréable de passer plus de temps ici, mais ce n'est pas moi qui décide des cas à soigner…

Salvador eut une sorte de rire qui interrompit sa tirade.

— Alors, tu fuis aussi ta sœur ? Il y a des gens ici avec qui tu es en bons termes ?

Elle écarquilla les yeux, mais il lui fallut à peine une seconde pour percevoir son ton moqueur.

— Tu te moques de moi, fit-elle. Ça va être mon sort jusqu'à la fin du séjour ? Tu vas m'asticoter pour te faire du bien ? Ça n'a pas vraiment de rapport avec le travail, il me semble…

Elle essayait de prendre un ton moralisateur, mais elle était consciente que c'était son soulagement surtout qui était perceptible : la moquerie, c'était bon signe, une manière d'être amicaux à défaut d'être amis.

— Je suis impressionné par la rapidité de ton diagnostic, pour la nouvelle patiente. Si c'est ton tempo normal, on aura réglé le cas de Henrique Orlay dès demain matin !

Puis Salvador lui sourit, et des étincelles crépitèrent dans tout son corps. Une traînée de flammes remonta sa colonne vertébrale, et un feu d'artifice s'installa dans son ventre.

Elle était consciente de l'expérience et de l'expertise dont elle faisait bénéficier les hôpitaux où elle intervenait, mais elle n'en rougit pas moins.

— Oh ! Pour cette patiente, j'étais juste au bon endroit au bon moment. C'est une pathologie facile à diagnostiquer, bien que relativement rare. Ce qui est difficile, c'est d'écarter les maladies courantes, et ensuite il faut simplement dépoussiérer les encyclopédies médicales. Pour M. Orlay, le défi, c'est que le diagnostic a été posé sur de mauvaises bases.

Il la regardait avec trop d'intensité, elle détourna les yeux vers ses notes.

— Sa valve de remplacement a mis l'équipe sur une fausse piste. Il n'a pas une pathologie, il en a deux. Une faiblesse cardiaque qui a conduit à remplacer la valve, et une condition de santé préexistante qui explique les symptômes qu'on ne peut pas attribuer aux complications postopératoires.

Salvador, songeur, caressa sa barbe naissante.

— Tu veux dire que ce dont il souffre était déjà là avant mais que les symptômes étaient masqués par le problème cardiaque, si bien que nous n'avons rien détecté…

Elle retint son souffle.

Il était très différent du garçon de dix-huit ans dont elle était tombée amoureuse, mais malgré les années, c'était encore ce garçon qu'elle voyait en lui.

— Oui, c'est ce que je veux dire. Pour le moment, j'élimine tous les traitements qu'il a subis après l'opération. Quand les médicaments ne feront plus effet, on pourra…

Le téléphone de Salvador bipa.

— Le Dr Douglas m'attend, dit-il en se levant et en glissant la tablette sous son bras.

Elle retint son souffle en le suivant des yeux tandis qu'il s'éloignait.

Pourvu que l'entente qu'ils avaient trouvée ne faiblisse pas…

Il s'arrêta, se tourna vers elle, et elle crut défaillir.

L'âge avait encore embelli son visage, et un moment elle regretta de ne pas avoir assisté à l'évolution.

— On se retrouve plus tard. Toute l'équipe est mobilisée sur le cas de M. Orlay, alors j'aimerais que tu m'en dises plus.

— Je ne bouge pas d'ici, dit-elle, espérant que cela ne sonnait pas de façon aussi désespérée à ses oreilles à lui.

Le sang pulsait à ses oreilles, une sensation à la fois étrange et familière.

Elle se reprit.

Elle avait tout le loisir d'imaginer comment leur relation pouvait désormais évoluer. À en croire ce qu'il s'était passé entre eux aujourd'hui, il était resté le même.

C'était le Salvador qu'elle connaissait, son Salvador.

# 3.

En entrant dans la chambre de M. Orlay, Yara trouva un visiteur auquel elle ne s'attendait pas : Salvador, en pleine discussion avec le patient. Il parlait à voix basse, sur un rythme et avec un calme qui la laissa penser qu'il ne s'agissait pas de médecine.

Elle s'éclaircit la gorge pour les avertir de sa présence. Salvador se tourna vers elle, et son regard la titilla aussitôt.

Leur conversation de la veille l'avait ébranlée. Elle aurait voulu faire la paix, mais cela n'en prenait pas le chemin. Il était distant et la saluait d'un vague signe de tête quand il la croisait.

La survivance d'un désir ancien l'empêchait de réfléchir correctement. Son corps avait gardé le souvenir trop précis d'avoir pris appui contre lui, d'avoir respiré son odeur, senti sa chaleur se diffuser en elle. Les fantômes de ces sensations la hantaient.

Cela devait cesser. L'amour qu'ils s'étaient porté l'un à l'autre bien des années auparavant avait disparu avec sa décision de mettre émotionnellement et physiquement de la distance entre eux. Ces retrouvailles inattendues lui faisaient regretter cette décision, mais celle-ci ne pouvait pas être effacée.

Il lui avait clairement dit la veille qu'il ne voulait pas d'elle comme amie ni comme amante. D'ailleurs, elle-même n'en demandait pas tant. Elle désirait seulement faire son travail correctement. Plus tôt ce serait fait, plus vite elle quitterait le Brésil.

— Bonjour, monsieur Orlay, bonjour, docteur Martins. Je fais ma tournée du soir avant de partir, je venais prendre de vos nouvelles.

Elle s'avança vers le lit et plaça une main sur le montant.

Elle portait sur le patient un regard plein d'attention, mais elle mourait d'envie de regarder Salvador.

— Nous avons suspendu en grande partie vos traitements, vous ne prenez plus que ceux qui assurent une rapide guérison pour votre valve cardiaque. Et certains antidouleurs. L'infirmière de nuit sait qu'elle peut augmenter les dosages. Si vous ressentez le moindre inconfort, n'hésitez pas à lui en parler.

Henrique Orlay hocha la tête.

— *Obrigado*, répondit-il d'une voix tendue.

Le stress lui avait creusé de profonds cernes noirs autour des yeux. Avec un peu de chance, le traitement qui masquait les symptômes ne faisait déjà plus effet. C'était la meilleure des motivations pour résoudre rapidement le problème.

— De rien, répondit-elle en souriant. Je reviens vous voir demain matin.

Salvador chuchota quelque chose lorsqu'elle quitta la chambre, et elle sentit les cheveux sur sa nuque se dresser en s'apercevant qu'il la suivait.

— Yara ?

Elle pivota sur ses talons.

Il avait les commissures des lèvres légèrement relevées, c'était sa manière de sourire. Adolescent déjà, il ne souriait à pleines dents que dans des circonstances exceptionnelles, comme lorsqu'elle avait été acceptée en fac de médecine dans l'université de son choix. Ils s'étaient sauté dans les bras, avaient fait des bonds sur place, puis il l'avait prise par les épaules et, sur une impulsion, l'avait embrassée. Le baiser était censé être amical, mais quand ils avaient repris leur souffle, le monde avait basculé. Les lèvres de Salvador avaient de nouveau cherché les siennes, et elle avait frissonné sous ce baiser aussi intense, aussi intime que dans ses désirs.

— Tu rentres ? demanda-t-il.

Elle ne s'attendait pas à cette question et fronça les sourcils.

— J'ai fini ma journée, je rentre à l'hôtel avec un peu de lecture, répondit-elle en tapotant son sac garni de revues médicales empruntées à la bibliothèque de l'hôpital.

— Je te dépose à l'hôtel ? dit-il. J'imagine que tu n'as pas de voiture si tu voyages sans cesse…

Il se figea, la bouche ouverte, en une expression qu'elle ne sut comment interpréter, et elle eut l'impression que ce n'était pas ce qu'il avait eu l'intention de dire.

Cette proposition était-elle un prétexte pour passer du temps avec elle ?

Son sang se mit à pulser dans ses veines, et elle se réprimanda.

Il était hors de question d'entretenir ce genre de fantasmes. Salvador Martins ne s'intéressait pas à elle, pas après la manière dont elle l'avait quitté. Il se montrait simplement poli parce qu'ils travaillaient ensemble.

— Mon hôtel est juste à quelques minutes à pied. C'est pour ça que je l'ai choisi.

— Alors laisse-moi t'accompagner. Simple mesure de précaution.

Il se souciait d'elle ! Il n'en fallait pas plus pour ranimer le feu qu'elle essayait d'éteindre.

Ces sentiments qui remontaient du passé devenaient incontrôlables. La conversation de la veille l'avait accompagnée toute la journée alors qu'elle tentait de se concentrer sur le dossier du patient et consultait toutes les bases de données imaginables à la recherche d'une information qui lui aurait échappé et qui pourrait fournir le contexte qui lui manquait.

En fait Salvador n'avait rien dit. Il l'avait écoutée, il avait dit qu'elle aurait pu se confier à lui, puis il avait changé de sujet.

— Pas de problème, si tu penses que c'est une bonne idée, répondit-elle, d'une voix qu'elle souhaitait désinvolte.

— Sakamoto m'en voudrait de ne pas prendre soin de notre invitée-vedette.

— Toujours aussi serviable, Salvador, rétorqua-t-elle, voyant avec satisfaction les commissures de ses lèvres se retrousser légèrement en signe d'amusement.

Alors qu'ils sortaient ensemble de l'hôpital, elle ressentit plus fort que jamais sa proximité, son corps répondant à une invisible force d'attraction, comme s'il était un aimant et qu'elle fût composée de petits morceaux de métal incapables de résister.

Elle s'emplit les poumons de l'air chaud qui les enveloppait. C'était la fin de l'été, les températures redevenaient supportables.

— La chaleur me manque, confia-t-elle. Je fais de longs séjours dans des pays au climat tempéré, et je ne profite pas assez du soleil.

— Alors, maintenant, tu aimes les chaleurs harassantes ? demanda Salvador sur un ton caustique, en levant les sourcils.

— Je peux te le dire, quand tu passes du temps loin du Brésil, tu commences à apprécier la chaleur et le soleil ! J'ai vécu deux mois à Londres pour une série de cas, je ne crois pas avoir une seule fois vu le soleil.

Elle en avait rajouté dans le ton dramatique, ce qui eut l'effet escompté : les commissures de ses lèvres se relevèrent.

— J'aurai peut-être un jour l'occasion de mettre ton hypothèse à l'épreuve.

— Ta famille te retient à Brasilia ?

La question lui brûlait les lèvres depuis leurs retrouvailles. Sa famille était un sujet problématique pour lui depuis l'enfance, et elle savait qu'il évitait les sujets personnels, et elle-même mentait par omission, mais comment lui révéler l'enchaînement de circonstances qui l'avait menée jusque-là, l'emprise de ses parents sur sa vie, l'échec de son mariage, ses sentiments pour lui des années après avoir quitté Brasilia ?

Elle n'en avait jamais parlé à personne.

— D'une certaine manière, oui, dit Salvador après un silence. Mes parents sont morts il y a quelques années, et j'aide Felipe et sa copine pour l'éducation de leur fils.

Il parlait très posément, lentement, comme s'il soupesait prudemment chacun de ses mots.

— Ton frère est papa ? fit-elle, stupéfaite.

Felipe se mettait constamment dans des situations impossibles à l'école, et il laissait Salvador gérer les conséquences. À l'époque, elle n'accordait pas une grande importance à ce qu'il faisait pour ses proches, mais qu'il les aide lui semblait une évidence. Après tout, elle-même avait été d'une loyauté sans faille envers sa propre famille, c'était ce qui l'avait éloignée de Salvador et l'avait conduite à accepter ce mariage voué à l'échec.

Salvador fit quelques pas en silence, le regard vide. Finalement il secoua la tête.

— Il s'appelle Felix. Il vit avec moi le temps que Felipe…

Il laissa la phrase en suspens, et elle ne le relança pas.

Sa sœur lui avait livré des bribes des déboires de la famille Martins, mais elle n'avait pas demandé de détails. Elle ne pouvait pas parler de ce qui touchait à Salvador sans faire remonter les souvenirs du passé.

Salvador se mordit la lèvre.

Pourquoi avoir parlé de cela à Yara ?

Il avait de nombreux défauts, mais il n'était pas un menteur.

Il avait la garde de Felix par intermittence depuis sa naissance. Felipe avait rencontré sa copine dans un de ses rades habituels, et celle-ci était rapidement tombée enceinte. Salvador s'était aussitôt inquiété pour l'enfant à naître. Felipe avait une vie instable, il était régulièrement incarcéré. Au moment de la naissance, il avait semblé se reprendre, il avait même trouvé un emploi stable pour s'occuper de sa famille, puis il était retombé dans ses mauvaises habitudes. Il s'était associé dans des affaires louches, avec les personnes responsables de l'« accident » qui avait coûté la vie à leurs parents.

Pendant ce temps-là, lui-même travaillait dur pour assurer sa carrière. À contrecœur, il avait pris ses distances avec son frère pour préserver sa santé mentale et sa réputation de médecin… Cela jusqu'à ce que les ennuis de Felipe mettent Felix en danger. Son neveu s'était retrouvé au milieu d'une fusillade. Salvador avait donc repris contact, et les autorités avaient rapidement décidé de lui confier la garde de son neveu.

Il était très protecteur avec Felix. Il s'était donné pour mission de lui faire prendre le droit chemin. Il ne parlait de son neveu qu'à de rares personnes de confiance, alors pourquoi ne pouvait-il s'empêcher de l'évoquer avec Yara ?

Sans doute parce qu'il avait pris autrefois l'habitude de se confier à elle, avant que…

— Le trajet à pied n'a pas l'air trop dangereux, remarqua-t-il quand ils arrivèrent devant l'hôtel. Je n'aurai pas à m'inquiéter.

Elle le regarda, la tête inclinée, avec une expression indéchiffrable.

— Tu veux dire « à t'inquiéter pour moi » ?

La question le prit de court.

Il était sorti à sa suite de la chambre de leur patient sans trop savoir pourquoi. Elle avait dit qu'elle partait, et il avait eu besoin de retarder ce moment.

La veille, il avait écouté ses excuses. Il avait attendu ce moment depuis qu'elle l'avait quitté sans un mot, mais au lieu de la paix escomptée, cela avait fait remonter au grand jour une frustration profonde, un besoin de réparation qui réclamait satisfaction. Le ressentiment bouillonnait dans ses veines, excitant et dévastateur.

Il souffrait moins de la rupture, mais l'idée d'être en couple avec Yara était encore vivante en lui. La peine qu'elle lui avait faite n'avait pas éteint son envie d'être avec elle, et il devait immédiatement étouffer l'incendie. Ils avaient eu une histoire trente ans auparavant, mais les choses avaient changé, elle était devenue Yara *Silvia*, elle avait épousé un autre homme !

Il lui en voulait encore pour cela. Ses sentiments déplacés pour elle prenaient trop de place, il devait s'éloigner.

— Évidemment, répondit-il malgré lui. Mais comme j'ai pu constater que tu es en parfaite sécurité ici, je te laisse pour la soirée.

— Tu ne restes pas manger avec moi ? demanda-t-elle en indiquant l'entrée de l'hôtel.

Dîner avec la femme, désormais mariée, qui avait su ranimer ses sentiments pour elle en un jour et demi ?

Contre toute attente, et malgré la douleur et la colère, oui, il en avait envie. De même qu'il s'était inquiété pour elle, il n'avait pas envie de la quitter si vite. Sa présence lui était… nécessaire. Envisager de dîner avec la femme dont la trahison l'avait tellement blessé par le passé, était-ce une étape de la guérison ? Devait-il accepter les étincelles que sa présence provoquait pour qu'elles puissent s'éteindre ?

Il consulta son téléphone.

— Je ne peux pas dîner. Je dois récupérer Felix à son cours de musique.

Elle eut une expression de déception qu'il ne comprit que trop bien.

— Mais on peut prendre un verre, si tu veux, ajouta-t-il aussitôt. J'aimerais que tu me racontes ce que tu es devenue, toutes ces années.

— D'accord. Je me débarrasse de mon sac et je te retrouve au bar ?

Deux consommateurs manifestement fatigués étaient installés d'un côté du comptoir, Salvador choisit donc l'autre bout du bar pour s'installer. Yara le rejoignit peu de temps après et s'empara du siège voisin.

Aussitôt, sa proximité le troubla. Il en avait conscience, ses sentiments pour elle reprenaient leur empire sur lui, il la désirait.

Elle avait un sourire hésitant, et lui-même se sentait intimidé. Cela lui avait fait un tel choc de la voir, la veille. Il ne pensait plus la revoir après tout ce temps. Et il ne s'attendait certes pas non plus à ce que sa libido reprenne vie aussi vite.

— C'est étrange d'être de retour, dit-elle quand ils furent servis. J'avais imaginé ce que ce serait de te revoir. C'est drôle comme la réalité est toujours différente.

— Tu imaginais me revoir ?

Il n'y avait pas pensé, mais oui, si elle savait qu'il travaillait là, elle l'avait forcément envisagé.

— Le Dr Sakamoto m'a envoyé une présentation des membres de l'équipe, pour que je sache avec qui je travaillerais.

— Ah. Alors tu as vu mon nom, et tu savais qu'on se reverrait.

Il comprenait désormais pourquoi elle avait gardé son calme, contrairement à lui.

— Ton mari t'accompagne ? demanda-t-il dans l'espoir que

l'entendre parler de son époux crée une distance bienvenue entre eux.

Rien de mieux pour calmer les ardeurs que d'entendre la personne à laquelle on s'intéresse vanter les mérites de quelqu'un d'autre.

Mais Yara se raidit et s'absorba dans la contemplation de son verre de caïpirinha sur le comptoir.

— Non. Je suis divorcée, en fait.

Et à en croire son ton, cela avait été conflictuel.

— Je suis désolé, dit-il sans chercher à en savoir plus.

La blessure était peut-être récente.

— Merci.

Elle prit une gorgée de son cocktail, mais il percevait sa détresse et ne se laissa pas tromper par son calme apparent.

— Alors, tu aimes parcourir le monde ? demanda-t-il pour passer à un sujet plus léger.

Elle prit une nouvelle gorgée, ferma les yeux un peu plus longtemps qu'à l'ordinaire. Quand elle les rouvrit, son sourire lui déchira le cœur.

— J'adore ça ! Je vais dans des endroits incroyables, je rencontre des professionnels très talentueux.

Son petit rire vint se loger tout contre son cœur.

— C'est étrange. Tu étais plutôt casanière, à l'époque. Te faire faire un tour du quartier, c'était toute une aventure.

Un souvenir le frappa de plein fouet.

Ils s'étaient rencontrés justement parce que, adolescente, elle était prête à tout pour ne pas faire un seul pas de plus. Un jour que leur professeur de sport l'avait missionné pour rassembler les tapis de gym après le cours, il avait découvert Yara installée dans le chariot, en train de dévorer un livre. Comme si elle attendait que quelqu'un le pousse jusqu'à la porte pour partir !

C'était ridicule, mais il avait trouvé cela adorable, et ils avaient commencé à se retrouver après le cours de gym. Puis elle l'avait invité chez elle, et il avait constaté à quel point leurs vies étaient différentes. Mais alors, il s'était déjà attaché à elle.

— Je… Je fais aussi ça parce qu'on me le demande. Un

ancien collègue a eu besoin d'aide sur un cas à New York. À ce moment-là, je vivais à Seattle. C'était complexe, mais on a résolu le problème, puis ils m'ont envoyée sur un autre cas ailleurs, fit-elle en haussant les épaules. Et c'est comme ça que je me suis fait une réputation.

Sa voix était calme, presque trop. Comme si elle s'était entraînée à décourager les questions.

Il faillit poser celle qu'elle redoutait, mais elle se mit à glousser, l'air un peu gêné.

— Je ne sais pas comment je me suis débrouillée pour faire carrière avec ça !

Il sentit son pouls s'accélérer. Les mots sortirent d'eux-mêmes.

— Moi, je sais pourquoi les gens cherchent tes conseils. Parce que tu es brillante.

Lors de son mariage, Yara avait pris l'habitude de minimiser ses réussites, et cela lui était resté. Dans le cadre professionnel, elle recevait les lauriers avec un sourire, mais à quand remontait la dernière fois qu'un homme l'avait regardée avec un tel feu dans les yeux ?

— C'est très gentil de ta part de dire ça, dit-elle avec un frisson.

— Ce n'est pas gentil, c'est la vérité.

Elle eut soudain la bouche sèche et prit quelques longues gorgées de sa boisson, heureusement non alcoolisée.

Que se passait-il ?

Elle avait lancé son invitation juste pour que leur conversation ne s'arrête pas là. Grâce à sa confession de la veille, la situation était presque redevenue normale entre eux.

En vérité, elle craignait que Salvador – devinant qu'elle ne disait pas tout – ne prenne pas ses excuses pour argent comptant ; mais si son neveu vivait chez lui, il était peut-être encore mieux placé que quiconque pour comprendre qu'il vaut mieux ne pas remuer certaines choses.

Son mariage et l'échec de celui-ci, par exemple, ou son départ de Seattle sous le premier prétexte venu.

Elle avait pensé garder certains événements secrets à jamais, puis à sa grande surprise elle avait répondu par la vérité à la question de Salvador sur son ex : ils avaient divorcé.

Elle avait très rapidement compris que son mariage ne serait pas une grande aventure romantique, mais elle n'imaginait pas se séparer de son mari. Ni que l'avouer serait si difficile. Elle n'était pas du genre à renoncer.

— Je crois que je vais te remercier, au cas fort improbable où notre conversation reviendrait aux oreilles de ma mère.

Salvador fit mine d'avoir avalé une gorgée de travers.

— Hem ! Comment va *donna* Lopes ? Je ne te demande même pas si tu comptes lui rendre visite.

Le sujet était sensible, mais elle rit avec lui.

Il avait été aux premières loges pour observer les caprices et les exigences démesurées de sa mère, et il avait subi presque autant qu'elle sa désapprobation. Cette désapprobation était voilée, mais il l'avait forcément perçue : avec ses parents à la réputation douteuse, il n'était pas assez bien pour la famille Lopes.

Avec le recul, il lui paraissait évident qu'elle n'aurait pas dû la laisser s'immiscer dans sa vie privée.

— Elle va assez bien, je crois. Tu te souviens comme je supportais mal ses ingérences. À présent, je fais en sorte que nos conversations restent anodines.

— Elle t'influençait beaucoup, dit-il gentiment, sans le mépris auquel elle s'attendait.

Sans le vouloir ni même le savoir, il venait de mettre le doigt sur la cause de leur éloignement.

— Quand je doutais de moi, continua-t-il, je me demandais si tu ne me fréquentais pas simplement pour agacer tes parents.

Elle cligna des yeux, déconcertée.

Il avait eu des doutes sur leur amitié ? Peut-être aurait-elle dû être plus attentive à lui au lieu d'être obsédée par ses histoires de famille.

— Mes parents ne cachaient pas leur hostilité, je te l'accorde, dit-elle au souvenir des rebuffades et des reproches à peine déguisés. Mais au gymnase, mon intérêt pour toi était sincère.

Malheureusement, le poison qu'ils me glissaient à l'oreille a fini par faire effet. Je le regrette, en y repensant.

Il haussa un sourcil et inclina la tête.

La chaleur qui se dégageait de lui la mettait en confiance, elle se sentait libre de parler. C'était comme s'il l'enveloppait dans une couverture douillette.

— Pour être honnête, moi non plus je ne voyais pas ce que tu me trouvais, dit-il, retournant son ironie contre lui.

— Sérieusement ? Tu as poussé le chariot jusqu'à la porte pour que je n'aie pas à bouger un orteil. J'ai eu aussitôt envie d'être amie avec toi.

Leur rencontre avait été beaucoup plus riche que cela, mais elle adoptait son ton léger, et, une fraction de seconde, il lui sembla qu'ils pourraient redevenir amis.

— Tu te souviens de ce moment ? demanda-t-il.

Elle secoua la tête, la question était tellement absurde.

— Évidemment. Comment oublier notre rencontre ? Tu as été mon meilleur ami. C'est un souvenir précieux pour moi, quoi qu'il nous soit arrivé par la suite.

Elle s'éclaircit la gorge, cherchant à chasser la nostalgie qui l'envahissait.

Non, il ne pouvait s'agir de tendresse, pas trente ans après les faits ! Comment ce sentiment aurait-il survécu ? Elle regrettait simplement les années passées. Ce qui lui avait échappé pour toujours : ils n'étaient plus les mêmes, leurs vies ne seraient plus jamais en phase.

Salvador avait l'air touché, lui aussi, comme si lui revenaient les petits détails qui avaient mené à une si profonde amitié, et plus. Puis son visage se durcit, il se ferma, et le lien entre eux se défit comme s'il n'avait jamais existé.

— Je suis heureux que nous ayons pu parler, mais je n'ai pas changé d'avis. On devrait en rester aux échanges professionnels, et c'est ce que j'avais en tête en te proposant de boire un verre.

Cela l'atteignit de plein fouet, et elle en perdit quelques instants la parole.

Voulait-il vraiment qu'elle s'en tienne exclusivement au cas ? Alors il n'aurait pas dû s'asseoir avec elle.

— Ce n'était pas mon cas, dit-elle posément. On se connaît depuis longtemps. Je ne vais pas essayer de provoquer ce genre de conversations, mais elles se produiront tant que je serai ici.

— C'est juste que… Que ça fait beaucoup, répondit-il. Ma vie est déjà bien remplie, et je ne peux pas…

Il laissa la phrase en suspens et regarda sa montre.

— Désolé, il faut que j'y aille, dit-il pour rompre le silence qui s'installait entre eux.

Il porta la main à sa poche pour prendre son portefeuille, mais elle l'arrêta.

— Laisse, va récupérer ton neveu. Être le parent qui est toujours en retard, ça craint.

Il rit parce qu'elle faisait référence à ses parents à lui.

— Tu te souviens de ce détail ? Mon rapport au temps ne s'en est pas remis. Si je suis à l'heure, j'ai encore l'impression d'être en retard.

— Je m'en souviens tellement bien ! dit-elle en riant aussi.

Mais elle reprit rapidement son sérieux. Il aurait été trop facile de retomber dans leur ancien mode de communication, Salvador avait dit explicitement qu'il ne le souhaitait pas.

Il sortait malgré tout son portefeuille, et elle le rabroua.

— Sans blague, arrête ! Tu m'as invitée ce midi. C'est mon tour.

Il croisa les bras, et ses muscles saillants attirèrent son regard, lui coupant le souffle.

Il avait manifestement remarqué son trouble, car il fronça les sourcils.

— Tu sais combien de paquets de Yokitos je peux acheter avec le montant de l'addition ?

— Salvador, ça fait deux verres, n'en fais pas une histoire, dit-elle en levant les yeux au ciel. Ou alors, je paye l'addition de ce soir, tu prends la suivante, et on continue jusqu'à ce que l'un de nous perde.

— OK, Lopes, à toi de jouer. Mais je te préviens, ce n'est pas moi qui perdrai !

Son nom de jeune fille sur ses lèvres la foudroya en plein cœur, mais elle parvint à retenir le gémissement qui lui vint : elle ne voulait pas laisser transparaître une réaction qu'elle ne s'expliquait pas.

Évidemment, Salvador ne l'appelait pas Silvia. Ce n'était pas sous ce nom-là qu'il l'avait connue.

— Vivement la prochaine tournée, dit-elle, espérant que sa voix ne trahisse pas trop d'attentes. Pour parler du patient.

Il la regarda avec un petit sourire doux qu'elle n'avait pas vu depuis longtemps.

— On mange Chez Pepe demain soir ?

— Ça existe toujours ? fit-elle, ébahie.

— Je ne crois pas que cet endroit pourrait fermer. Les gens du quartier se révolteraient. Ils continueraient probablement à y aller comme si de rien n'était. Pepe a pris sa retraite il y a un moment. C'est son gendre qui a repris, tout est pratiquement resté en place. Tu auras probablement l'impression d'être dans un musée plus que dans un restaurant.

Un dîner au restaurant n'était pas une très bonne idée, d'autant qu'aux souvenirs qui lui revenaient en masse se mêlait une attirance plus grande encore que par le passé. Serait-elle capable de s'en tenir au travail ?

— Je…

Il cherchait ses mots, les yeux fixés sur le mur derrière le comptoir.

— Je suis malgré tout content de te revoir, Yara. Trente ans à en vouloir à quelqu'un, c'est peut-être assez. On pourrait repartir de zéro. Comme deux personnes qui se demandent si elles peuvent *éventuellement* être amies.

Elle le dévisagea, le feu aux joues.

Elle aurait dû être rassurée, elle n'avait pas inventé la chaleur amicale entre eux, mais le feu se répandait dans ses veines.

Au moins, Chez Pepe, cela n'avait rien de romantique. Elle comptait bien reconstruire leur amitié. Après un peu de temps, Salvador serait peut-être plus à l'aise pour revenir sur le passé.

Ses sentiments à elle lui échappaient, mais dans une semaine, le patient serait en bonne voie de guérison, et elle repartirait aider une autre équipe. Elle avait reçu plusieurs demandes par e-mail.

— D'accord, mais seulement parce que sinon tu me harcèlerais pour payer ta dette avec ton esprit de compétition à la noix.

Il sourit, et son cœur manqua un battement.

— À demain soir, 7 heures, Lopes, dit-il en la saluant d'un geste de la main.

Elle fit appel à toute sa volonté pour ne pas le suivre du regard et remonta dans sa chambre avec le sentiment étrange qu'elle se dirigeait droit dans la gueule du loup avec un sourire idiot.

# 4.

— Ça va ? demanda Salvador en s'asseyant face à son neveu qui engloutissait le ragoût qu'il lui avait préparé.

Felix hocha la tête sans cesser de regarder son téléphone.

Lever les yeux ou répondre autrement que par un grognement semblait au-delà de ses forces. Voilà six mois que cela durait. Depuis qu'il vivait dans la maison, les conversations étaient terriblement laborieuses.

Salvador retint un soupir.

Comment lui en vouloir ? C'était encore un enfant, et il n'avait connu que le chaos, le pire ayant été l'arrestation de son père, suite à laquelle le tribunal avait fait de Salvador son tuteur légal.

La sonnette de la porte d'entrée se fit entendre, et Salvador alla ouvrir à Ciara, la fille des voisins, qui allait veiller sur Felix pour quelques heures. À douze ans, il aurait pu se garder tout seul, mais il était encore fragile. Salvador préférait le savoir avec quelqu'un.

— Merci d'être venue, Ciara, dit-il en attrapant ses clés et son téléphone. Prends ce qu'il faut dans le frigidaire, et appelle-moi en cas de problème.

— Pas de souci, Salvador, lui répondit-elle en souriant. Préviens-moi seulement si tu es retenu à l'hôpital, je peux rester plus longtemps.

Il faillit la détromper, mais il referma la porte derrière lui sans le faire.

Lorsqu'il la prévenait à la dernière minute, c'était généralement à cause d'une urgence au travail. Cela faisait donc si longtemps qu'il n'était pas sorti retrouver un ami ?

Mais Yara n'était pas une amie. C'était… Comment la

qualifier ? Pendant un temps, il avait vu en elle la personne avec qui il passerait sa vie. Leur histoire d'amour avait duré moins d'un mois, mais il était amoureux d'elle depuis longtemps déjà. Et ces sentiments revenaient en force, l'empêchant de réfléchir correctement.

Il voulait certes mettre un point final à tout cela. Mais malgré lui, il la voulait encore, elle. Trente ans plus tard, il se retrouvait là où ils en étaient quand elle avait quitté Brasilia pour ne pas revenir, sans même un coup de téléphone. L'affection qu'il avait pour elle rugissait de nouveau, comme si son départ datait de la veille ! Sa colère, bien vivace, lui faisait toutefois reprendre ses esprits quand il le fallait.

Yara lui avait fait quelques révélations. Il savait que ses parents n'encourageaient pas leur amitié, mais jamais il n'aurait cru que cela l'ait influencée. Avaient-ils fait pression sur leur fille ?

Il voulait qu'elle soit de nouveau présente dans sa vie, d'où la surprenante invitation à dîner qu'il lui avait faite. Mais pourquoi ce désir ? Pour redevenir amis ? Qu'avait-il à lui offrir, lui qui était émotionnellement tellement empêché ? Même les amitiés lui semblaient trop intenses, il ne supportait que les aventures sans lendemain, des relations qui ne réclamaient pas de confiance.

*Elle n'est plus mariée.*

Ce constat tournait en boucle dans son esprit, comme si son statut d'épouse était la seule chose qui le retienne, malgré les nombreuses excellentes raisons de résister à son attirance pour elle. Comment aurait-il su comment être avec une femme comme Yara, lui qui n'avait jamais eu de relation longue ? Edinho était sa seule histoire sérieuse en dehors de Yara, avec le résultat que l'on savait !

Bien, ce repas au restaurant serait consacré à leur patient. Hors de question de perdre le fil, de céder à la morsure de son regard détaillant son corps.

Mais quand il poussa la porte de Chez Pepe, Yara était assise près de l'entrée, et ses yeux s'emplirent d'étoiles lorsqu'elle le vit entrer. Il ne put retenir un léger sourire, et celui qu'elle lui rendit lui coupa le souffle.

Ils se tinrent un moment debout l'un en face de l'autre sans savoir comment se saluer, puis Yara le prit deux secondes à peine dans ses bras avant de se rasseoir. Mais son parfum s'attarda, une odeur de bergamote et d'une épice qu'il n'identifiait pas. Et en dessous, l'odeur de Yara, inchangée.

— Merci d'être venu. J'ai déjà commandé…

— … le panier de pain, dirent-ils d'une seule voix.

Elle écarquilla les yeux et eut un nouveau sourire bouleversant. C'était ce qu'ils partageaient pendant leurs longues sessions studieuses Chez Pepe. Évidemment qu'elle s'en souvenait, elle avait retenu tant de choses de leur amitié.

— J'ai aussi pu avoir notre table.

Ils se regardèrent un moment en silence, comme cernés de fantômes dans ce décor si familier. Puis elle s'éclaircit la gorge.

— Comment va M. Orlay ? Les nouveaux scans ont donné quelque chose ?

Il secoua la tête.

— J'ai cherché des lésions au cerveau, des traces de sclérose en plaques. De quoi faire avancer le diagnostic. Au moins, l'examen de vitesse de conduction nerveuse que tu as demandé a donné des résultats, même si je ne sais pas quelles conclusions en tirer.

Yara hocha la tête.

— Tu as cherché une sclérose en plaques ? C'est judicieux. Son dossier indique une faiblesse bilatérale des membres inférieurs après l'opération, ce qui a été attribué à la fatigue.

— Ça se justifiait, pour un patient qui sortait d'un remplacement de valve cardiaque.

Il croisa les bras sur son torse en un geste de défense. Ses collègues savaient ce qu'ils faisaient, il ne la laisserait pas en douter.

— Évidemment. N'importe qui aurait fait le lien. Je suis justement là parce que nous savons désormais que ce n'est pas un effet secondaire de l'opération. Et comme ce n'est pas non plus de la famille des scléroses en plaques, on doit faire des tests pour évaluer la gravité de l'atteinte sur les nerfs du bras.

Elle s'interrompit une seconde, la passion brillant dans ses yeux.

À son arrivée, Yara, écrasée par leur passé commun, était une pâle copie d'elle-même. Mais dès qu'elle avait évoqué leur patient, la Yara qu'il avait si bien connue avait refait surface, animée par un feu irrésistible. Pourtant, il ne pouvait pas y céder. Il n'était plus le garçon qui était tombé amoureux de cette femme trente ans auparavant. Comment lui faire confiance alors que la souffrance lui embrasait encore le ventre ? Car c'était évidemment ce sentiment qui brûlait dans ses veines.

— Alors depuis le début, nous étions sur la mauvaise piste. Il n'a pas été affaibli par l'opération…

— … mais l'opération a mis une autre pathologie en évidence.

Yara avait fini sa phrase en piochant dans le panier de pain qui venait d'arriver.

Il se renfonça dans son siège, impressionné par ses incroyables connaissances médicales.

Elle avait tellement plus d'expérience que lui. À l'embrasement qui le gagnait s'ajoutait la profonde admiration d'un médecin pour un autre.

— Et quelle est la prochaine étape, pour notre patient ?

— J'ai arrêté pratiquement tous ses traitements. En ce moment, je n'arrive pas encore à distinguer les symptômes des effets secondaires des médicaments divers et variés qu'il a absorbés.

Elle fronça les sourcils et reprit en agitant un morceau de pain en l'air :

— Ça ne va pas être confortable pour lui, mais nous comprendrons mieux ce qu'il se passe dans son organisme. L'infirmière doit me prévenir en cas d'évolution majeure. Mais le dernier examen a drastiquement réduit la liste des maladies potentielles.

Le plat principal apparut.

Cela faisait donc si longtemps qu'ils parlaient ? La tension dans son ventre avait disparu, ne restait qu'un étrange sentiment de familiarité qu'il ne savait pas comment interpréter.

Yara n'en revenait pas.

Salvador et elle ne disaient plus rien depuis un moment, mais ce n'était pas le même silence qu'à l'hôpital. Celui-ci était tranquille, facile, comme si leur échange avait partiellement réparé ce qu'elle avait détruit en quittant Brasilia.

Puis il plissa les yeux, et son regard noir la fit frissonner. Elle savait le cœur généreux qui battait dans son torse – combiné à son physique renversant, il ne lui laissait aucune chance de s'en tirer. Mais elle ne devait pas faire confiance à ces sentiments : ils n'étaient pas vraiment réels, c'était la survivance d'émotions anciennes dont elle n'était pas encore venue à bout.

Où était passé son calme, l'aplomb qu'elle éprouvait quelques instants auparavant ?

— Ça fait combien de temps que ton neveu vit avec toi ? demanda-t-elle pour oublier le sang qui battait à ses oreilles.

Le regard rêveur de Salvador devint aussitôt perçant, et sa bouche se réduisit à une très fine ligne.

Elle avait visiblement franchi une limite invisible. Qu'était-il arrivé à Felipe pour que Salvador prenne son neveu chez lui ?

— Ça fait six mois maintenant. Mais ça faisait déjà un an que je l'accueillais pour des périodes plus ou moins longues, parce que mon frère n'arrivait pas à lui offrir un environnement stable… Il est en prison, dit-il d'une voix atone.

Elle ne comprit pas tout de suite.

— En prison ?

Elle aurait dû s'y attendre, vu les rumeurs qui circulaient sur leur famille. Felipe avait de mauvaises fréquentations, et Salvador se réfugiait régulièrement chez elle, à la grande contrariété de ses parents à elle. Même avant que leur relation dépasse le stade amical, ses parents l'encourageaient à fréquenter les fils de leurs amis dans l'espoir qu'elle choisisse un petit ami plus acceptable. Elle n'avait compris la manœuvre que des années plus tard.

Salvador hocha la tête en gardant une expression neutre.

— À la fac, il a rencontré comme par hasard des gens louches, et il a rapidement abandonné les études pour s'associer en « affaires » avec l'un d'eux. Je ne lui ai jamais demandé de quoi il retournait. Un jour, ils ont été arrêtés par la police. Ça a été le début d'une suite d'actes de délinquance qui le conduisaient chaque fois en prison pour quelques mois. Ça ne pouvait que mal finir. J'étais terrifié, je voulais le sortir de là…

Salvador s'interrompit, la bouche crispée.

L'instinct de Yara prit le dessus, elle posa la main sur son avant-bras en signe de réconfort. Sa peau était tiède sous ses doigts, cela donnait envie de la caresser…

Cela dura quelques secondes, puis elle prit conscience de ce qu'elle faisait et retira sa main comme sous l'effet d'une brûlure.

Qu'est-ce qu'il lui prenait ? Pas plus tard que la veille, ils étaient convenus de s'en tenir au domaine professionnel. Lui tripoter le bras ne rentrait pas dans ce cadre !

— Désolée, je ne voulais pas…

Salvador secoua la tête.

— C'est… Ça va. Tu as posé une question. J'ai répondu.

Il parlait à voix basse et hachée, mais toute trace de vulnérabilité avait disparu de son visage. Il était de nouveau rentré dans sa coquille.

Que s'était-il passé ? Elle avait entrevu la possibilité qu'ils redeviennent amis, puis il s'était éloigné plus encore. Ils évoquaient brièvement le passé avec aisance, mais ce qu'elle avait fait à l'époque planait au-dessus d'eux en permanence, comme un lourd nuage.

Le mieux était d'abandonner. Ils n'y arriveraient pas, il y avait trop de douleur entre eux.

— Et toi ? demanda-t-il, les yeux fixés sur son assiette. Tu me disais que tu n'as pas envie de voir Bianca ?

— Je ne sais pas. J'irai peut-être la voir, c'est ma sœur, mais tu sais comme elle aime les histoires. Elle est assez envahissante, et je ne suis pas certaine de le supporter.

Salvador haussa un sourcil.

— Pourquoi dis-tu ça ?

Voir sa sœur et ses cousins rendrait problématique son séjour au Brésil. Elle avait caché son divorce à tout le monde.

— C'est une histoire longue et sans grand intérêt, répondit-elle en fuyant son regard perçant.

— Mmh… Je peux comprendre que tu n'aies pas envie d'en parler. Après tout, je suis le premier à fuir les discussions.

Le retour de sa vulnérabilité la toucha, l'incitant à se confier.

— En fait, j'ai divorcé sans en parler à personne. Ça a été… assez moche. Ça fait un an, mais j'ai mis ça de côté, et je ne suis pas prête à faire face. Bianca se mettra en tête de tout arranger, alors que j'ai encore besoin de temps pour panser mes plaies.

À sa grande surprise, Salvador répondit d'un hochement de tête plein de gravité et de compréhension.

— Je me suis retrouvé dans une situation du même genre quand on m'a confié la garde de Felix. Un garçon de douze ans ne faisait pas vraiment partie de nos plans de vie.

— Pour de bon ? Ta femme t'a quitté parce que tu avais la responsabilité de ton neveu ?

Qui faisait une chose pareille, surtout dans ces circonstances ?

— Oh ! nous n'étions pas mariés. Mais oui, il est parti quand il est devenu évident que mon frère ne sortirait pas de prison dans un avenir proche et que Felix a été placé sous ma garde.

Un silence assourdissant submergea Yara. C'était comme si on avait soudain coupé le son de la vie autour d'elle. Elle cligna plusieurs fois des yeux, essayant de reprendre pied au milieu du tourbillon de ses pensées.

*Il* était parti ?

Les sentiments complexes qu'elle éprouvait pour Salvador lui apparaissaient soudain sous un nouveau jour.

Ils avaient cédé à la puissance de leurs émotions à l'âge de dix-sept ans, et trente ans s'étaient écoulés depuis, ce qui était largement assez pour découvrir une autre orientation sexuelle.

Était-ce pour cela qu'il était mal à l'aise ? Non pas à cause de ce qu'elle avait fait mais parce qu'il n'avait jamais vu en elle autre chose qu'une amie ?

L'effet de son intense regard noir devint plus troublant encore, plus perturbant, tandis qu'elle tentait de concilier cette nouvelle donnée avec les émotions anciennes qui reprenaient vie en elle. Était-elle devenue incapable de distinguer un regard neutre d'un autre chargé de désir ?

Elle hésita un instant. Comment était-on censé poser ce genre de questions ?

— Attends… Tu es… ?

La vibration du portable de Salvador interrompit sa phrase.

— C'est l'hôpital, dit-il en parcourant le texto. M. Orlay n'a plus de sensations dans une jambe, et il a du mal à déglutir.

Ces informations chassèrent intégralement la discussion de l'esprit de Yara. Elle repassa immédiatement en mode médecin pour tenter de faire coïncider ces nouveaux symptômes avec la kyrielle d'observations qu'elle avait rassemblées sur l'état de santé du patient.

Salvador se leva en hochant la tête avec détermination.

— Mets ça sur mon compte, Baylor, cria-t-il au barman à l'autre bout du comptoir. Tu es prête ?

— C'est parti.

# 5.

Quelques minutes plus tard, Salvador se dirigeait vers la chambre de M. Orlay, suivi de Yara.

À leur arrivée à l'hôpital, il avait juste pris le temps de prévenir par texto Ciara qu'il allait effectivement être retenu à l'hôpital, ce à quoi elle avait répondu par un émoticone effectuant un clin d'œil.

Il aurait préféré que le dîner avec Yara ne prenne pas fin ainsi, en pleine conversation sur ce sujet-là. Il était en paix avec sa sexualité, ce que les gens en pensaient lui importait peu. Mais Yara était un cas à part, et il était curieux de sa manière de voir. Elle avait eu une réaction de surprise à son coming out, mais ils avaient été interrompus par l'urgence liée au patient. Qu'avait-elle été sur le point de dire ?

Il avait perdu des amis du fait de sa bisexualité. À l'époque, certains étaient moins tolérants. Mais ce n'était pas le genre de Yara, n'est-ce pas ?

Ils n'étaient pas très à l'aise ensemble car la fin abrupte de leur histoire planait au-dessus d'eux. Il devait rester sur ses gardes, il se le répétait régulièrement. Les moments où cela lui sortait de la tête étaient dangereux, par leur douceur, par la chaleur et le réconfort qui en émanaient. Ces émotions-là lui étaient interdites.

Yara s'approcha du lit du patient.

Henrique Orlay était beaucoup plus pâle, son visage était recouvert d'une fine pellicule de sueur, et il respirait avec difficulté.

— Bonsoir, monsieur Orlay, dit-elle en se postant à son chevet. L'infirmière qui s'occupe de vous nous a fait part de vos difficultés. Je sais que c'est pénible, mais pourriez-vous me les redire ? Je préfère les entendre en personne.

Elle écouta le malade avec un sourire rassurant tandis qu'il lui exposait ses symptômes et lui indiquait quels endroits de la jambe et du bras il ne sentait plus. Elle posait doucement la main sur les zones en question, s'arrêtant parfois comme pour retenir un détail important, puis elle revenait au patient.

Même si les collègues de Salvador étaient des modèles de conscience professionnelle, la regarder travailler révélait un tout autre niveau d'implication et de talent.

L'inquiétante connexion qui les reliait devenait plus importante encore maintenant que l'excuse de sa situation maritale avait disparu. *Elle n'est pas mariée, elle n'est pas mariée*, cela tournait en boucle dans son cerveau, alors que cela ne changeait rien : ce n'était pas parce qu'elle était disponible que lui-même l'était.

Il revint au moment présent lorsque Yara, l'auscultation terminée, fit un pas en arrière et se tourna vers lui.

— Tu as tout suivi, fit-elle avec une nuance d'amusement.

— Oui, répondit-il d'une voix enrouée.

La regarder travailler l'avait fasciné, tant chaque geste était calculé pour le bénéfice du patient.

— Alors, tu en penses quoi ?

Que tu es un médecin incroyable.

Elle rougit, et le désir le gagna de caresser son visage, d'éprouver la douceur de sa peau.

— Je parlais de M. Orlay, dit-elle en l'entraînant vers le couloir pour pouvoir parler librement. Tu penses quoi de ses symptômes ?

— Oh…

Évidemment, de quoi d'autre aurait-il pu s'agir ?

Il s'appuya contre le mur du couloir en croisant les bras et haussa les épaules.

— Il aurait dû retrouver de la force dans les membres, désormais, mais c'est peut-être encore un effet de l'opération ? Une tamponnade cardiaque ?

Elle se tapotait la joue, cherchant comme lui la solution à ce mystère médical.

— Une tamponnade cardiaque peut prendre du temps, mais après une opération, c'est généralement rapide.

— On pourrait demander un électrocardiogramme. Le cardiologue ne sera de retour que demain, mais je peux demander qui est de garde.

Elle secoua la tête.

— Je ne crois pas à une tamponnade. Faisons plutôt un Doppler pour examiner les flux sanguins de ses extrémités.

— Maintenant ? demanda-t-il avec un coup d'œil à l'horloge murale.

La soirée s'était déjà prolongée plus tard que prévu, mais le pire était qu'il voulait qu'elle réponde « oui, maintenant » pour rester encore d'avantage auprès d'elle.

Comme c'était étrange ! Il y avait seulement deux jours, la revoir l'avait bouleversé, ravivant toute la souffrance et la rage qu'elle avait provoquées en disparaissant de sa vie. Mais il avait également retrouvé les autres émotions qu'il avait enfouies à cette occasion, y compris ce lien profond qui leur permettait de tout se dire. Cela aussi était revenu. C'était ténu, fragile, mais cela avait survécu dans les profondeurs tourmentées qui le constituaient.

Yara suivit le regard de Salvador en direction de l'horloge et ferma un moment les yeux.

Il était beaucoup plus tard qu'elle ne l'aurait cru. L'état de M. Orlay était stable, il s'était détérioré, mais pas au point de réclamer une intervention immédiate.

— Je n'avais pas vu l'heure. Tu dois aller rejoindre ton neveu, et je dois faire quelques recherches.

Une expression fugace passa sur le visage de Salvador.

Son cerveau lui jouait-il des tours, ou était-il déçu que leur soirée prenne fin ?

— La baby-sitter est encore là pour une heure ou deux, tu veux qu'on voie ensemble ton programme pour demain matin ?

Elle sentit son cœur s'arrêter de battre un instant.

Il voulait gagner du temps pour rester avec elle !

— Oui, bonne idée. J'ai juste le petit remontant qu'il nous faut.

Elle lui fit signe de la suivre jusqu'à son bureau improvisé et referma la porte derrière elle. Puis, ouvrant son sac à main avec un grand sourire, elle produisit fièrement une tablette de chocolat qu'elle déposa sur la table devant Salvador.

— Tu trimballes du chocolat partout avec toi ?

— Du chocolat *suisse*, précisa-t-elle en lui en ouvrant l'emballage pour lui en offrir un morceau. J'étais là-bas pour une mission, et j'avais complètement oublié de le retirer de mon sac.

— Tu es aussi bordélique que dans mes souvenirs, marmonna-t-il en regardant le morceau de chocolat comme s'il hésitait à le porter à sa bouche.

— Tant mieux si les changements se limitent aux rides et aux cheveux gris ! fit-elle d'un ton léger pour contrer l'émotion que ses mots faisaient naître en elle.

— Ça te va bien, répondit-il, d'une voix sourde qui la fit vibrer.

Était-il vraiment en train de… flirter avec elle ?

Impossible ! La conversation qu'ils avaient eue Chez Pepe lui revint, notamment la révélation détonante qu'il lui avait faite sur sa nouvelle orientation sexuelle. La dernière personne avec qui il était sorti était un homme. Cela changeait radicalement sa perception de leur propre relation.

En était-il déjà conscient à l'époque ?

Cela l'aurait presque réconciliée avec la manière dont elle était partie. Si leur histoire était sans avenir dès le début, sa famille était toujours coupable d'avoir fait pression sur elle, mais les regrets pesaient moins lourd. S'il ne l'avait jamais désirée comme elle l'avait désiré, quel risque y avait il à lui révéler ses sentiments ? Elle pouvait mettre les suppositions incessantes sur pause et se débarrasser une bonne fois pour toutes de ses regrets.

Ainsi, la tension sexuelle qu'elle avait remarquée entre eux depuis son retour n'aurait existé que dans son esprit ?

— Il faut que je te dise quelque chose, dit-elle sans se laisser le temps de la réflexion.

Il leva les yeux vers elle, attendant simplement qu'elle s'exécute.

Elle n'osait pas le regarder et gardait les doigts croisés pour s'empêcher de tambouriner sur la table.

— Je disais que je n'avais rien à te cacher, alors… Quand je suis partie pour la fac de médecine, je voulais que notre histoire continue. J'ai paniqué, et j'ai été en dessous de tout avec toi, ça oui. N'empêche, j'aurais voulu que notre relation d'amitié évolue, dire le contraire n'est pas juste.

Il se racla la gorge.

— Pourquoi m'as-tu dit le contraire il y a deux jours ?

Elle lui jeta un rapide coup d'œil.

Pourquoi cette question ? Si les femmes ne l'intéressaient pas, que lui importaient les sentiments qu'elle lui portait il y avait si longtemps ?

— C'est très compliqué, je ne crois pas pouvoir l'expliquer.

— Voyons si je comprends, fit-il en la défiant d'un petit mouvement du menton.

Elle hésita.

Commencer à lui avouer la vérité avait été difficile, mais elle se sentait déjà plus légère, plus à l'aise avec lui… Et malheureusement, cela renforçait également son attirance pour lui.

— Je croyais que mes parents ne voulaient que mon bien en m'éloignant de toi, mais j'ai compris ces dernières années que ce qui les motivait par-dessus tout, c'était l'image de la famille parfaitement conforme socialement.

Elle se sentait en confiance, prête à s'ouvrir. Son regard chaleureux la détendait. Mais elle n'en dirait pas plus. Que penserait-il d'elle s'il savait qu'elle s'était si facilement laissé manipuler par eux ?

Salvador gardait la silence, mais il la regardait avec une intensité qui lui coupa le souffle. Il ne souriait pas. Les choix qu'elle avait faits par le passé ne l'amusaient pas.

— Alors, tu voulais être avec moi ? demanda-t-il finalement, d'une voix rocailleuse qui lui enflamma les sens, même si sa réaction était déplacée puisqu'il n'était pas disponible pour elle.

— Oui, répondit-elle avec un geste de la main, comme pour détourner l'attention de sa voix tremblante. Avec le recul, j'aurais pu nous faciliter la tâche en étant simplement honnête. Je veux dire, maintenant que je sais que tu ne te serais jamais vraiment intéressé à moi…

— Mais pourquoi pas ?

La question la prit de court. Salvador allait-il faire comme s'il ne lui avait pas avoué son homosexualité ?

— Mais parce que… Tu sors avec des hommes.

Il soupira et croisa les bras en reculant contre le dossier de son siège. Il garda les yeux sur elle, soupesant manifestement la réponse qu'il s'apprêtait à lui faire.

Une pensée la traversa. Et si cela avait été un lapsus ? Si son aveu avait été involontaire ?

— Je suis bisexuel.

Le silence se fit en elle tandis que sa réponse pénétrait son cerveau.

Bisexuel. Il sortait avec des hommes… et des femmes !

Elle eut soudain une conscience extrême de sa proximité, et le feu se ralluma en elle.

— Oh non, murmura-t-elle, plus pour elle que pour lui.

— J'ai mis un peu de temps à m'y faire, mais je peux te jurer que c'est vrai.

Cette fois, les coins de sa bouche se relevaient, et il avait une nuance d'amusement dans la voix.

— Non, je voulais dire que…

Elle ne savait plus ce qu'elle voulait dire, justement. Rien ne se déroulait comme prévu. Ils étaient censés rire de son ancienne attirance pour lui et passer à autre chose, mais tout en elle reprenait brusquement vie, et elle ne savait plus ce qui était vrai ou pas. L'image qu'elle se faisait de Salvador changeait pour s'adapter à une réalité qui évoluait depuis trente ans.

— Ça change la manière dont tu me vois ? demanda-t-il, comme si elle n'avait pas de secret pour lui.

Elle prit un moment pour mettre en perspective ce qu'elle venait d'apprendre.

— Ça ne change rien à ce que je ressentais pour toi.

— Quand nous étions ensemble, je n'ai jamais eu aucun

doute sur ma sexualité. Je n'en ai pris conscience que quelques années plus tard. Je ne sais pas si ça a eu une influence sur notre histoire ou pas, mais puisque tu étais partie, je n'avais plus à explorer ma sexualité dans les limites d'une relation exclusive.

Il parlait avec délicatesse, mais son visage restait neutre. Impossible de deviner ses émotions.

— Si tu te poses la question, ça ne me dérange pas, dit-elle après un temps. Je suis contente que tu te sois senti en confiance pour partager cette part de toi avec moi. J'aurais peut-être fait ce genre de choses si je ne m'étais pas mariée aussi jeune…

Sa voix se brisa.

Imaginer les personnes avec qui Salvador avait été au lieu d'être avec elle lui brisait le cœur de manière disproportionnée. Après tout, c'est elle qui lui avait donné cette latitude en partant.

— Est-ce que je te plais comme je te plaisais quand tu es partie ?

Sa question l'atteignit en pleine poitrine et vint rejoindre les émotions qui s'y accumulaient. Elle vibrait tout entière sous son regard.

— Salvador. Je ne sais pas si…

— Parce que moi, ça ne fait que deux jours que tu es revenue dans ma vie, et je t'ai déjà de nouveau dans la peau, Yara, dit-il. Penser à toi me remplit de douleur et de colère, mais je suis incapable de m'en empêcher.

— Oh…

Quelque chose en elle céda. Des milliers d'images lui venaient, de ce que sa vie aurait pu être auprès de lui, et son cœur explosait. Ils avaient tant perdu ! Mais était-ce réaliste, avec ce qu'elle savait désormais de sa sexualité ? Ou avait-il fallu qu'elle parte pour que Salvador devienne l'homme qu'il était maintenant ?

Quelle importance, alors qu'il était si proche et qu'elle percevait son souffle sur sa peau.

La main de Salvador se leva vers son visage, descendant de sa joue vers son menton. Du pouce, il effleura ses lèvres, qui s'embrasèrent aussitôt alors qu'il l'avait à peine touchée. Son corps répondait instinctivement, brûlant de réaliser le rêve qui s'était incrusté en elle depuis tant d'années.

— Tu m'as anéanti en partant, et je ne t'ai pas pardonné pour ce qu'il s'est passé. Mais je n'ai qu'une envie : t'embrasser, dit-il en lui effleurant de nouveau les lèvres. Comment peux-tu me faire un effet pareil ?

— Salvador…

Cette fois c'était une imploration, et il effaça la distance qui les séparait, lui offrant un baiser dont elle rêvait depuis une vie entière.

Quand Salvador sentit les lèvres de Yara sous les siennes, tout se ranima avec une ardeur terrifiante.

En engageant cette conversation avec elle, il ne s'attendait pas à la conclure en l'embrassant. Son aveu l'avait fait chavirer, et il doutait d'avoir bien mesuré ce qu'elle lui avait dit. Son affection pour elle était restée presque en sommeil pendant toutes ces années, elle avait élu domicile en lui, même si elle était cachée derrière la souffrance. Mais à l'instant, il aurait voulu lui arracher ses vêtements et la faire sienne dans la seconde.

Les ingérences familiales et le manque d'assurance leur avaient fait perdre des années, les empêchant de se réaliser pleinement.

Bien sûr, seule la solitude lui avait permis de se connaître vraiment, mais il n'en regrettait pas moins l'avenir qui leur avait été interdit. Elle l'avait brisé, et il n'avait plus jamais fait véritablement confiance à autrui. Les cicatrices de son esprit ne s'étaient jamais complètement refermées. Il avait monté des remparts d'acier autour de son cœur. Rien ni personne n'en était venu à bout. La femme qu'il désirait tant y parviendrait-elle ?

Yara l'avait exclu de sa vie sans y penser à deux fois. Elle lui avait expliqué pourquoi, ce qui l'aidait à replacer les événements dans leur contexte, mais la vérité n'effaçait pas les dégâts, et il doutait que ceux-ci puissent être réparés.

Malgré tout, son corps entier explosait de désir pour Yara. Sans doute n'avaient-ils pas d'avenir commun, mais peut-être pouvait-il lui faire suffisamment confiance pour réaliser un fantasme qui le poursuivait depuis des années – et qu'elle semblait partager, s'il en croyait l'urgence avec laquelle elle répondait à ses caresses et s'accrochait à lui.

Elle gémissait contre ses lèvres, et le poids de son corps contre le sien faisait barrage à la peine et à la colère.

Le lendemain, ils pourraient en revenir à de cordiaux rapports professionnels. Pour le moment, il voulait seulement lever le rideau sur la vie qu'ils n'avaient pas eue.

Il s'abandonna. Il attira Yara dans ses bras.

Elle posa une main sur son torse et l'autre sur sa cuisse, lui envoyant une décharge de désir dans les veines.

Il était adulte et expérimenté, mais ce baiser et la perspective de découvrir ce qui se dissimulait sous ses vêtements le laissaient pantelant de désir. Il voulait la prendre, même si cela ne devait durer qu'une nuit.

Cette pensée s'attarda en lui tandis qu'il déposait une série de petits baisers sur l'ovale de son visage et le long de son cou.

— Salvador, dit-elle d'une voix qui lui parvint comme de loin.

Il sourit. Elle avait tremblé quand il avait caressé son décolleté, se délectant de la douceur de sa peau, de son parfum luxuriant. Et l'éclat de ses yeux le suppliait de ne pas arrêter.

— Salvador, ton…

Son nom sur ses lèvres l'éperonnait, le désir devenait douloureux.

— … ton téléphone, dit-elle entre deux soupirs.

— Quoi ? fit-il, l'esprit embrumé.

— Ton téléphone vibre, dit-elle, le ramenant enfin à la réalité.

Son téléphone ? Qui essayerait de le joindre à une heure pareille ?

*Felix.*

Il reprit aussitôt ses esprits, comme si cette pensée lui avait jeté un seau d'eau glacée au visage. L'ambiance de désir fut remplacée par le raisonnement logique, et il prit de la distance.

Yara écarquillait les yeux, tout feu les avait quittés.

Il attrapa son téléphone et regarda l'heure.

Minuit. Il avait dit à Ciara qu'il rentrerait une heure plus tôt.

— Je dois rentrer, il faut que je libère la baby-sitter, dit-il avec un soupir en regardant Yara.

Elle s'était éloignée physiquement et émotionnellement. Il n'y avait plus aucune trace du moment qu'ils avaient partagé. Le feu était remplacé par des murailles infranchissables.

Les regrets l'assaillirent.

Quel imbécile il était ! Il avait lâché prise une seconde et mis en péril l'avenir de leur collaboration professionnelle, tout ça pour un fantasme qui ne deviendrait jamais réalité, il le savait parfaitement. Pas avec la vie qui était la sienne. Pas avec qui il était.

— Tu peux rentrer seule à l'hôtel ?

Elle hocha la tête, le visage toujours aussi impénétrable.

Il ne pouvait pas partir ainsi, ses pieds refusaient de lui obéir. Il voulait rester avec la femme qui avait repris sa place dans son cœur, le rendant fou de désir inassouvi comme si elle n'était jamais partie.

Mais l'envie ne suffisait pas. D'ailleurs, comment savoir ce qui relevait du désir actuel et des sentiments passés ?

— On se voit demain pour les examens, alors ? demanda-t-il dans l'espoir d'évaluer ce qu'il venait de se passer entre eux.

— Demain, oui. Bonne nuit, Salvador, répondit-elle en évitant son regard.

Ce n'était pas bon signe.

Cette fois, l'entendre prononcer son nom ne lui mettait pas le sang en ébullition mais ravivait la blessure qu'il cachait depuis qu'ils s'étaient retrouvés. À agir aussi impulsivement, il s'était mis dans une situation compliquée qui aurait été parfaitement évitable. Il ne lui restait plus qu'à retourner au plus vite auprès de la personne qui devait maintenant faire l'objet de toute son attention et de tous ses efforts : Felix. C'était pour lui qu'il devait garder ses distances avec Yara et avec les monstres du passé qu'elle réveillait en lui.

# 6.

Dans l'espoir de calmer son appréhension, Yara prit une profonde inspiration avant de sonner chez sa sœur. Il y eut quelques secondes de silence, puis une clé tourna dans la serrure, et la porte s'ouvrit sur le visage étonné de Bianca.

— Yara ! Mais qu'est-ce que tu…

— J'ai embrassé Salvador hier soir.

Bianca, la bouche grande ouverte, cligna des yeux, essayant de comprendre.

— Bien, dit-elle. On a un sacré bilan à faire.

Elle s'écarta pour la laisser entrer.

La maison n'avait pas changé malgré ses années d'absence, et cela rassura étrangement Yara. Sa vie pouvait être en perpétuel bouleversement, au moins elle aurait toujours sa place attitrée sur le canapé de sa sœur. Ce qui tombait très bien en ce moment, alors qu'elle venait d'embrasser son amour d'adolescente.

Bianca s'agita quelques instants dans la cuisine et revint avec deux mugs fumants.

— Alors, ça a repris, Salvador et toi ?

Yara manqua s'étouffer.

— Non ! Tu crois que je viendrais sonner chez toi un matin comme ça si on était de nouveau ensemble ? Et je ne pense pas qu'on puisse « reprendre » avec quelqu'un avec qui on n'a pas dépassé le stade de l'effleurement. Maman veillait au grain.

— Les femmes Lopes ne traînent pas avec des vagabonds, fit Bianca en haussant les sourcils.

Yara soupira dans son mug.

— Tu as l'intention de me soutenir ou pas ? Il faut que je le sache, pour adapter mes attentes.

— Désolée, frangine. Il fallait bien que je te fasse payer de ne m'avoir pas prévenue que tu étais à Brasilia. Mais bon, c'est fait. Alors, pourquoi est-ce que tu embrasses un vieil amoureux que tu n'as pas vu depuis trente ans ?

— Je ne sais pas, répondit-elle en laissant tomber ses épaules. On parlait de l'époque où on était ensemble, et je voulais lui dire ce qu'il s'était vraiment passé quand je suis partie. La nostalgie s'en est mêlée, et il m'a dit…

Yara prit une gorgée de thé pour masquer la soudaine interruption. Elle avait failli faire des révélations sur la sexualité de Salvador alors que c'était à lui de décider qui devait être au courant.

Bianca fronça les sourcils.

— Je ne te suis pas. Pourquoi es-tu là ? Et comment t'es-tu retrouvée à embrasser un autre homme que Lawrence ?

Yara regardait sa sœur, le mug à mi-chemin de ses lèvres.

Bouleversée par ce qu'il se passait avec Salvador, sa confession et leur baiser, elle avait oublié que Bianca n'était pas au courant de son divorce.

Elles qui se disaient tout auparavant, elles n'étaient plus aussi proches. Cela faisait des années que Yara voyageait pour le travail et qu'elle avait orienté sa carrière pour fuir le domicile conjugal. Elle aurait pu revenir dans son pays natal, mais la pression que ses parents lui avaient fait subir avait laissé des traces. Elle n'avait dit à personne ce qu'il s'était passé. Quand elle parlait à sa sœur, elle prétendait que tout allait bien, et elle évitait le Brésil même si cela la faisait souffrir.

Elle prit une profonde inspiration.

— Lawrence et moi avons divorcé.

La réaction de sa sœur se fit attendre. Elle aurait préféré une réponse immédiate, de la surprise, des récriminations. Elle savait y faire face. Le calme, c'était pire que la colère.

— Quand ça ? demanda Bianca avec un sérieux inquiétant.

— Ça s'est finalisé l'année dernière, mais on était séparés depuis quelques années.

— Quand tu as commencé à voyager plus, dit Bianca pour elle-même. Mais en arriver là n'a pas été facile.

Ce n'était pas une question, mais Yara acquiesça d'un signe de tête. C'était à partir de ce moment-là qu'elle s'était éloignée de sa sœur.

— Oui. Je n'ai jamais été amoureuse de Lawrence. Pas vraiment. Je voulais l'être, mais il semblerait que la volonté ne peut pas tout.

Pendant des années, elle avait été sur pilote automatique, faisant comme si, tandis que Lawrence et elle menaient des existences séparées. Elle pensait être devenue insensible, tant elle s'était anémiée dans ce mariage absurde.

Puis, il y avait quelques jours à peine, elle s'était retrouvée en tête à tête avec Salvador, et ses poumons s'étaient emplis d'un air différent, rafraîchissant. C'était la raison de sa visite à sa sœur. Ce que lui inspirait Salvador ne se limitait pas à des souvenirs et à du désir, c'était réel, tangible, une véritable chance de reprendre sa vraie vie – à la condition qu'elle soit assez courageuse pour s'en saisir.

Et elle avait besoin que quelqu'un l'en dissuade.

— C'est pour ça que tu embrasses Salvador, tout d'un coup ?

Yara faillit éclater de rire. Elle avait eu ce type de pensée, mais l'entendre dans la bouche de sa sœur ne faisait pas le même effet.

— Non, je n'avais pas prévu de l'embrasser.

— Je ne suis pas certaine de comprendre ce qu'il fait dans l'histoire.

— Ah, oui. Il travaille dans l'hôpital qui a fait appel à moi.

— Tu restes combien de temps ?

— Jusqu'à ce qu'on ait trouvé de quoi souffre le patient. Probablement d'ici la fin de la semaine prochaine.

Bianca hocha la tête.

— Alors, tu n'as pas vraiment le temps de te mettre dans les ennuis avec Salvador…

Elle fit une pause pour faire une grimace.

— Ça ne va pas faire plaisir à maman.

— Ça ne va rien faire à maman, parce que nous ne lui dirons rien.

— Surtout, invite-moi quand tu lui annonceras que tu es en couple avec Salvador.

— Je ne *peux pas* être avec Salvador, même si je le voulais. On s'est juste embrassés !

Son cœur cognait dans sa poitrine, le sang pulsait dans ses veines. Le déni lui avait échappé. Les mots résonnaient dans le silence, ils lui pesaient sur le cœur. C'était la conclusion à laquelle elle en était arrivée ces derniers jours. Elle n'en revenait pas de la vitesse à laquelle était réapparu son désir pour Salvador. Il avait suffi qu'elle baisse la garde une seconde. Trente ans après, il l'envoûtait toujours.

Peut-être avait-elle bien fait de partir, de lui laisser du champ pour devenir l'homme qu'il était. Que serait devenue leur relation si elle était restée ? Ne lui en aurait-il pas voulu de l'empêcher d'explorer ce qu'il y avait en lui ?

Que ses errements à elle l'aient aidé à découvrir sa propre sexualité était bizarrement rassurant.

— Et pourquoi pas ? demanda Bianca.

Yara serra les dents.

C'était la question qu'elle ne voulait pas se poser.

— Je ne peux pas, c'est tout. Ma vie n'est pas ici, et lui a la garde de son neveu. On ne peut pas refaire le passé et prétendre que rien n'est arrivé.

— C'est vraiment ce que tu ressens, ou c'est ce que tu t'es dit sur le moment ?

Elle ne voulait pas avoir cette conversation.

Elle reposa son mug sur la table basse avec un peu trop de force avant de se lever.

— Je ne peux pas répondre à ça, c'est trop compliqué. Je suis venue parce que j'avais besoin d'être soutenue, pas pour que tu me convainques de foncer tête la première vers quelque chose que je ne peux pas avoir.

Bianca se renfonça dans son fauteuil.

— Je n'essaye pas de te convaincre de quoi que ce soit.

J'essaye de voir les choses sous plusieurs angles, d'accord ? Maintenant, rassieds-toi.

Yara consulta l'écran de son téléphone.

— Je dois retourner voir le patient. On l'a mis sur un nouveau traitement.

Sa sœur avait probablement senti que ce n'était qu'un prétexte, mais elle se leva à son tour.

— Tu échappes aux reproches pour cette fois, mais reviens me voir avant de repartir pour une nouvelle mission, promis ?

— Promis, répondit Yara sans pouvoir retenir un sourire.

À peine franchi le seuil des urgences de l'hôpital, Salvador fut happé par le chaos.

Médecins et infirmières hurlaient des informations depuis les box, les moniteurs bipaient sans discontinuer au milieu des hurlements de douleur des blessés amenés par les ambulanciers.

Il oublia pourquoi il était venu et se mit aussitôt au travail : les collègues avaient besoin de lui.

— Que se passe-t-il ? En quoi puis-je aider ? demanda-t-il en observant un blessé inconscient sur un brancard.

L'interne qui poussait le brancard regarda son badge avec un air suspicieux. En tant que l'un des radiologues les plus compétents de l'hôpital, Salvador passait peu de temps aux urgences, à part pour répondre à une demande expresse du chef de service.

— Grave accident sur l'autoroute la plus proche, répondit le médecin en commençant les soins du blessé. D'autres ambulances arrivent.

— Entendu, répondit Salvador en se dirigeant vers l'entrée pour se rendre utile.

En chemin, il enfila des gants en latex et arriva juste en même temps qu'une nouvelle ambulance. Les portes s'ouvrirent, et les ambulanciers sautèrent du véhicule pour sortir le brancard. Quand le visage de Yara apparut, tout ralentit autour de lui. Les voix des ambulanciers se fondirent en un bruit de fond indistinct, et il se figea en découvrant les traces de sang sur son front. Seuls ses yeux bruns fichés droit dans les siens le sortirent de sa transe.

Elle était à cheval sur le brancard, penchée sur le patient, pressant une plaie de ses mains.

— Patient inconnu, la quarantaine, victime d'un accident de la route, dit l'ambulancier en poussant le brancard vers Salvador. Ils roulaient tous à toute vitesse. Pouls irrégulier, blessure à l'abdomen, antibiotiques administrés pendant le transport.

— Je m'en occupe, dit Salvador en se tournant vers Yara. Ça va ?

Elle hocha la tête, les yeux sur la gaze blanche qui se teintait de rouge sous ses doigts.

— J'étais derrière en taxi, je suis descendue aider.

Il sentit un soulagement intense, absolu, l'envahir.

Comment aurait-il réagi si cela avait été elle, sur le brancard ? L'angoisse pure provoquée par le sang sur son visage l'avait complètement paralysé.

Il venait à peine de la retrouver ! C'était la pensée qui surnageait dans son cerveau. Ils avaient échangé un seul baiser, qui l'avait pourtant affecté au-delà de tout, de la même manière que la voir dans l'ambulance l'avait bouleversé plus qu'il ne l'aurait cru possible.

— Transportons-le dans un box de traumato pour libérer le Dr Silvia, ordonna-t-il au brancardier… Placez vos mains sur les siennes et effectuez une pression, dit-il quelques instants plus tard à l'interne. Maintenant, Yara, retire doucement tes mains.

Elle s'exécuta, laissant l'autre médecin prendre le relais. Salvador lui tendit le bras pour l'aider à descendre du brancard. Elle atterrit au sol avec un grognement.

— OK, voyons ce qu'il se passe, dit-il en observant les moniteurs que les infirmières venaient d'installer.

Il commençait d'étudier les constantes du patient quand Yara réapparut à ses côtés, une blouse médicale enfilée sur ses vêtements.

— Les pompiers l'ont extrait du véhicule par la portière passager, dit-elle en faisant le tour du patient pour ausculter sa blessure à la tête. Réponse pupillaire normale, pas d'indications de trauma crânien, mais on devrait demander un scanner.

Salvador acquiesça et alla observer la plaie au ventre sur laquelle l'interne était toujours penché. Il souleva la gaze.

Le sang avait commencé à coaguler par endroits et l'hémorragie s'était arrêtée, mais la plaie était trop profonde et trop sale pour être recousue sur place.

— Un chirurgien traumatologique va devoir le prendre en charge. Préparons-le pour le transport, dit-il en se tournant vers l'infirmière qui notait les constantes du blessé. Allez demander les instructions à l'infirmière en chef, s'il vous plaît.

Vu le nombre de blessés impliqués dans l'accident, un système de triage avait forcément été mis en place pour déterminer les patients à opérer en priorité.

Yara pansait la tête du patient.

— Je peux préparer la blessure au ventre pour le transport, dit-elle.

Il acquiesça et se mit en retrait, n'intervenant que pour prêter assistance.

Déjà, lorsqu'elle avait posé un diagnostic sur le patient du Dr Douglas après un seul coup d'œil aux radios, il avait compris à quel niveau d'excellence médicale elle évoluait. Désormais, c'était son talent pour les soins au patient qu'elle prouvait, enlevant les débris les plus importants et disposant gaze et bandages avec expertise. Cela ferait gagner un temps précieux à l'équipe de chirurgie qui devrait peut-être faire une recherche de lésions internes.

— On demande une IRM ? demanda-t-elle comme si elle lisait dans ses pensées.

Il analysa les constantes. La pression exercée sur les plaies avait évité l'hémorragie, mais le pouls faiblissait.

— Non, le patient n'est pas assez stabilisé, ils vont devoir chercher les lésions internes en chirurgie exploratoire.

Yara hocha la tête, termina les pansements et transmit le blessé à l'équipe de chirurgie traumatologique qui emmena le patient inconscient en salle d'opération.

— On passe au suivant ? demanda Salvador.

Yara acquiesça avec un visage déterminé.

# 7.

Salvador et Yara avaient passé encore deux heures à se rendre utiles comme ils le pouvaient, puis l'activité du service des urgences s'était calmée, et Salvador l'avait conduite à la salle de repos que le docteur Sakamoto réservait aux médecins haut placés.

Elle avait bien besoin d'une petite toilette et d'un peu de calme après ce qu'ils venaient de traverser.

Dans le feu de l'action, ils n'avaient pas pu se parler ni même se faire savoir qu'ils étaient conscients de la présence de l'autre, mais à présent que les événements s'étaient calmés, il sentait la tension se manifester de nouveau dans sa poitrine. Le mélange de désir et d'appréhension face à la résurgence de son attirance pour Yara.

L'endroit était particulièrement accueillant, la déco soignée. Le confort du profond canapé avait un effet calmant qui l'avait plus d'une fois aidé suite à une garde prolongée. Mais aujourd'hui, face à la porte fermée de la salle de bains qui semblait se moquer de lui, rien n'aurait pu l'apaiser.

Il eut une vision de Yara nue, et le désir prit une forme immanquablement physique.

Aurait-elle voulu qu'il la suive, ou était-ce son besoin d'elle qui lui jouait des tours et lui faisait voir des choses inexistantes ?

Ce devait être ça. Le reste n'était pas possible. C'était le hasard qui les avait fait se retrouver, ils n'avaient pas d'avenir commun. Sa vie entière tournait autour de Felix et de ce qui était bon pour son neveu plutôt que pour lui. Il n'avait rien à faire dans son monde à elle, il en voulait pour preuve la facilité avec laquelle ses parents l'en avaient convaincue…

Mais comme il la désirait ! Le souvenir de leur baiser l'assaillait dès qu'il fermait les yeux. C'était comme si elle n'était jamais partie, comme si elle ne lui avait pas brisé le cœur. Une toute petite semaine avait suffi pour les rapprocher au point qu'il bandait à la seule pensée de son corps nu. L'angoisse de son départ n'atténuait même pas le désir.

Oserait-il goûter ce à quoi il n'avait pas eu droit toutes ces années auparavant ? Était-ce cela qui se jouait entre eux ? L'attirance qu'ils n'avaient pas résolue à l'époque et qui revenait les hanter ?

Il se leva. En deux pas il fut à la porte de la salle de bains.

L'eau ne coulait plus. Il imagina Yara au milieu d'un nuage de vapeur, passant la serviette sur les courbes de ce corps qu'il rêvait de caresser.

En plein dilemme, il plaça une main sur la poignée.

Puis il y eut des pas de l'autre côté de la porte.

Quand Yara sortit de la salle de bains, Salvador faisait une drôle de tête. Elle avait enfilé la tenue médicale trop grande qu'il lui avait donnée, car ses vêtements étaient à mettre au compte des dommages collatéraux de l'accident.

En stoppant l'hémorragie de ses mains, elle avait compris qu'elle n'échapperait pas à un petit tour par l'hôpital. Il était impossible de panser une telle blessure sur place. Mais elle ne s'attendait pas à ce que ce soit Salvador qui sorte de l'ambulance le brancard sur lequel elle était à genoux.

Son visage horrifié restait gravé dans sa mémoire, et ce souvenir lui envoyait des vagues de chaleur inattendue dans la poitrine.

Il avait pris le sang pour le sien.

Dans le chaos des urgences, ils n'avaient pas eu le temps de parler, ils s'étaient jetés dans l'action et avaient travaillé côte à côte, une expérience qui l'avait affectée plus qu'elle n'aurait cru. Collaborer sur le cas de Henrique Orlay était différent, Salvador avait un rôle défini auprès de ce patient, il analysait les résultats d'examens et partageait ses hypothèses avec elle. Aux urgences, elle l'avait vu sous un nouveau jour. Il coopérait avec l'équipe de traumatologie comme s'il faisait cela tous les jours, ne laissant rien passer, avec malgré la pression une assurance manifeste dans ses capacités à poser des diagnostics et à soigner les patients.

C'était une facette de Salvador qu'elle ne connaissait pas, et son investissement en tant que médecin la remplissait d'admiration. En optant pour une carrière médicale, c'était cette image-là qu'elle avait eue en tête, la détermination et la confiance en soi, mais aussi la faculté d'adaptation, la gentillesse, la volonté d'aider quand c'était nécessaire, sans ego. Ses années de déplacements professionnels lui avaient fait rencontrer de nombreux médecins ou équipes hospitalières, et pas un ne se comportait de la même manière. Elle avait dû apprendre à compter avec les ego et les susceptibilités. Les équipes n'aimaient pas qu'on questionne leur travail, et c'était d'autant plus vrai pour la personne extérieure au service qu'elle était.

Mais personne n'avait eu la moindre hésitation, le moindre agacement, quand Salvador s'était retroussé les manches pour se mettre au travail. Le service des urgences n'avait eu que de la reconnaissance pour ce soutien dans un moment de crise. C'était un environnement de travail sain, dans lequel elle pourrait imaginer travailler.

— Ça va ? demanda-t-elle comme Salvador restait immobile, la dévisageant avec une expression énigmatique.

Il se tenait raide comme un piquet, à deux pas de la porte qu'elle venait d'ouvrir, et ils restèrent les yeux dans les yeux le temps de quelques battements de cœur.

Il la regardait avec une intensité qui lui fit oublier de respirer.

Il fit un pas hésitant en avant, suivi d'un autre plus rapide, et il l'écrasa bientôt contre son corps si plein de force, la serrant contre lui. Elle se raidit une seconde, surprise, puis elle s'abandonna à son étreinte. Elle noua les bras autour de sa taille, le pressant contre elle, enfouissant son visage dans son torse.

Il dégageait une telle chaleur, elle connaissait si bien son odeur.

Il posa le menton sur sa tête, fouilla dans ses cheveux, la tenant plus serrée encore.

— Tu m'as fait tellement peur, murmura-t-il, ce qu'elle ne comprit pas tout de suite tant ses sens étaient mobilisés par sa proximité.

— Je vais bien, je t'assure, il m'est arrivé pire, répondit-elle en écoutant son cœur cogner contre sa joue.

Les réserves, les incertitudes concernant leur relation avaient disparu, il n'y avait plus que la chaleur enivrante de son étreinte. Des décennies plus tard, ses bras avaient le même effet sur elle.

— Pas à moi.

Son souffle contre ses cheveux allumait des feux d'artifice en elle.

Elle écarta la tête de son torse, le regarda, et ils laissèrent passer un moment pour profiter de cet instant de compréhension tacite. Puis il frotta le bout de son nez contre le sien, inclina la tête et plongea vers ses lèvres.

Ce fut un baiser différent de celui qu'ils avaient échangé deux jours plus tôt. Celui-ci était chargé de désir, d'urgence, ils n'essayaient plus de faire la part de leur attachement du passé et de leur nouvelle relation de travail. Cette fois, ils savaient qu'ils se voulaient l'un l'autre.

Elle était dans le même état d'esprit que lorsqu'elle était allée demander conseil à sa sœur. Elle ne pouvait pas être avec quelqu'un, elle était encore trop blessée, elle ne s'était pas remise de son mariage sans amour, de ces années de manipulation. Elle ne se faisait plus confiance et ne savait même pas distinguer ce qu'elle ressentait de ce qu'elle pensait *devoir* ressentir.

Son attachement pour Salvador était-il réel, ou n'était-ce qu'une trace du passé ? Et lui, en avait-il vraiment envie ou étaient-ce de vieux sentiments qui remontaient à la surface ?

Il avait exprimé une telle colère quand ils s'étaient reparlé la première fois…

Mais ces pensées s'éloignèrent quand il lui mordit doucement la lèvre. Le feu prit dans son ventre, et elle gémit, lui offrant sa bouche.

Comment avait-elle pu se méprendre sur ce qu'elle avait connu pendant son mariage ? Même au début, elle n'avait rien ressenti d'aussi ardent. Elle avait l'impression qu'elle allait cesser d'exister si elle ne se donnait pas tout entière à cet homme, qui la faisait fondre de plaisir avec un simple baiser.

Cette bouche, quel effet lui ferait-elle ailleurs ?

Cette pensée lui fit tourner la tête, et Salvador dut le sentir, car il s'interrompit pour la regarder avec des yeux rendus troubles par la passion. Il tremblait. Il s'était perdu autant qu'elle dans ce moment.

Cela lui serra le cœur plus encore.

— Ça va ? demanda-t-il, ce qui leur fit brièvement reprendre leurs esprits.

Allait-elle bien ? Probablement pas. Embrasser à corps perdu son petit ami de lycée alors que l'on sort d'un divorce épouvantable, ce n'était pas une marque de bonne santé mentale. Mais pour la première fois depuis une éternité, le sang courait dans ses veines, et elle se sentait vivante. Elle avait cédé à un besoin qu'elle repoussait depuis longtemps, et avec Salvador Martins, ce qui n'était pas le moins risqué. Mais il avait été le premier à faire tomber ses défenses. Et pas par la ruse. Non, il était entré par la porte principale, comme s'il rentrait chez lui.

Il prit son visage en coupe entre ses mains, la dominant comme un jaguar affamé contemplant sa proie de haut. Il grogna et la plaqua contre le mur, recouvrant intégralement son corps avec le sien. Sa bouche chercha un endroit derrière son oreille, ses dents descendirent le long de son cou. C'était tellement intime, tellement sensuel. Quelque chose explosa dans son ventre et elle plaqua les hanches contre son bassin, à la rencontre de son membre raidi.

— Tu vois l'effet que tu me fais, dit-il.

— Salvador…

Elle enfouit les mains dans ses cheveux tandis qu'il explorait son corps des siennes. Passant sous la blouse trop grande, il lui caressa les flancs, alimentant le feu qui brûlait en elle.

— Je ne pense qu'à ça depuis une semaine, dit-il tandis que sa main droite trouvait son sein nu.

Elle cherchait son contact, s'appuyait contre lui. Chacune

de ses caresses la faisait trembler de plaisir. Persuadée qu'elle rentrerait directement à l'hôtel après la douche, elle n'avait pas pris la peine de remettre son soutien-gorge, et elle s'en félicitait désormais.

— Moi aussi, répondit-elle.

De cela et de tant d'autres choses le concernant ! Mais elle n'était plus consciente que du fourmillement de sensations que généraient ses mains sur elle, et de la question de sa sœur qui lui revenait chaque fois qu'elle pensait y mettre fin : « Et pourquoi pas ? »

Pourquoi ne pas profiter du moment sans se soucier du futur ? Et d'ailleurs, de quel futur ?

Elle serait bientôt ailleurs, à parcourir le monde pour résoudre les cas difficiles qui résistaient à d'autres. Salvador ne pouvait pas mener ce type d'existence, il devait penser à son neveu. Leurs modes de vie étaient inconciliables, peut-être l'avaient-ils toujours été. Aurait-il pu s'épanouir dans sa sexualité si elle avait été là pour le retenir ?

S'ils étaient conscients que les choses n'iraient pas plus loin entre eux, s'ils étaient au clair avec leurs intentions, quel mal y avait-il à se laisser aller pour une fois ?

— Si on fait ça…

Tremblante d'excitation, elle s'interrompit alors que Salvador faisait rouler son mamelon durci entre ses doigts. Il prit de nouveau ses lèvres pour un baiser lascif tandis que son autre main allait se loger sur sa fesse pour l'attirer à lui.

— Quelles sont les règles de base ? demanda-t-il en la relâchant avec un soupir de désir.

— Le but n'est pas de savoir si on aurait pu être en couple. On finit simplement ce qu'on a commencé il y a des dizaines d'années.

Il la regarda, les yeux plissés, et hocha la tête.

— Une fois. Pour s'en débarrasser.

Comme pour souligner l'argument, il fit descendre sa main à l'intérieur de son pantalon médical jusqu'à son entrejambe. Là, il explora les reliefs de son sexe à travers le tissu qui commençait à se mouiller. Il ne manquait plus que quelques baisers passionnés.

Il pensait certainement la même chose, car il sourit, une étincelle dangereuse dans le regard.

Cet homme était irrésistible, comment avait-elle réussi à partir la première fois ? Y parviendrait-elle à nouveau ?

— Oh ! mon Dieu ! souffla-t-elle, renversant la tête en arrière quand il s'arrêta sur son clitoris.

Traversée d'éclairs, elle bascula le bassin vers lui, le suppliant.

Mais il prit son temps, bougeant avec une lenteur délibérée, adorant manifestement la délicieuse torture à laquelle il la soumettait.

— Tu as fui, lui murmura-t-il à l'oreille. Maintenant, tu vas faire les choses à mon rythme.

Elle ouvrit brusquement les yeux lorsqu'il retira ses doigts et les porta à sa bouche pour les goûter. Il avait un sourire lascif qui fit manquer un battement à son cœur.

— Quand je te prendrai enfin, Yara, ce ne sera pas dans un local de l'hôpital où je ne peux pas te faire crier librement de plaisir.

Et il s'écarta, la laissant pantelante de désir.

— Tu me rejoins plus tard à l'hôtel ? demanda-t-elle comme il s'éloignait.

Elle le désirait avec une telle force ! Si elle le laissait partir sans le lui dire, elle perdrait confiance, et cela n'arriverait plus jamais.

— Je vais passer un coup de fil, voir si je trouve une baby-sitter pour le week-end.

— Pour le week-end ?

Elle avait envisagé une heure ou deux au maximum.

— Je sais où t'emmener, dit-il d'une voix rocailleuse.

Elle sentit son cœur vibrer dans sa poitrine et sa bouche s'assécher.

— Ce n'est pas un peu trop pour une aventure d'une nuit ?

Pourquoi cherchait-elle la petite bête, alors qu'elle rêvait de passer plus encore qu'un week-end avec lui ? Il y avait tant de choses qu'elle ne pourrait de toute façon pas avoir.

Salvador eut un regard coquin qui détailla son corps avant de revenir à son visage, et la faim dans ses yeux déclencha de nouveaux feux d'artifice en elle.

— Pour nous débarrasser de tout ça une bonne fois pour toutes, il nous faut un week-end entier. Je passe te chercher demain après le travail.

# 8.

Leur destination pour le week-end était à une heure à peine de Brasilia.

S'il ne s'était agi que de ranimer de vieux souvenirs heureux, Salvador aurait pu se contenter d'une journée. Mais si Yara et lui voulaient vraiment en finir avec leur attirance l'un pour l'autre, il leur fallait plus de temps… Cette démarche était-elle judicieuse, ou le désir incessant de posséder Yara ne serait-ce que pour une nuit l'empêchait-il d'y voir clair ?

Car Yara avait donné de bonnes règles de base : cela n'aurait lieu qu'une fois, il n'y aurait pas de suite, pas de nouvel épisode, pas de saison deux. Lâcher la bride à leur désir pour le week-end était déjà fou. Ils redeviendraient ensuite de simples collègues coopérant sur un cas, puis Yara ressortirait de sa vie.

Il se sentait oppressé à l'idée qu'elle reparte si vite après qu'ils se seraient retrouvés, mais il ne voulait pas y penser. Quelques jours plus tôt seulement, il se croyait trop furieux contre elle pour souhaiter son retour. Il ignorait que son amour pour elle n'était pas mort mais qu'il survivait à petits bouillons, tranquillement, depuis plus de trente ans, pour revenir à la vie comme un fauve au premier contact de ses lèvres.

Mais peu importaient ses sentiments, il ne pouvait pas se permettre d'autres complications. Il était devenu une sorte de père pour son neveu, il avait la responsabilité de le guider dans la vie en évitant le parcours que le reste de la famille avait trop souvent choisi.

Et puis, il y avait la petite voix intérieure en lui qui comprenait les réticences qui l'avaient retenue trente ans auparavant. Il n'appartenait pas à son monde, même s'il avait pris ses distances avec ses parents et prouvé au monde entier qu'il ne leur ressemblait pas. Ils avaient évidemment vieilli, mais il les sentait parfois planer comme des ombres au-dessus de lui. Une femme du milieu de Yara gravitait forcément dans la sphère d'un homme comme Lawrence Silvia, bio-ingénieur couvert de récompenses qui travaillait pour une entreprise technologique ambitionnant de changer la médecine moderne.

La veille au soir, il avait fait des recherches sur Internet à propos du mari de Yara, et ce qu'il avait lu l'avait plombé. Poussé par une curiosité fatale, il avait voulu en savoir plus sur l'homme avec qui elle avait été mariée : qui était l'homme qu'elle estimait assez pour changer de nom et prendre le sien ?

Il en savait désormais plus que nécessaire, il en était même nerveux, ce qui était dommage pour une escapade sans attaches loin du quotidien. Il n'y avait pas d'enjeu. Dans quelques jours, Yara serait repartie, mettant fin à quelque chose qui n'aurait même pas vraiment commencé.

En comprenant leur destination, elle poussa un petit cri depuis le siège passager à côté de lui.

— On va à Lagoa Bonita ?

Elle le dévisagea avec un éclat dans les yeux qui lui donna envie de la prendre sur-le-champ, là, dans la voiture.

— Je ne pouvais pas te laisser repartir de Brasilia sans rendre visite à notre endroit préféré.

Quand il avait acheté sa première voiture, ils allaient régulièrement en excursion à Planaltina faire le tour du lac Lagoa Bonita. À la belle saison, l'endroit était prisé des touristes pour ses dunes de sable immaculé. La petite ville regorgeait de petits magasins et de restaurants tenus par des familles du coin. Les habitants échappaient à l'agitation de la grande ville et les visiteurs profitaient d'une atmosphère plus tranquille qu'à Brasilia. On s'amusait beaucoup sans quitter les alentours de la capitale du Brésil, et dans un cadre splendide.

L'automne était déjà assez avancé, et il espérait y retrouver le calme, même s'il ne comptait pas laisser à Yara beaucoup d'occasions de s'éloigner de son lit.

— Je me demande si ça a beaucoup changé. Tu crois que le petit bar au bord du lac existe encore ? demanda-t-elle avec un sourire tendre qui le renversa.

Il se souvenait de l'établissement. Ils y avaient passé quelques week-ends à savourer des cocktails sans alcool tandis que leur amitié se transformait en sentiment plus fort.

— Je ne sais pas. Je n'y suis pas retourné depuis le procès de mon frère…

Sa voix mourut.

Yara regarda droit devant elle pendant un moment, absorbée par le paysage dans les tons de verts et de bruns.

— Comment va Henrique ? demanda-t-il pour changer de sujet et retrouver de la légèreté.

Le travail était un terrain neutre pour eux.

— Il est d'une aide précieuse pour la recherche du diagnostic, il est vraiment prêt à collaborer. Arrêter les traitements n'a pas été simple, mais il a serré les dents, et nous avons des pistes prometteuses. Il semblerait que son système immunitaire s'en soit pris à son système nerveux périphérique.

Elle se tourna vers lui, se tapota le nez d'un doigt et poursuivit :

— Je me suis plongée dans son histoire familiale, je n'ai rien trouvé d'héréditaire qu'on pourrait rapprocher de ses symptômes. On en est réduits à la poignée de maladies neurologiques susceptibles de produire ce genre d'effets.

— Il a une maladie auto-immune ?

Un silence grave lui donna la réponse.

— Malheureusement, oui, répondit-elle enfin.

Une maladie auto-immune, cela ne se soignait pas. Il ne leur restait plus qu'à apprendre à Henrique Orlay à vivre avec ses symptômes et à se faire à une existence ponctuée de médicaments et de bilans de santé réguliers.

— Ça doit être compliqué, parfois, d'annoncer toutes ces mauvaises nouvelles, dit-il après un temps pour assimiler l'information. On fait appel à toi pour des cas où les équipes, qui ont pourtant exploré toutes les possibilités, échouent néanmoins. Si bien que tu diagnostiques probablement beaucoup de maladies difficiles, voire impossibles à soigner. Ils ne te feraient pas venir s'ils avaient déjà la réponse.

— Ça peut être dur, oui, répondit-elle avec un soupir. Mais pour moi, faire le bon diagnostic est un résultat positif, sinon je ne serais jamais contente de mon travail. Si je trouve la réponse, le patient peut obtenir le traitement qu'il lui faut, ou du moins cesser de s'interroger.

Il lui prit instinctivement la main, et elle agita les doigts pour les nouer aux siens et presser sa main.

C'était un tout petit geste, mais si chargé de tendresse qu'il en fut ému.

— Tous ces déplacements ont pesé sur ton mariage, non ?

Ce n'était pas la question qu'il voulait poser. Non, il se demandait comment un type pouvait être assez bête pour laisser une femme pareille lui glisser entre les mains. Mais il ne pouvait pas le dire à Yara. Il était déjà trop émotionnellement attaché à elle. Il ne pouvait pas lui avouer la force de son attachement. Et si elle partait comme elle l'avait déjà fait trente ans plus tôt ? Ou, pire, si elle avait les mêmes sentiments mais qu'elle ne partait pas ? Ils ne pouvaient pas être ensemble sans que l'un d'eux renonce à une part de sa vie. Jamais il ne lui demanderait quoi que ce soit de cet ordre. D'autant qu'il n'était déjà pas assez pour elle.

— Non, pas vraiment. Je pense qu'on est restés tout ce temps ensemble justement parce qu'on avait trouvé une manière de ne pas être trop souvent en présence l'un de l'autre.

La réponse était arrivée si longtemps après la question qu'il avait cru la question trop intrusive. Avait-il seulement le droit de l'interroger ? Il avait tellement envie d'en savoir plus sur elle, d'apprendre ce qu'il avait manqué toutes ces années. Il ne pouvait se retenir de creuser pour découvrir qui elle était, de quoi son passé était fait.

— Je suis désolé, dit-il en la regardant du coin de l'œil.

Ils avaient toujours les doigts entremêlés, et elle traçait du pouce de petits cercles sur le dos de sa main.

— C'est comme ça. Il était temps que j'en parle à quelqu'un, et je suis contente que ce soit toi.

Il haussa les sourcils.

— Ta famille n'est pas au courant ?

— J'en ai parlé à Bianca quand je suis allée la voir l'autre jour.

Yara choisissait manifestement ses mots avec une grande prudence.

— Tu as décidé d'aller lui parler, finalement ?

Il se souvenait de leur conversation du premier jour et de son hésitation à aller voir sa sœur.

Elle rit, d'un rire un peu forcé. Elle lui caressait toujours le dos de la main.

— Il a bien fallu que je lui explique pourquoi t'embrasser ne mettait pas mon mariage en danger – vu que je ne suis plus mariée.

Il ne répondit pas, mais un large sourire lui vint aux lèvres.

Ce moment dans la salle de conférences lui semblait si loin, alors que cela faisait à peine une semaine !

Enfin, il allait pouvoir accorder sa pleine attention à Yara !

Il s'arrêta dans l'allée d'une maison à deux pas de la rue principale.

Elle contempla la maison à deux étages aux murs bleu clair.

— Ça a l'air très beau, comment as-tu trouvé cet endroit ? demanda-t-elle en scrutant les abords.

— C'est chez moi. J'habitais Planaltina avant d'avoir la garde de Felix. Je n'ai pas voulu bouleverser ses habitudes au milieu de l'année scolaire, il y avait déjà assez de changements dans sa vie.

Il ne parlait pas souvent de Felix, de crainte d'attirer l'attention sur le casier judiciaire de son frère. Mais Yara était au courant pour ses parents, et elle ne l'avait jamais jugé en fonction de leurs comportements. Cela n'influerait pas plus sur l'image qu'elle se faisait de Felix. Non, ses yeux étaient pleins de chaleur et de compréhension.

Était-ce une erreur, de l'amener ici ? Un endroit qui avait tant compté pour lui, pour eux ? Ce week-end était censé être consacré au sexe et au dépassement du fantôme de leur relation passée. Ils avaient ce pas à faire, et ils en brûlaient d'envie l'un comme l'autre. Et ensuite ? Yara quitterait Brasilia, et sortirait de sa vie pour toujours. Alors sa compassion avait peu d'importance, aussi peu que le besoin qu'il avait d'elle. Felix et lui avaient besoin de stabilité. Elle, elle avait besoin d'aller et venir dans la vie des gens sans se poser. Ces deux aspirations pouvaient-elles aller de pair ?

Il repoussa ces pensées et sortit de la voiture.

Il ne devait pas se laisser aller à ce genre de questionnements vains sous prétexte que la réalité n'était pas à la hauteur. Ce week-end avec Yara était la dernière étape de ce qui avait été une histoire d'amour à combustion lente. Ils n'avaient pas d'avenir ensemble, et ils allaient devoir se contenter du moment présent.

Yara sortit de la voiture sur des jambes flageolantes et suivit Salvador vers la porte d'entrée.

Ils avaient parlé de la vie de manière tellement détendue pendant le trajet qu'elle avait partagé des choses qu'elle pensait interdites. Mais les mots étaient sortis de sa bouche, et elle se sentait étrangement soulagée d'avoir avoué ce qui avait mal tourné dans son mariage.

Elle ne comptait pas voyager autant, mais à chacun de ses retours, le piège de ce que ses parents lui avaient présenté comme le mariage idéal se refermait sur elle. Elle avait failli s'en ouvrir à Bianca qu'elle savait capable de comprendre, mais le courage lui avait jusqu'à présent manqué. Il y avait toujours le risque que sa mère soit mise au courant.

Après toutes ces années, l'image de la famille idéale imposée par leurs parents pesait encore sur ses épaules, l'accablant toujours autant. Puis Salvador était réapparu dans sa vie, et elle ne ressentait plus qu'un désir intense qui ne pouvait être assouvi que par lui. Il ne l'avait pas jugée, il avait pris ses mots comme ils venaient, il la croyait.

Elle repensa à tous les moments où lui-même avait été jugé, et son cœur se serra. Malgré les choix douteux de sa famille, il avait abandonné sa maison pour prendre soin de son neveu pendant que son frère purgeait sa peine.

L'entrée menait à un grand salon ouvert où un imposant

canapé d'angle bleu profond dominait l'espace. C'était une très belle maison, mais un élément crucial semblait absent. Quoi, exactement ?

Le vase vide qui trônait sur une table basse et le panier à fruits tout aussi vide sur le comptoir de la cuisine lui firent comprendre ce qui manquait : une famille qui aurait mis de la vie. En l'état, ça n'était pas sans beauté, mais ce n'était pas *vivant*.

— Tu as vécu ici avec ton ex ? demanda-t-elle, cherchant les traces de l'homme dont Salvador avait été proche par le passé.

Salvador déposa son sac à dos sur le plancher et referma la porte d'entrée derrière lui. Puis il regarda la pièce comme s'il n'était pas venu depuis un moment.

— Ah, non, on vivait en ville. Je ne savais pas si Felipe allait rester en prison, mais Felix allait forcément devoir rester avec moi pendant les semaines avant le procès. Cet arrangement temporaire ne convenait déjà pas à Edinho, alors quand j'ai eu la garde permanente de Felix, on a mis un terme à notre relation.

— Il ne voulait pas de Felix dans votre vie ? demanda-t-elle, perplexe.

Si Edinho avait véritablement aimé Salvador, n'aurait-il pas malgré tout essayé de trouver une solution ?

— Nous n'avions pas l'intention d'élever des enfants, fit-il en haussant les épaules. Ça ne m'a donc pas surpris qu'il ne souhaite pas se retrouver dans une relation qui comprenait un gamin. Les circonstances de nos vies ont changé, et il n'était pas prêt à s'engager dans cette nouvelle direction. Je peux comprendre ses raisons.

— Tu prends ça avec beaucoup de maturité.

Elle avait le cœur brisé à l'idée qu'il ait dû accepter cette décision au moment où il se retrouvait en charge d'un préadolescent, alors qu'il n'avait jamais eu d'enfant avant.

— Et toi ?

Elle le regarda, désarçonnée.

— Moi quoi ?

Salvador s'approcha d'elle avec un sourire tendre, et son

parfum de lavande et de sel de mer lui parvint. Il s'arrêta à un pas, ils auraient pu se toucher.

— Tu voulais avoir des enfants ?

Elle eut un blanc, simplement attentive à l'air qui se chargeait d'énergie entre eux, aux bruits plus forts, à la chaleur plus intense.

Des enfants…

Le sujet était compliqué et douloureux. Elle ne voulait surtout pas que le poids de son plus grand regret alourdisse la légèreté qu'ils étaient venus chercher. Le but du week-end n'était pas la proximité émotionnelle, c'était même l'opposé. Ils étaient là pour s'amuser. Ils étaient d'accord pour s'abandonner à la tension sexuelle qui montait entre eux depuis le début, afin de s'en débarrasser et de pouvoir passer à autre chose.

— Je… J'en aurais voulu, oui. Mais ça n'est pas arrivé. Quand je me suis sentie prête pour ça, mon mariage était dans un état déplorable, et j'ai estimé que ce n'était pas un bon environnement pour un enfant. Mes parents étaient tellement froids l'un envers l'autre, tellement obsédés par leur image de la famille idéale qu'ils se moquaient de l'effet que pouvait avoir ce détachement pathologique sur un enfant. Je ne voulais pas de ça pour le mien…

Sa voix vacilla, et Salvador se rapprocha, lui caressant doucement le visage.

— Je ne voyais pas tes parents sous cet angle. Quand je les croisais chez vous, ils avaient vraiment l'air du couple parfait.

Elle s'abandonna à son contact.

— Ils ne laissaient personne détecter les failles de leur mariage. Je pense que c'est pour ça qu'ils surveillaient de si près qui leur fille aînée avait l'intention d'épouser. La crainte de ce que les voisins diraient si j'étais vue avec…

— … avec un pauvre type dans mon genre ?

Il lui mit doucement la tête en arrière et déposa un baiser au coin de ses lèvres.

Cette soudaine proximité faisait cogner son cœur dans sa poitrine, mais elle continua :

— Je suis ménopausée, maintenant, alors j'ai passé ma

chance d'avoir des enfants à moi, et je ne suis plus sûre d'en vouloir à l'âge que j'ai.

Elle avait tant attendu qu'elle avait laissé passer sa chance. Depuis qu'elle avait quitté Lawrence, elle avait beaucoup réfléchi à adopter un enfant seule, mais elle ne voulait pas non plus être injuste. Vu les déplacements inhérents à son travail, elle ne voulait pas s'engager auprès d'un enfant alors qu'elle n'était jamais au même endroit.

Salvador s'avança plus encore, penchant la tête au-dessus d'elle pour déposer un baiser sur son front.

— C'est étrange, je n'avais jamais voulu d'enfant avant que Felix ne déboule dans ma vie, et maintenant je ne peux plus imaginer comment ce serait sans lui.

— Tu n'as pas de regrets d'avoir dû faire un choix entre lui et ton histoire d'amour ?

— Je n'ai pas eu à choisir. Je n'aurais jamais laissé tomber mon neveu. Après tout ce qu'il a traversé, il mérite bien un peu de stabilité. Je ne laisserais personne s'y opposer.

Il dit cela avec une détermination calme qui lui transperça le ventre, et elle se mordit l'intérieur de la lèvre pour ne pas émettre un gémissement.

Même si ce n'était pas le cas, elle avait le sentiment que cela s'adressait indirectement à elle, comme pour lui rappeler que leur temps ensemble ne serait consacré qu'au sexe.

C'était ce qu'elle désirait elle aussi, non ? Cela faisait tellement longtemps, et les baisers qu'ils avaient partagés avaient ouvert en elle un abîme de désir qui ne demandait qu'à exploser à l'instant où Salvador la toucherait.

Alors, qu'est-ce qu'il leur prenait de parler d'enfants ? Ce n'était pas un sujet pour des préliminaires.

Cela aussi faisait partie de ce qu'elle avait honte de partager avec d'autres. Elle avait tellement honte d'être restée dans une relation qui ne la satisfaisait pas et ne lui donnait pas ce qu'elle voulait. Sans qu'elle sache comment, il lui était facile de s'ouvrir à Salvador, de laisser tomber ses défenses. Même si elle avait blindé son cœur, les mots sortaient naturellement de sa bouche, la rapprochant de l'homme qu'elle avait fui. Mais cela devait cesser. Partager leur intimité n'était pas nécessaire.

— Il a de la chance de t'avoir, dit-elle pour conclure, en passant les bras autour de la taille de Salvador. Mais, docteur Martins, je ne crois pas que vous m'ayez amenée ici pour disséquer nos décisions passées ?

Avec un grognement, il la retourna et plaça ses bras autour d'elle pour la plaquer contre lui. Il effleura son cou et ses épaules de ses lèvres, enfouissant son nez dans le tissu fleuri de la robe qu'elle avait choisie pour le voyage.

Elle frissonna quand, de sa langue, il traça une ligne sur sa peau. Elle en eut la chair de poule et oublia tous ses regrets.

C'était là qu'elle était censée être, dans ses bras, où rien ne pouvait l'atteindre. Elle n'y trouverait que le plaisir et la tendresse d'un homme qu'elle n'aurait jamais dû rejeter.

Quand ses parents lui avaient interdit de fréquenter Salvador à cause du casier judiciaire de ses parents, ce n'était pas sa sécurité ni son bien-être qu'ils avaient en tête. Non, ils se souciaient de ce qui se dirait si leur fille aînée sortait avec le fils de malfaiteurs. Mais Salvador ne ressemblait en rien à ces derniers. Il était gentil, attentif, il s'était extrait de l'environnement toxique de son enfance et avait fait quelque chose de sa vie. Il s'occupait même de son neveu qui avait besoin de lui.

Et maintenant, les mains de cet homme merveilleux descendaient sur sa poitrine, prenant ses seins en coupe. Il respirait fort contre son oreille, et son sexe dur se pressait contre elle. L'anticipation de l'accueillir en elle la fit s'arquer. Elle bougea légèrement les hanches, se frottant à Salvador derrière elle. Il lâcha un soupir qui se transforma en grognement, et elle grimaça de plaisir. Avoir cet effet sur lui après toutes ces années, leva une vague de plaisir en elle, et elle sentit le point central de son corps se contracter.

Elle se savait prête pour ce dont elle avait rêvé. La dernière étape de ce qu'ils avaient commencé il y avait si longtemps. Une nuit ensemble, ou plutôt une nuit répartie sur tout un week-end.

Ce moment était arrivé.

Rien ne se passait comme prévu. Salvador avait pensé emmener d'abord Yara à Planaltina pour faire le tour de Lagoa Bonita et faire écho aux premiers jours de leur amitié d'adolescents, avant que des idées romantiques ne prennent racine dans leurs cœurs.

Il avait pris l'habitude d'effectuer ce petit voyage quand il avait besoin de s'éloigner de sa famille et des dégâts qu'elle causait. Le lac au nord de la ville était petit et peu profond, et toujours assez chaud pour une baignade. Un jour, alors qu'il avait décidé de s'échapper de l'école – son père avait été arrêté la veille –, Yara lui avait demandé où il allait, et elle avait insisté pour le suivre afin de ne pas le laisser seul dans ce qu'elle sentait être un moment difficile. Il gardait un silence honteux sur son histoire familiale, mais même si elle n'en savait pas grand-chose, elle lui offrait néanmoins son réconfort.

Parce qu'elle était comme ça : gentille et prévenante pour les gens autour d'elle.

Il comprenait désormais que, bien qu'ayant grandi dans un milieu social beaucoup plus favorisé, elle avait elle aussi souffert. Il n'avait pas imaginé les incitations et les manœuvres de ses parents pour la contraindre à le quitter.

Yara n'était pas n'importe qui, elle aurait mérité plus qu'un week-end de passion, même s'il ne pouvait pas lui offrir plus.

Mais son sang bouillonnait du désir de la faire sienne, qui augmentait avec chaque battement de cœur.

Ses fesses plaquées contre son membre raidi faillirent lui faire perdre la tête, et il prit une profonde inspiration, laissant ses mains presser sa peau brûlante à travers le tissu de sa robe.

— Je voulais te proposer une balade, avoua-t-il alors même qu'il n'en avait plus du tout l'intention.

D'un battement de cils, elle le réenvoûta.

— Ça sera magique après le coucher du soleil, quand le sable sera plus frais.

Puis elle glissa la main entre eux et souligna son érection avec deux doigts.

Il siffla.

— On passe aux choses sérieuses ? demanda-t-il tandis qu'elle jouait avec le bouton de son pantalon.

Elle se retourna dans ses bras pour fondre aussitôt contre lui avec un sourire éloquent.

— Je n'ai jamais eu beaucoup de patience, nos profs me le reprochaient toujours !

La passion qui dévorait Salvador se répandit dans tout son corps. Il la désirait de toutes les manières possibles.

*Yara.* La femme qui s'était installée dans son cœur. Trois décennies plus tard, c'était comme si elle n'était jamais partie, leur lien était aussi vibrant et plein de vie, et leurs corps se répondaient avec le même instinct. Comme s'ils étaient faits l'un pour l'autre.

— Tu es tellement sexy, Yara. Regarde l'effet que tu me fais.

Il fit descendre ses mains le long de son dos et l'écrasa contre lui.

Elle tressaillit. Renversant la tête en arrière, elle passa les mains dans ses cheveux et attira son visage à elle, bouche ouverte pour laisser sa langue l'explorer.

Quand leurs langues se rencontrèrent, il n'y eut plus de frein à son désir. Il chercha les attaches qui retenaient sa robe portefeuille et les défit avec une urgence ravageuse. Il sentit sa peau sous ses doigts et l'écarta pour la contempler, elle, la sensualité latine faite femme, dans ses sous-vêtements couleur crème.

Un grondement lui échappa, et son érection se durcit encore.

— J'ai si souvent rêvé de te voir comme ça ! Mais même mes fantasmes adolescents les plus excitants ne te rendaient pas justice.

Elle rougit de façon inattendue sous son compliment, et il ravala un rire incrédule. Comment cela pouvait-il la faire rougir ? On avait déjà dû lui dire tout cela. Ou alors vraiment elle ne s'était mariée que par obligation familiale !

La coloration de ses joues et son sourire timide révélaient l'étendue des ravages de son mariage sans amour. Malgré sa beauté et son sex-appeal hors du commun, Yara n'avait pas pris conscience de sa valeur de femme. Parce que Lawrence Silvia ne la lui avait pas fait ressentir.

Un week-end ne suffirait peut-être pas pour modifier l'image qu'elle avait d'elle, mais il s'appliquerait à remplir cet objectif avant qu'ils ne redeviennent des étrangers l'un pour l'autre.

Yara crut s'évanouir sous le regard de Salvador.

Pas une seule fois pendant son mariage Lawrence ne l'avait regardée ainsi. Sa nuit de noces lui revint, avec son angoisse devant leur absence de complicité, de compatibilité.

Elle s'était crue la seule responsable et avait longtemps pensé qu'il lui manquait quelque chose d'essentiel. Mais elle savait désormais que c'était faux, car les mains de Salvador sur sa peau nue lui mettaient le corps en feu. Ses terminaisons nerveuses semblaient anticiper la conclusion évidente, là où allaient la mener des années de désir sexuel réprimé prêt à exploser au moindre contact.

Malgré le caractère temporaire de leur pacte, Salvador prenait le temps de la mettre à l'aise, il lui faisait des compliments qu'elle n'avait pas entendus depuis des années. La faim qu'il avait d'elle la prenait de court, au point qu'elle avait du mal à y croire comme s'il s'agissait d'une convention, d'un passage obligé de la séduction.

Sa robe tomba à ses pieds comme une corolle. Une brise agréable lui parvint de la fenêtre ouverte, soulignant sa nudité. Quand avait-elle été pour la dernière fois en sous-vêtements devant un homme ?

Il la recueillit dans ses bras avec une tendresse délicate, ses doigts évoluant sur sa peau, explorant chaque courbe de son corps. Quand il détacha son soutien-gorge, il recula pour le laisser tomber au sol. L'excitation de son regard la fit rire et lever les yeux au ciel en même temps.

— Tu as déjà vu des seins, Salvador, dit-elle comme son regard se prolongeait.

— Mais pas les tiens. On dirait une œuvre d'art.

Il prit ses seins dans ses mains ouvertes, caressant ses mamelons du pouce, lui déclenchant un délicieux frisson le long du dos et jusqu'en son centre.

Il la touchait avec une vénération qui effaçait tous ses doutes, toutes ses arrière-pensées. Tous ses sens étaient concentrés sur ses gestes, sur les points de contact de leurs deux corps. Ses mains à elles commencèrent à bouger par elles-mêmes, se libérant enfin de ses pensées intrusives. Elles trouvèrent le bord de son T-shirt, se glissèrent en dessous pour éprouver la chaleur de sa peau sous ses paumes. Son dos était large et fort sous ses doigts, et elle repoussa le tissu jusqu'à ce qu'il se penche pour faire passer le T-shirt par-dessus sa tête.

En découvrant son torse nu, elle eut le même sourire que lui, quelques instants plus tôt.

Elle l'avait déjà vu ainsi, mais ses souvenirs ne valaient pas la réalité. Probablement parce que son désir pour cet homme atteignait un niveau inégalé. Jeune adulte, il était très séduisant, mais les années qui avaient défilé avaient aiguisé sa beauté virile.

Son regard descendit, et elle se mordilla la lèvre. Ses mains suivaient ses yeux le long de son torse puissant, dessinant de petits cercles sur les poils entre ses mamelons avant de continuer plus bas. Elle suivit la ligne de poils qui disparaissait sous sa ceinture.

— Ça ne va pas suffire, fit-elle pour elle-même, ouvrant le bouton de son pantalon et baissant la fermeture Eclair.

Salvador tressaillit quand son pantalon tomba, ne laissant que le tissu de son caleçon pour retenir son érection. Elle caressa la protubérance. Sa manière de s'abandonner à sa main, basculant le bassin pour la sentir plus fort, la bouleversa. C'était une première pour elle. Quelqu'un avait-il désiré son contact avec autant de force ? Avait-elle déjà eu autant envie de se consumer qu'en ce moment ?

Salvador poussa un grondement de plaisir pur, et elle n'eut plus aucune hésitation. Il la défiait d'ôter le dernier vêtement qui l'empêchait de le prendre dans sa main.

— *Deus…* Yara.

Entendre son nom mourir sur ses lèvres pour se transformer en supplication l'embrasa. Elle était prête à tout oser.

Elle enroula la main autour de son membre, montant et

redescendant lentement, savourant chaque tremblement de Salvador. Il haletait, muscles bandés, tandis qu'elle déposait des baisers sur sa clavicule, son torse, son ventre, son nombril.

Lorsqu'elle tomba à genoux, il lui agrippa les épaules comme pour se préparer à ce qui allait suivre. Elle lécha la pointe de son sexe, d'abord hésitante, puis de plus en plus audacieuse à mesure qu'il épousait ses mouvements, ses gémissements l'accompagnant alors qu'elle l'attirait tout entier dans sa bouche.

Ses doigts s'imprimaient dans sa chair, son nom s'accrochait à ses lèvres en une prière délicieuse qui la faisait vibrer. De savoir que c'était elle qui lui donnait ce plaisir, elle qui le foudroyait ainsi, qui faisait se relâcher et se contracter son ventre en passant simplement sa langue sur le bout de son sexe, elle ressentait un grand trouble.

Elle laissa ses paupières se fermer, se délectant de le sentir contre elle, mais cet alanguissement ne dura qu'une seconde. Passant les mains sous ses aisselles, il la remit sur ses pieds, la tirant de sa délicieuse stupeur.

Les yeux vitreux, il l'écrasa contre lui, faisant monter une nouvelle vague brûlante en elle. Il trouva ses lèvres pour un baiser impatient, langues et dents s'entrechoquant, lui transmettant l'intensité du feu qu'elle avait allumé en lui.

— Il faut que je te prenne, tout de suite, gronda-t-il entre ses baisers.

Il trouva l'élastique de sa culotte et la lui ôta en un tournemain. Puis il la reprit pour un nouveau baiser, profond, infini. Son torse se soulevait contre sa poitrine. Alors il attrapa ses hanches et la souleva du sol. Elle poussa un petit cri et enroula ses jambes autour de lui tandis qu'il l'emmenait de l'autre côté de la pièce.

— Sur le canapé ? demanda-t-elle quand elle comprit où il allait.

— On passera assez de temps au lit ensuite, répondit-il avec un sourire de fauve.

Elle se laissa aller contre lui, la dureté de son membre rencontrant sa douceur humide. Elle était prête à le recevoir. Mais plutôt que de s'abattre sur elle quand il l'étendit sur le gigantesque canapé, il s'agenouilla sur le tapis et lui attrapa les mollets. La surprise lui coupa le souffle tandis qu'il lui plaçait les jambes sur ses épaules et l'attrapait aux hanches pour la faire glisser vers sa bouche.

— Qu'est-ce que…

La phrase mourut sur ses lèvres, remplacée par un gémissement inarticulé quand sa langue se mit à fouiller les replis de son sexe.

Salvador la buvait comme un homme perdu dans le désert qui aurait enfin trouvé une oasis pour étancher sa soif.

— Tu croyais que tu serais la seule à t'amuser ? demanda-t-il en relevant la tête.

Cela faisait des années qu'elle n'avait pas été si près de basculer, et avec lui elle était prête à le faire. Ses muscles commencèrent à se tendre, la pièce se fit floue autour d'elle, et des étoiles dansèrent devant ses yeux.

— Attends, dit-elle dans un souffle, tirant doucement sur les cheveux de Salvador jusqu'à ce que son visage apparaisse entre ses cuisses. Je veux qu'on… ensemble.

Sa phrase étrange la ramena à elle.

Le sexe avait été absent de sa vie ces dernières années, ou avec des amants égoïstes qui ne donnaient pas autant de plaisir qu'ils en prenaient. Salvador était tellement différent qu'elle ne savait plus comment réagir. Elle avait oublié comment demander une chose aussi simple que cela.

Mais, doux et bienveillant comme il l'était, il comprit sans mots. La faisant basculer dans ses bras, il la souleva tranquillement pour attraper un préservatif dans le tiroir de la table basse. Puis, Yara toujours contre lui, il s'allongea, déroula avec un sourire le préservatif sur son sexe et la fit revenir sur lui. Elle avait les jambes de part et d'autre de son corps puissant, son membre impressionnant logé contre elle là où il le fallait, la faisant vibrer d'impatience.

— Tu es bien comme ça ? lui demanda-t-il en lui caressant doucement la joue.

En guise de réponse, elle se pencha sur lui pour un baiser plein de passion. Sa question prouvait quel homme il était et l'énorme erreur qu'elle avait faite en laissant ses parents la convaincre qu'un autre vaudrait mieux pour elle.

Il gémit quand elle relâcha la tension entre ses jambes, se laissant glisser sur lui. Ils se dévisagèrent une seconde tandis qu'elle se soulevait et se replaçait au-dessus de lui, un lien muet se forgeant entre eux. Tous les mots qu'ils n'avaient pas pu se dire, tous les rêves d'avenir qu'ils n'avaient pas pu faire, ces visions se logèrent dans l'espace minuscule qui reliait leurs deux corps, accélérant les battements de leurs cœurs.

Il y avait tant de moments qui ne pourraient jamais être rattrapés ! Mais au moins pouvaient-ils avoir ce moment, ce week-end, pour vivre comme s'il leur restait une vie entière à passer ensemble.

Le plaisir se mêla à l'amertume du regret tandis qu'ils remuaient les hanches en rythme, leurs lèvres se heurtant, leurs souffles s'accélérant, chaque mouvement les rapprochant de cet « ensemble » qu'elle avait espéré, désiré, depuis qu'ils avaient recommencé à être amis.

Il activa la cadence, lui murmurant son nom à l'oreille et glissant la main entre eux pour la caresser comme ils approchaient ensemble de l'orgasme. Elle avait les mains accrochées à ses épaules, la tête rejetée en arrière. L'environnement redevint flou, pour laisser place aux étoiles qui cabriolaient devant ses yeux.

L'orgasme fondit sur elle avec une férocité imprévue. Elle fut foudroyée, aveuglée, plus rien n'exista que le plaisir électrisant qui avait pris possession d'elle. Elle hurla comme Salvador le lui avait promis, du fait de la délicieuse torture qui ratissait son corps et son cœur brisé.

Elle prit conscience, tandis que Salvador convulsait lui aussi de plaisir, du fabuleux potentiel dont ses insécurités l'avaient privée, de lui, qui avait réussi à faire tomber ses défenses pour lui donner un aperçu de ce à quoi pouvait ressembler la vie.

Quelle blague cruelle qu'elle n'ait qu'un week-end pour prétendre que son affection pour lui pouvait être plus qu'un moment fugace ! Il ne pouvait pas en être autrement, pas avec des vies aussi différentes que les leurs. Pas après l'avoir blessé aussi profondément qu'elle l'avait fait. Mais deux jours, c'était mieux que rien. À défaut d'une vie entière avec lui, elle se contenterait de quarante-huit heures.

N'importe quoi, pourvu que ce soit dans les heures suivantes.

En regardant Yara dormir, Salvador mesurait à quel point il s'était trompé.

Dire qu'il avait cru que cela suffirait pour mettre les choses à plat avec elle !

À un moment de la nuit, ils avaient trouvé le chemin de la chambre, s'étourdissant de leur passion l'un pour l'autre jusqu'à ce que l'épuisement réclame son dû. Ils s'étaient endormis enlacés. Comme si, sans le savoir, c'est ainsi qu'ils auraient dû trouver le sommeil nuit après nuit. En la prenant contre lui, son corps épousant le sien comme s'ils étaient faits l'un pour l'autre, il savait qu'il était allé trop loin. Le menton contre le sommet de son crâne, il avait inhalé son odeur. Des souvenirs de leur jeunesse lui étaient revenus.

Des désirs, des besoins, des ambitions oubliés depuis longtemps montaient en lui. C'était l'exact opposé de son objectif pour ce week-end. Coucher enfin ensemble aurait dû boucler la boucle, mais cela avait pris une forme totalement différente, et il avait le cœur comprimé d'angoisse.

Yara et lui n'auraient jamais que ce week-end, ils s'étaient mis d'accord, et ses émotions déplacées n'auraient pas raison de ce contrat. Il n'appartenait pas à son monde. Mais le manque pouvait grandir tant et plus. Ses sentiments pour elle évoluaient, s'intensifiaient, devenaient tangibles, réels, et il devait les regarder en face alors qu'ils menaçaient de faire flancher sa détermination.

Leur relation était problématique depuis toujours. Lui, il avait besoin de calme, de clarté. Protéger Felix des crises familiales était sa priorité absolue, rien ne devait l'en distraire… Et Yara allait vivre sa vie loin du Brésil.

Le temps qu'ils auraient eu ensemble lui serait précieux à jamais, mais ils allaient devoir reprendre leurs trajectoires séparées. Car il ne savait pas ce dont il serait capable pour elle si seulement il trouvait le courage ou la folie d'essayer.

# 9.

Salvador avait prévu de faire le tour du lac, mais le premier jour ils ne parvinrent pas à passer le seuil de la maison. Ils essayèrent à tour de rôle de désemmêler leurs bras et leurs jambes, mais au dernier moment le désir dans le regard de l'autre les retenait.

Ce matin-là, quand Salvador s'arracha enfin aux délicieuses courbes de Yara et à ses pensées lugubres à propos de leur avenir, il n'alla pas plus loin que la douche. Puis elle le rejoignit, et ils plongèrent à nouveau dans le plaisir sur le carrelage de la salle de bains.

Ils prirent le petit déjeuner dans un silence confortable, assis côte à côte pour pouvoir se caresser. Rien ne faisait obstacle à leur entente, pour peu qu'ils n'abordent pas le caractère temporaire de leur arrangement.

— Tu as toujours envie de voir Lagoa Bonita ? demanda-t-il en versant le reste du café dans un thermos.

— Évidemment, répondit-elle avec un rire si spontané, si plein de joie qu'il en chancela.

Il aurait voulu entendre ce rire jusqu'à la fin de ses jours. Mais ce son ne lui appartenait pas, il ne pouvait que l'emprunter pour le peu de temps qu'il leur restait. Mieux valait qu'il garde cela en tête.

Sa maison jouxtait le lac, cela avait été un de ses critères d'achat. Lagoa Bonita était associé dans sa mémoire à Yara et à leur histoire d'amour avortée, mais il avait néanmoins fait en sorte d'en profiter avant que la garde de son neveu ne le rapatrie en ville.

— Avoir du temps pour toi ici ne te manque pas ? demanda Yara comme si elle avait suivi le cours de ses pensées.

Il regarda les alentours, les maisons colorées, les pelouses qui cédaient le pas à la dune.

— Si, mais je ne regrette pas d'être reparti vivre à Brasilia pour être avec Felix. Felipe, comme le reste de la famille, a toujours un pied ou les deux en prison, et mon neveu a besoin de stabilité plus que moi de temps ou même d'une histoire d'amour.

« L'histoire d'amour » flotta entre eux, soulignant la fragilité de leur accord, la peine que cela lui causait.

Elle lui prit la main.

— Je n'aurais jamais cru que nous aurions tous les deux des problèmes avec les hommes, dit-elle, entremêlant leurs doigts.

— J'y suis venu sur le tard.

Comme pour nombre de membres de sa communauté, cela n'avait pas été simple au départ. Il avait essayé de se reconnaître dans différents groupes avant de trouver celui qui lui correspondait le mieux. Ses explorations adolescentes étaient liées à Yara et à l'évolution de leur relation, aussi ne s'était-il pas posé de questions sur ses goûts avant qu'elle ne parte. Son départ était associé à la douleur et aux regrets, mais il lui avait également ouvert un monde. Il y avait trouvé sa tribu.

— Est-ce que tu sais pourquoi ? demanda-t-elle avec une sincère curiosité.

Comment lui expliquer la vérité sans passer pour un amoureux malheureux qui avait renoncé aux femmes parce que celle qu'il aimait l'avait quitté ? Ce n'était pas tout à fait vrai, mais il allait devoir convoquer toutes ses ex pour le prouver.

— Je n'étais plus très intéressé par les relations amoureuses après…

Elle lui sourit.

— Après mon départ ?

Elle lui avait ôté une épine du pied en finissant sa phrase. Ils avaient longuement évoqué leur volonté de passer à autre chose, mais cette période de sa vie restait douloureuse pour lui.

— Mon père a eu des ennuis avec la justice quand j'étais en fac de médecine, j'avais du mal à me concentrer, alors j'ai laissé tomber l'idée d'être avec quelqu'un. Puis j'ai fait mon internat, ce qui, comme tu le sais, est très propice aux rencontres.

Yara rit, de ce rire qu'il adorait.

— À ce moment-là, j'étais déjà mariée, mais j'ai passé assez de nuits en salle de repos pour tout savoir sur la question.

— J'ai d'abord fréquenté des collègues hommes, sans trop savoir si j'étais hétéro, homosexuel, ou simplement d'humeur à tenter autre chose. À l'époque, il n'y avait que Felipe hors de prison, et il n'était pas trop du genre à soutenir son grand frère en pleine exploration de son orientation sexuelle.

Lui en disait-il trop ?

Mais elle lui demanda avec une étincelle dans le regard :

— Qui t'a aidé, finalement ?

— Être bisexuel ne m'a jamais dérangé, mais je l'ai dit plus ouvertement à la naissance de Felix. Je voulais qu'il ait un oncle fier de qui il était et de qui il aimait.

— Et sa mère ? Tu ne parles jamais d'elle ? demanda-t-elle d'une voix douce, comme si elle doutait de vouloir poser la question.

Il secoua la tête.

— Elle n'est plus là. D'après Felipe, elle a fui une enquête qu'il y avait sur eux. Personne ne sait où elle est, et elle n'a pas essayé de revenir pour son fils.

— C'est tellement triste pour lui, dit-elle en fronçant les sourcils.

Il hocha la tête, et ils gardèrent le silence un moment, avançant sur le sable chaud.

Le soleil du matin brillait déjà assez haut dans le ciel bleu clair. Une très belle journée s'annonçait, et ce n'était pas dû qu'à la météo. Il s'arrêta quand Yara poussa un petit cri.

Ils étaient arrivés au sommet de la dune, et ils apercevaient Lagoa Bonita en contrebas. L'eau était d'un bleu profond au centre, les bords prenaient une tonalité légèrement verte. Quelques serviettes étaient étendues sur le sable, en groupes plus ou moins grands.

Il préférait les journées un peu moins chaudes, car il profitait de l'endroit comme d'une oasis rien qu'à lui, un lieu où se réfugier pour réfléchir. Il n'en avait plus eu tellement le loisir depuis qu'il avait la garde de Felix.

Il prit la main de Yara pour dévaler la dune, puis ils étalèrent un plaid pour contempler le lac. Quand elle s'installa à côté de lui, il passa un bras autour d'elle pour l'attirer plus près, elle posa la tête sur son épaule, et il soupira de satisfaction.

Être assis auprès d'elle à savourer le soleil du matin, cela n'aurait pas dû lui sembler aussi juste, aussi normal. C'était une illusion qui allait voler en éclats à la moindre occasion. Pourtant, il profitait de ce moment comme s'il allait durer toujours. Pour la première fois depuis des années, le monde autour de lui était plus net, comme si Yara avait levé le brouillard que généraient les ennuis de sa famille. En une semaine, elle s'était glissée de nouveau dans sa vie comme si elle était la pièce manquante du puzzle et qu'il n'attendait qu'elle.

Comment était-ce possible ? Et pourquoi précisément maintenant, alors qu'il était totalement indisponible ?

— Qu'est-ce qui te tracasse ?

Il lui caressa le bras, ce qui lui donna la chair de poule.

— Je… Comment va Bianca ?

Ses épaules se contractèrent aussitôt, comme chaque fois qu'elle pensait à sa famille.

— C'est la même Bianca, elle a une vie de Bianca… Mais elle s'occupe de maman depuis le décès de papa. Elle a emménagé près de chez maman. Elle est toujours instit en primaire, et elle continue son travail d'artiste, dit-elle en souriant.

Cette fois, elle se nicha pour de bon contre lui, et malgré leur nuit presque blanche, il fut aussitôt inondé de désir pour elle. S'ils n'avaient pas été dans un lieu public, il l'aurait aussitôt renversée sous lui.

— Je suis bien contente qu'elle apprécie sa vie à Brasilia, ça m'a donné la possibilité de partir faire ce qui me passionnait, même si mes parents n'avaient pas une idée très précise de ce que j'étais censée faire avec un diplôme de médecin.

Il lui caressait doucement le ventre.

Il se souvenait de ses parents, de leur influence sur leur fille et sur les décisions qu'elle prenait, et aussi de leurs regards désapprobateurs sur lui.

Ils ne voulaient pas que leur fille traîne avec un bon à rien.

Son mariage avec Lawrence Silvia semblait venir d'eux, ils avaient apparemment mis tout leur poids dans la balance.

Il n'exerçait des responsabilités parentales que depuis peu, mais il se voyait mal dicter à Felix quoi faire ou ne pas faire en fonction de l'image que cela donnerait de la famille.

— C'est eux qui t'ont suggéré de devenir diagnosticienne itinérante, ou l'idée vient de toi ?

Yara réfléchit. Elle s'était déjà penchée sur la question, sans grand succès. Elle avait voulu devenir médecin, de cela elle était certaine, et aussi du soutien de ses parents, mais son intérêt pour les diagnostics s'était développé pendant ses études. Elle aimait que les différentes informations s'emboîtent comme les pièces d'un puzzle, chaque élément confirmant ou excluant une maladie, jusqu'à ce que toutes les réponses aient trouvé leur place. Elle se souvenait de tout ce qu'elle avait lu dans les manuels scolaires, et elle excellait comme personne à résoudre ces énigmes.

— Je voulais me concentrer sur le diagnostic, c'est un domaine tellement méconnu. Il n'y a pas de voie toute tracée, n'importe quel bon professionnel peut devenir diagnosticien. C'est comme si on s'inventait tout seuls, mes collègues et moi.

Elle rit, s'abandonnant aux caresses de Salvador, à la chaleur.

— Je me suis concentrée sur la médecine générale dans l'espoir de trouver ensuite une manière de me spécialiser dans les diagnostics à l'hôpital. À la fin de mon internat, j'étais mariée. Mes parents m'avaient fait rencontrer le fils d'une de leurs relations d'affaires. Il était ingénieur en biomédecine, il avait été embauché par une start-up pleine de promesses aux États-Unis. On s'est vus quelques fois, avec chaque fois plus d'enthousiasme de la part de nos parents respectifs, et… On s'est rapidement retrouvés mariés.

Elle avait tellement lié la faillite de son mariage à sa valeur en tant que femme qu'il lui avait fallu des années pour comprendre comment elle s'était enfermée dans ce piège sans amour, et le rôle de ses parents dans l'affaire. Elle cherchait tellement leur approbation qu'elle avait pris son engouement passager pour Lawrence pour de l'amour et accepté sa proposition, certaine que ses parents ne voulaient que son bien, au lieu du leur comme cela s'était avéré.

— J'ai travaillé pour sa boîte pendant un moment : je faisais du conseil en stratégie commerciale pour leurs équipements médicaux, si bien que je passais mon temps en réunion dans des bureaux plutôt que sur le terrain ou dans des hôpitaux. Quand ils ont vendu, il y avait un poste pour Lawrence, mais l'équipe commerciale était déjà constituée, et je me suis retrouvée le bec dans l'eau.

— Il n'a rien fait pour toi alors que lui avait été recasé ? dit Salvador entre ses dents, d'une voix assourdie par une colère qui la fit frissonner.

Il était tellement protecteur avec elle, comme si ce qu'il lui était arrivé était objectivement aussi terrible que le sentiment qu'elle en avait ! Comment s'était-elle laissé convaincre que cet homme n'était pas digne d'elle ? C'était une des pires décisions de sa vie.

— En fait, son égoïsme m'a aidée à trouver ma voie. J'ai utilisé le réseau que je m'étais fait pour décrocher quelques missions dans des hôpitaux, et quand il a fallu que je voyage pour rencontrer des patients, j'ai sauté sur l'occasion. Lawrence et moi, on ne…

Elle ne finit pas sa phrase, et Salvador cessa ses caresses. Il avait tous les muscles crispés, comme s'il se préparait une nouvelle fois à prendre sa défense.

C'était un aspect douloureux de son passé, dont elle n'avait parlé en détail à personne – ni à Bianca ni à sa mère, à personne. Elle avait assez rapidement percé à jour Lawrence, un opportuniste plus intéressé par l'argent de ses parents que par son rôle de mari, mais elle était restée par honte de son erreur. Une erreur due notamment à sa confiance aveugle en ses parents, les personnes qui se souciaient presque exclusivement du qu'en-dira-t-on.

— On n'a pas été très longtemps heureux. Je l'avais épousé parce que c'était ce que mes parents attendaient de moi, et lui m'avait demandée en mariage parce qu'il me voyait comme la poule aux œufs d'or. Il comptait sur l'argent de mes parents pour la start-up, dit-elle, grimaçant pour repousser le sentiment d'humiliation. J'avais été tellement bête de croire que mes parents continueraient de veiller sur moi…

Salvador referma brusquement les bras sur elle, l'écrasant contre lui en une étreinte d'une bouleversante intimité. Il n'y avait plus qu'eux deux, le reste du monde avait disparu.

Il lui fit lever le visage vers lui et l'embrassa tendrement, exprimant plus que les mots n'auraient pu le faire.

— Tu n'étais pas bête, ou alors je l'étais autant, pour avoir cru que mes parents comprendraient leurs erreurs et qu'ils changeraient.

— Quoi ? Mais non, évidemment, c'est normal de penser que les choses vont s'améliorer.

— Tu vois ? On fait confiance à ceux qui sont censés nous aimer.

Il lui avait déjà donné tant de tendresse et de douceur qu'elle s'inquiétait de repartir. Mais rester aurait été égoïste. Elle avait insisté pour qu'ils s'en tiennent au week-end. Elle devait reprendre le cours de sa vie, et lui retourner à son neveu.

Après avoir fait le tour du lac, ils rentrèrent à Brasilia dans un silence paisible. Ils avaient passé peu de temps ensemble, mais Yara se sentait pleine de vie et d'énergie, ce qui ne lui était pas arrivé depuis des années. C'était comme si elle avait vécu dans le brouillard, fuyant sans cesse sans comprendre ce qui lui manquait, jusqu'à ce qu'elle s'aperçoive, grâce à ce week-end, que la pièce manquante était Salvador.

L'idée la rendait nerveuse. Elle avait replongé tête la première dans leur relation, au point de ne pas savoir comment en sortir.

Ils s'étaient promis une aventure sans lendemain, et elle était déjà en train d'essayer de changer les règles dans sa tête.

Malgré les obstacles, les avertissements, elle était retombée amoureuse de lui. Leur histoire d'amour adolescente s'était terminée trop tôt, elle avait l'occasion de réparer cela. Elle n'était plus sous l'influence de ses parents, personne ne lui interdisait de faire ce dont elle avait envie.

— Tu es allée voir Bianca, tu as vu ta mère aussi ? demanda Salvador avec un inquiétant à-propos.

— Ah, non. Mais je la verrai probablement le week-end prochain. Bianca fait une fête pour les fiançailles de notre cousine, et en tant que matriarche de la famille Lopes, ma mère se doit d'être là.

— Tu crois qu'il va te falloir une nouvelle semaine avant de trouver le diagnostic de M. Orlay ?

— Non, ça devrait être fait en début de semaine. Il y a trois maladies potentielles, il n'y a plus qu'à passer les symptômes en revue et les éliminer pour qu'il n'en reste plus qu'une.

— Mais tu vas rester jusqu'au week-end ? demanda-t-il avec une douceur dans la voix qui la bouleversa.

Espérait-il qu'elle reste ou se racontait-elle des histoires ?

— Oui, Bianca l'exige. Elle menace de me poursuivre jusqu'au bout de la terre si je ne passe pas un peu de temps avec elle avant de repartir. D'ailleurs, je n'ai pas eu le temps de regarder les cas qu'on me propose. Je ne connais pas ma prochaine destination.

Elle ne s'était pas intéressée à la question, ce qui ne lui ressemblait pas.

Puis il arrêta le véhicule, et elle s'aperçut qu'ils étaient arrivés à Brasilia. Son hôtel se dressait contre le ciel, sa façade de verre étincelant dans le soleil.

Non, elle n'était pas prête à le laisser partir. Le week-end ne pouvait pas prendre déjà fin, alors qu'elle avait encore tant à lui dire.

— J'ai une proposition indécente à vous faire, docteur Martins.

— En quoi cela consisterait-il ? demanda-t-il avec un regard qui ne laissait pas de doute sur leur désir partagé.

— Je suis ici pour toute la semaine, alors… Si jamais tu voulais étendre notre accord du week-end jusque-là…

Elle ne finit pas sa phrase.

Salvador crispa la mâchoire et explora son corps du regard.

Puis il sortit brusquement de la voiture et en fit le tour pour ouvrir sa portière. Elle prit sa main, et un instant plus tard il la couvrait de son corps, la pressant contre le véhicule. Il plissa les yeux, et l'embrassa avec ardeur.

— Je dois être chez moi ce soir, mais je te vois demain à l'hôpital, dit-il sans cacher le désir qu'un simple baiser avait provoqué. On avisera.

Il recula pour aller récupérer son bagage sur le siège arrière.

— Tu ne voudrais pas m'accompagner à la fête ? demanda-t-elle sur un coup de tête.

Il sembla réfléchir.

Bien sûr, il allait se jeter au milieu de gens qui l'avaient rejeté à cause de la conduite de ses parents.

— Justement, je pensais que tu évitais peut-être Magda à cause de ton divorce, et je…

Elle le regarda, interrogative.

— Tu quoi ?

— J'allais te proposer mon soutien si tu voulais lui parler. Ma présence ne faciliterait peut-être pas la conversation avec elle, mais cela pourrait t'aider, toi.

Elle en resta bouche bée. Rougissait-il vraiment, ou le coucher du soleil lui jouait-il des tours ? L'offre était en tout cas pleine de délicatesse, à son image.

Annoncer son divorce à la matriarche des Lopes l'angoissait plus qu'elle n'était prête à l'avouer. Quelle autre femme de quarante-sept ans craignait de voir sa mère ? Avoir Salvador à ses côtés allait susciter des ragots, mais elle n'en avait plus cure, ce week-end le lui avait appris. Lui qui avait toutes les raisons de lui en vouloir, il l'avait laissée de nouveau rentrer dans sa vie avec une gentillesse qui dépassait toutes ses attentes. Il l'avait acceptée comme elle était, y compris en ce qu'elle avait de pire.

Et alors qu'elle l'avait fait souffrir, il lui offrait son soutien au moment de revoir sa mère.

Si Salvador l'acceptait pour elle-même, en quoi serait-ce si difficile pour sa mère ? N'aurait-elle pas dû être du côté de sa fille en toutes circonstances ? Il avait libéré des sentiments qu'elle gardait sous cloche depuis des années, mais il avait fait plus que rallumer la flamme dans son cœur. Il lui avait montré ce qu'elle perdait à vivre avec des objectifs irréalistes. C'était décidé, elle n'essayerait plus de vivre sa vie selon des critères autres que les siens.

— J'accepte du moment que je n'ai pas à ausculter d'eczéma ou d'ongle incarné, dit-il en lui déposant un baiser léger sur la tempe.

— Quel genre de fêtes familiales vous avez, pour que ce soit ce qui t'inquiète ? demanda-t-elle en riant.

— Celles où tout le monde veut tirer parti du cousin médecin, répondit-il avec un pauvre sourire, qui s'épanouit quand elle lui posa la main sur la joue.

— Merci, Salvador. Pour ce week-end, et pour affronter ma famille.

— On se voit au travail demain, *fofinha*.

Il l'embrassa de nouveau, plus doucement encore cette fois, comme si elle était d'une fragile délicatesse.

Quand il fut parti, elle se dit qu'elle avait encore une semaine. Une semaine pour trouver le courage de lui dire ce qu'elle ressentait de nouveau pour lui, ou sortir de nouveau de sa vie pour toujours.

Elle avait une semaine pour décider de tout risquer pour Salvador, ou partir une fois de plus sans jamais accomplir les promesses de leur relation en plein épanouissement.

# 10.

— M. Orlay a un syndrome de Guillain-Barré, déclara Yara à l'équipe, avec un aplomb que seule une diagnosticienne de son envergure pouvait se permettre.

Guillain-Barré était une maladie auto-immune extrêmement rare qui ne touchait que quelques personnes par an. Salvador avait d'ailleurs appris son existence lorsqu'ils avaient évoqué les résultats des derniers examens pendant une rapide pause-café.

Elle avait rassemblé toute l'équipe médicale qui avait travaillé sur le cas pour discuter du diagnostic et des prochaines étapes pour le patient.

Le Dr Sakamoto fut le premier à prendre la parole :

— Guillain-Barré… Je ne crois pas que nous ayons eu cette maladie à l'hôpital depuis que je dirige le service de médecine, dit-il, et la salle confirma d'un murmure. Comment en êtes-vous arrivée à ce diagnostic ?

Elle expliqua en détail son processus de pensée, soucieuse de ne rien laisser dans l'ombre et de convaincre ses pairs.

Lorsqu'elle eut répondu à toutes les questions, l'équipe commenta le diagnostic en petits groupes. Le sentiment général était très clair : ils étaient impressionnés.

Salvador l'était probablement plus que tous, pour des raisons qui dépassaient largement ce qui était partageable avec eux.

Non seulement Yara Lopes était la femme la plus sexy qu'il ait jamais rencontrée, mais elle était aussi généreuse, gentille, et tellement incroyablement intelligente que tout le personnel d'un hôpital retenait son souffle tandis qu'elle déterminait ce dont souffrait un patient, là où personne d'autre ne le pouvait. Et tout cela avec humilité, en prenant le temps de rassembler l'équipe au grand complet pour partager son raisonnement et leur donner le sentiment du devoir accompli.

Yara était à part, dans une catégorie qui n'appartenait qu'à elle, et pendant un bref mais douloureux moment, la blessure qu'elle lui avait infligée se rouvrit. Il n'en revenait pas. Évidemment, elle l'avait abandonné des années auparavant. Elle était un génie comme il n'en croiserait pas d'autre dans sa vie, elle était destinée à de très grands accomplissements. Jamais elle ne gâcherait son temps avec lui, lui qui avait dû se faire tout seul parce que ses parents étaient soit emprisonnés, soit en train de perdre leurs maigres économies dans la prochaine arnaque du siècle.

Comment pourrait-il suffire à cette femme, alors que sa propre vie était si compliquée, si rude ?

La question ne méritait même pas d'être posée.

— Pour ce qui est des prochaines étapes…

C'était le moment que Yara détestait. Elle avait passé du temps à détailler le diagnostic, pour terminer sur une note triste.

— Comme vous le savez, il n'existe pas pour le moment de traitements pour les maladies auto-immunes. Ce qui est possible, c'est un traitement pour les symptômes, à ajuster en fonction de l'évolution de la maladie et de l'autorisation de nouveaux médicaments. Mais il ne faut pas retenir que les mauvaises nouvelles. M. Orlay devra certes vivre avec cela du mieux qu'il pourra, mais au moins nous pouvons lui dire quel est le problème. Selon mon expérience, c'est très important.

Cette fois, la salle garda le silence.

Elle connaissait bien ce silence. Chacun de ces professionnels de la santé avait un fort esprit de compétition, aucun d'eux n'aimait s'avouer vaincu par un ennemi imbattable – elle-même était plus souvent qu'eux confrontée à cette situation, vu la spécialité qu'elle avait choisie.

Le Dr Sakamoto se leva de sa chaise.

— Ceci marque la fin de la présence du Dr Silvia parmi nous. Nous apprécions votre excellence et tout ce que vous nous avez appris. Docteur Xander, vous prendrez le relais pour le traitement de M. Orlay. Si vous avez des questions, c'est à lui qu'il faudra vous adresser. Merci pour votre présence à tous.

Tout le monde se leva, et différentes conversations parvinrent aux oreilles de Yara tandis qu'elle cherchait dans l'assistance une silhouette familière entre toutes.

Enfin, elle situa Salvador.

Une épaule appuyée au mur, ses bras musclés croisés sur son torse, il était l'image même de la masculinité, et elle lutta contre l'envie de se précipiter dans ses bras pour marquer son territoire.

Car il ne lui appartenait pas. Pas vraiment. Pas tant qu'elle n'aurait pas rassemblé le courage de lui dire qu'elle voulait être avec lui s'il voulait bien d'elle…

La semaine qu'elle s'était donnée était passée beaucoup plus vite que prévu. Il était venu la rejoindre chaque soir à l'hôtel, avant de repartir quelques heures plus tard pour rentrer chez lui auprès de Felix.

Le lendemain était le jour des fiançailles de sa cousine Flavia, et leur dernière nuit ensemble. Elle avait étendu son invitation à Felix. Il y aurait d'autres enfants de son âge, il ne se sentirait pas perdu au milieu des adultes. Mais Salvador avait décliné sans donner de raisons.

Ce refus la turlupinait. Pourquoi ne voulait-il pas lui présenter son neveu ? Son cerveau lui avait proposé un panel de bonnes raisons, mais sa part émotionnelle, celle qui réagissait le plus à Salvador, s'était mise en mode panique. Elle y voyait la preuve qu'il ne mettait pas son cœur dans cette histoire, à la différence d'elle qui était retombée si profondément amoureuse qu'elle ne savait plus à quoi pourrait ressembler la vie sans lui.

Il la chercha des yeux, et elle manqua défaillir quand il lui adressa un de ses rares sourires et se détacha du mur pour venir à sa rencontre.

À son grand désespoir, le Dr Sakamoto s'interposa.

— Docteur Silvia, si vous avez un instant, j'aimerais vous dire deux mots dans mon bureau.

Elle hésita, regarda Salvador, puis revint à elle et se tourna vers le Dr Sakamoto.

— Bien sûr, je vous suis, répondit-elle en lui emboîtant le pas jusqu'à un bureau plus modeste qu'elle ne l'aurait cru.

Il était plus petit que celui de n'importe quel chef de service d'un autre hôpital, ce qui en disait beaucoup sur les priorités du Dr Sakamoto pour son établissement.

Il lui indiqua une chaise face à son bureau, et elle s'assit.

— Tout d'abord, bravo pour votre travail sur M. Orlay. Nous avons eu de la chance de vous avoir au bon moment. Même si nous avons un certain nombre de ressources, le centre médical Juliana Amala est en pleine phase de croissance et notre service de neurologie sort à peine de terre.

C'était une autre partie de sa mission qu'elle n'aimait pas : le retour d'expérience avec le chef du service de médecine. De deux choses l'une : soit il se sentait obligé de justifier le fait que ses équipes n'aient pas réussi à poser le diagnostic – ce qui lui importait peu. Elle ne faisait pas ce métier pour avoir raison mais parce qu'elle avait un don et qu'elle l'utilisait pour aider les autres, même si certains se sentaient humiliés par son intervention, persuadés qu'ils auraient dû être capables de se débrouiller seuls –, soit il lui offrait un poste dans l'équipe. Une offre qu'elle rejetait immédiatement, quels que soient l'argent, le prestige, l'influence qu'on lui promettait, parce qu'elle avait régulièrement besoin de s'échapper. Le moins de temps elle passait chez elle, le mieux cela valait.

Mais Salvador était différent, gentil, attentif à la rendre plus libre et à ce qu'elle obtienne ce qu'elle souhaitait. Serait-ce une si mauvaise chose de travailler à un endroit fixe, si c'était pour lui qu'elle restait ?

— Bon, vous devez avoir ce genre de propositions partout où vous passez, mais il faut que je vous pose la question, dans l'hypothèse improbable où vous accepteriez. Je trouve votre talent et vos méthodes absolument incroyables, docteur Silvia. Que faudrait-il pour vous convaincre de rejoindre l'équipe de l'hôpital ?

Le Dr Sakamoto marqua une pause, et elle espéra qu'il ne voyait pas son pouls battre à toute vitesse à la base de son cou.

— Avec vous aux manettes, nous serions les premiers au Brésil en termes de diagnostics, les gens viendraient de partout avec les cas les plus épineux.

Elle recula dans son siège, sa phrase habituelle de refus au bord des lèvres, mais pas tout à fait prête à les franchir.

Il sembla percevoir son hésitation et s'engouffra dans l'ouverture.

— Dites ce que vous désirez, nous nous en chargeons. L'accord doit vous satisfaire pleinement, car votre collaboration nous garantirait de devenir un des hôpitaux les plus influents à l'échelon national.

Rien de ce que le Dr Sakamoto avait à lui offrir ne la déciderait. C'était Salvador qu'elle voulait.

— Merci pour votre proposition, docteur Sakamoto. Je vais y réfléchir.

Quand elle retourna dans la salle de conférences, celle-ci était vide, à sa grande déception.

En fait, elle n'avait pas grand-chose à discuter avec Salvador, en dehors de ses sentiments pour lui, certes susceptibles de changer le cours de sa vie. Et ce n'était pas le lieu pour en parler. Elle avait besoin d'intimité pour cela, et de courage pour prononcer les mots qui cognaient dans sa poitrine.

*Je t'aime.*

Était-ce si difficile que cela ?

# 11.

— Ma chère sœur, assieds-toi, tu as besoin d'un verre, dit Bianca en attribuant d'autorité à Yara un siège sous le vaste vélum.

Elle avait réussi à privatiser la rue pour l'après-midi, en échange d'un petit don et d'invitations à tout le quartier, ce que leur cousine Flavia avait accepté avec plaisir. Celle-ci adorait être le centre de l'attention, il ne pouvait pas y avoir trop d'invités à ses fiançailles.

Il y avait des groupes de personnes partout, et Yara se dévissa le cou dans l'espoir de voir arriver Salvador.

Ils n'avaient pas établi de règles de base pour la fête. Ils n'étaient certes pas très forts pour les suivre, mais étaient-ils censés garder leurs distances ou se comporter comme ils le faisaient quand ils étaient seuls ?

— Qu'est-ce qui t'inquiète ? demanda Bianca en lui apportant un verre de caïpirinha, dont elle but une gorgée sans y faire attention.

L'acidité du citron vert lui fit reprendre ses esprits.

— Je n'envisageais certes pas de retrouvailles officielles entre Salvador et maman, et en y repensant, je m'aperçois que c'est une idée débile. Je ne sais pas ce qu'il m'a pris…

Bianca fronça les sourcils.

— C'était il y a trente ans, tout le monde est passé à autre chose.

— Mais on a toujours la même mère, non ? rétorqua Yara, plus mordante qu'elle ne l'aurait voulu.

Elles avaient longuement discuté, avec moult larmes et verres de vin, de la différence entre les éducations qu'elles avaient reçues, et Yara se réjouissait que sa sœur n'ait pas eu à souffrir de la pression de leurs parents.

— Je m'excuse, j'ai les nerfs en pelote. Tu sais qu'elle n'est pas encore au courant de… de mon divorce.

Elle avait encore du mal à prononcer le mot. Elle avait été élevée dès le berceau pour réussir dans tout ce qu'elle entreprenait. Divorcer, c'était abandonner, même si elle était tellement plus heureuse hors de ce mariage sans amour.

Il ne lui restait plus qu'à aborder le sujet avec sa mère.

— Je sais, c'est absurde que ça me mette dans des états pareils. J'ai quarante-sept ans, je suis une médecin chevronnée et reconnue dans son domaine…

— Alors comme ça, on se vante ?

La voix grave alluma aussitôt un incendie en elle. Elle sauta sur ses pieds.

— Salvador, tu as pu venir ! Je te cherchais.

— J'ai croisé Rosalinda et son fils, on ne s'était pas vus depuis longtemps. Tu te souviens où elle habitait ? fit-il en pointant une maison entourée d'une grille bleue.

Elle rit.

— Elle n'avait pas un manguier dans son jardin ?

— Si, et elle savait exactement qui lui « empruntait » des mangues… Elle vient de me réclamer dix reales.

— Dix ? Ses mangues étaient bonnes, mais pas à ce point !

Il haussa les épaules.

— Il a bien fallu que je les lui donne. Elle m'a menacé de sa canne, elle fait toujours aussi peur.

Ils éclatèrent de rire.

Certains voisins se comportaient comme ses parents et se méfiaient de lui, voire le condamnaient à cause de sa famille, mais ces gens-là étaient aujourd'hui beaucoup moins nombreux. En revanche, sous ses dehors rugueux, Rosalinda avait toujours apprécié Salvador.

Yara ne pouvait pas le regarder sans sourire, elle aurait voulu se jeter à son cou. Mais était-ce le genre de rapports qu'ils avaient en public ? Ils n'en avaient pas parlé. Ils avaient juste évoqué son soutien quand elle reverrait sa mère après toutes ces années, mais souhaitait-il remplir ce rôle de loin, ou au premier rang en lui tenant la main ?

Être main dans la main en public, cela ne faisait pas franchement détaché, mais en même temps rien dans leur relation n'était très flegmatique.

Elle ne quittait pas Salvador des yeux, un sourire crispé aux lèvres. Elle ne savait plus comment se comporter avec lui. Elle était paralysée.

C'est alors que Salvador fit un pas en avant et lui déposa un léger baiser sur les lèvres. Comme il regardait quelqu'un derrière elle, elle pivota sur ses talons en direction de sa sœur, et il en profita pour glisser sa main dans la sienne.

Soudain, plus rien d'autre n'exista pour elle. Elle passait d'un extrême à l'autre : était-ce une spectaculaire déclaration devant ses anciens proches, ou simplement ce dont ils étaient convenus ?

Salvador ressentait-il la même chose qu'elle ? Le délai qu'elle s'était donné prenait fin aujourd'hui. Soit elle lui disait qu'elle l'aimait, soit elle abandonnait la possibilité d'un futur avec lui.

— Bianca, quel plaisir de te revoir, dit-il en s'adressant à sa sœur.

— Partagé. Je suis bluffée du nombre de gens qui se souviennent de toi alors que tu vivais de l'autre côté de Brasilia.

Il éclata de rire.

— On passait notre temps dehors pour éviter les piques et les regards désapprobateurs de vos parents. Évidemment que je ne suis pas passé inaperçu !

— Oh ! mais j'ai d'autres souvenirs ! répondit Bianca en adoptant un air entendu.

Yara en conclut que c'était le moment de lever le camp, au cas où sa sœur se mettrait à raconter des histoires embarrassantes.

— Tu veux qu'on fasse un petit tour pour dire bonjour ? demanda-t-elle à Salvador. Flavia est là-bas, les personnes âgées du voisinage lui donnent des conseils pour réussir un mariage qui dure.

— Intéressant, répondit-il.

— Tu crois ? demanda-t-elle, sceptique.

Salvador l'entraîna, saluant au passage les gens qui le reconnaissaient.

Elle eut un rire de dédain.

— Le secret d'un mariage qui dure, c'est de ne pas se marier du tout. Je ne suis pas près d'oublier la leçon, dit-elle avec une amertume dont elle fut la première surprise.

Ils firent une pause, et Salvador jeta un œil autour de lui avant de revenir à elle. L'étincelle amicale avait disparu de son regard, désormais voilé. Son visage était fermé.

— Tu ne voudrais pas te remarier ?

Elle vit ses plans sur la comète se dissoudre. Était-ce cela qu'il voulait d'elle, alors qu'il savait à quel point son premier mariage l'avait brisée ?

Donner à nouveau une telle prise, un tel contrôle sur sa vie à une autre personne, elle n'était pas sûre de pouvoir. Pas même à Salvador. L'idée de signer un autre certificat de mariage l'écœurait. Une peur irrationnelle l'envahit.

— Je suis passée par là, et ça n'a pas marché. Quand j'ai eu besoin d'en sortir pour préserver ma santé mentale, ça a ralenti le processus alors que j'avais simplement besoin que ça s'arrête.

Lawrence ne lui avait pas rendu les choses faciles.

— Mais, et si…

— *Minha fiha !* Est-ce vraiment toi ?

Yara sentit son sang se figer dans ses veines, et elle ne put plus bouger. Le bras de Salvador s'enroula autour d'elle pour lui communiquer la force dont elle avait besoin.

— *Mãe… Oi*, dit-elle en se tournant vers la personne qu'elle redoutait de rencontrer depuis qu'elle avait atterri à Brasilia.

— *Filhota…* Je suis tellement heureuse de te voir !

Magda Lopes s'approcha, dévisageant l'homme qui enlaçait sa fille.

— Ce n'est pas…

— *Mama*, je suis sûre que tu te souviens de Salvador. Il venait beaucoup à la maison quand on était à l'école ensemble.

Elle qui planifiait tout méticuleusement, elle n'avait pas prévu de discours pour la rencontre entre sa mère et Salvador.

Le regard perplexe de sa mère lui donna un étrange sentiment de revanche.

— Bien sûr, comment oublier ? fit Magda, amicale et réprobatrice en même temps, avec un sourire froid. Je ne te demande pas de nouvelles de ton mari. Si les voisins t'ont déjà tous vue avec…

— Mon ex-mari, *mãe*. Après des décennies à vivre sur des continents différents, j'ai décidé de réparer l'erreur que j'avais faite en acceptant de l'épouser. Une erreur dans laquelle papa et toi m'aviez poussée pour des raisons qui ne regardaient que vous.

Un barrage avait cédé en elle, elle se débarrassait de tout ce qui lui pesait depuis trop longtemps.

Sa mère se drapa dans son châle de soie avec un air indigné.

— Comment ? Tu ne peux pas dire ça. Ton père et moi n'avons jamais eu que ton bien en tête.

— Par pitié, ne me fais pas la leçon. C'est pour ça que vous avez menacé de me couper les vivres et de ne pas payer mes études si je continuais à fréquenter Salvador ? Vous aviez peur de ce que diraient les amis du Yacht Club de papa. Si vous vous étiez moins souciés de la réputation de la famille et de celle de Salvador, j'aurais peut-être épousé l'homme avec qui je devais être. Ça m'aurait évité des années de malheur que je commence à peine à rattraper.

Les mots sortaient par flots de sa bouche, lavant sa culpabilité. Elle se sentait plus légère que jamais, au point qu'elle percevait à peine la tension de Salvador à ses côtés.

En n'importe quelles autres circonstances, Salvador se serait excusé au bout de quelques phrases pour laisser Yara et sa mère résoudre leur problème seules. Mais il savait que cette discussion angoissait Yara, et il comprenait parfaitement pourquoi.

En fait, il était aussi impliqué dans leur dispute. Il savait que les parents de Yara avaient joué un rôle dans leur relation, mais pas qu'ils avaient voulu les séparer. Ainsi, ils avaient mis ses études de médecine dans la balance ! Il ne pouvait plus en vouloir à Yara, sachant cela. Elle avait dû prendre une décision impossible.

Mais ce n'était pas cela qui faisait siffler ses oreilles. C'était la phrase de Yara qui tournait en boucle dans son esprit.

« J'aurais épousé l'homme avec qui je devais être. »

Lui ? Elle pensait que, sans la pression de ses parents, ils seraient encore ensemble ?

Il ne savait plus quoi penser. Comment leur relation aurait-elle évolué à la découverte de son attirance pour les hommes ? Voyait-il des problèmes là où il n'y en avait pas ?

Il avait abordé le sujet du mariage sans y réfléchir vraiment. Pas plus qu'en l'embrassant devant tout le quartier. Il avait trouvé cela juste, comme si être avec cette femme était ce qu'il devait faire de sa vie.

Peu importe qu'elle ne soit pas prête à se remarier, car il n'allait pas le lui demander. Ils n'étaient pas en couple, même si marcher main dans la main avec elle tombait sous le sens. Elle ne voulait pas s'engager dans une relation, alors que lui ne pouvait pas faire sans…

Sauf que Yara soutenait maintenant à sa mère qu'ils étaient faits l'un pour l'autre à l'époque, et que cela aurait duré si ses parents ne s'étaient pas interposés.

Comment ces deux positions pouvaient-elles être vraies en même temps ?

— Yara, pourrions-nous discuter en privé ? demanda Magda avec un regard perçant pour Salvador.

Il sentit la main de Yara presser la sienne.

Il n'avait pas suivi la discussion, mais il vint instinctivement à son secours en la serrant plus étroitement contre lui, même si la sentir aussi proche sans savoir ce qu'elle ressentait lui déchirait le cœur.

— Je n'ai rien à discuter avec toi, répondit-elle. Ce sont les fiançailles de Flavia, ce n'est pas le lieu pour cette discussion. Si tu veux parler, pourquoi pas, mais seulement si tu acceptes mes décisions.

— Ah, c'est comme ça ? fit Magda, blême. Je ne vais pas te regarder faire des choix de vie désastreux sans rien dire.

— Pas de problème, je ne t'inviterai pas à mes fiançailles si ça arrive.

Il aurait voulu la prendre dans ses bras, chasser la tension d'un baiser, mais il était lui-même paralysé. Il ne supportait pas la confusion de la situation.

— Partons, dit Yara.

Ils gardèrent le silence en traversant la foule des invités, seulement reliés par leurs doigts entremêlés. Parfois, quelqu'un les arrêtait pour parler à l'un ou à l'autre, certains souriaient de les voir enfin ensemble, comme une image d'un avenir qu'ils n'auraient pas.

Ce moment était ce qu'il devait sacrifier pour Felix. Comment était-il de nouveau tombé amoureux de Yara ?

— Je n'avais pas pris la mesure de leurs manipulations, dit-il comme ils quittaient un groupe où on les avait interrogés sur leur travail à l'hôpital.

Yara, rayonnante, avait détaillé certains cas rares et évoqué ses voyages, le plongeant plus encore dans la morosité : la vie de la femme dont il était amoureux était incompatible avec la sienne.

— Je ne voulais pas en parler, sans que je comprenne bien pourquoi. J'imagine que ça me fragilisait. Qu'aurais-tu pensé de moi, sachant que je t'avais préféré mes études ?

— Ils t'ont obligée à choisir ton futur plutôt qu'un garçon qui te plaisait. Je peux comprendre ton choix. Si tu m'avais mis au courant, j'aurais fait ce choix pour toi !

Il l'attira à lui bien que son cerveau lui hurle de ne pas le faire. Il ne pouvait pas veiller sur elle alors qu'il devait déjà prendre soin de quelqu'un d'autre.

Mais sa phrase tournait encore en boucle dans sa tête.

« J'aurais épousé l'homme avec qui je devais être. »

— Yara…

Elle se tourna vers lui avec un regard limpide.

Elle savait de quoi il voulait parler. Ça n'avait pas été un commentaire jeté à la légère, et elle s'attendait à ce qu'il la questionne.

Mais la vibration de son téléphone les interrompit.

— Ah, c'est la baby-sitter ! Il faut que je décroche.

— Ciara, qu'est-ce qui se passe ?

Pour la deuxième fois de la journée, ses oreilles se mirent à siffler, et tout devint silencieux.

Yara examina longuement les radios, sourcils froncés, avant de se tourner vers Salvador qui faisait les cent pas dans la pièce vide où ils s'étaient retirés quand les examens de Felix avaient été apportés. Elle ne s'expliquait pas ce qu'il s'était passé, mais cela ressemblait à une côte fêlée et à un pneumothorax potentiel.

Salvador était dans un état de tension extrême, respirant par à-coups. Il avait à peine écouté le diagnostic du médecin de service et lui avait pris la tablette des mains pour la donner à Yara : elle contenait le dossier médical de Felix et le rapport des ambulanciers. Elle l'avait acceptée avec un sourire d'excuse pour le médecin, qui ne s'était pas formalisé et était parti.

Elle posa une main sur le bras de Salvador pour qu'il reste en place.

— Ça va. Il n'y a rien de terrible. Je vais écouter ses poumons, et quelqu'un du service de pédiatrie va venir l'intuber. Quelques jours de repos, et tout ira bien. Qu'est-ce qu'il s'est passé ?

Il inspira un filet d'air avec une expression inquiétante.

— D'après Ciara, la police est venue l'informer que Felix avait fait le mur pour retrouver des amis. Ils ont été retrouvés en train de pénétrer chez quelqu'un. Tentative de cambriolage.

Elle écarquilla les yeux devant sa terreur manifeste. Elle n'avait pas exactement peur, mais sa détresse la troublait.

— Je pense que nous devrions rester concentrés sur sa santé…

— Et tu sais où j'étais pendant qu'il filait retrouver les mauvaises personnes ? À cette fête, à jouer au petit mari avec quelqu'un qui ne s'engagera jamais avec moi. Je me suis laissé distraire, alors que j'aurais dû être avec lui !

Il libéra son bras et lui tourna le dos.

La pièce se mit à tourner autour d'elle. La douleur lui comprimait la poitrine, chassait l'air de ses poumons. Elle était vidée, elle luttait.

Elle fixa un point invisible entre ses omoplates.

« Jouer au petit mari. » Était-ce ainsi qu'il voyait le temps qu'ils avaient passé ensemble aujourd'hui, comme s'ils mimaient une vie de couple marié ? Comme si la profonde tendresse entre eux n'était qu'une distraction, un jeu qu'ils avaient prolongé un peu trop ?

Elle essuya ses larmes et se concentra sur sa respiration.

Salvador était effrayé, acculé. Quelque chose de terrible était arrivé à son neveu, un garçon qui était comme son fils. Les gens blessés sont blessants, ils se lâchent sur la première cible possible, que ce soit ou non mérité. En ce moment, Salvador n'était pas un médecin travaillant à l'hôpital, c'était le proche d'un patient, qui avait besoin de toute son attention.

Elle se redressa.

— Les parents ne sont pas autorisés aux urgences, Salvador. Va attendre en pédiatrie. Ils te préviendront quand ils le transféreront.

Elle n'attendit pas sa réponse et sortit pour rejoindre la chambre où Felix, étendu sur un lit avec un rictus douloureux, était néanmoins alerte.

— Bonjour Felix, je suis Yara. Je travaille ici avec ton oncle, dit-elle avec son sourire-pour-patient le plus convaincant, reléguant la discussion avec Salvador au fond de sa mémoire. Comment te sens-tu ?

— Mal.

Elle faillit rire. L'oncle et le neveu se ressemblaient, ils ne tournaient pas autour du pot.

Elle attrapa un tabouret et s'assit à son chevet.

— Tu peux me dire ce qu'il s'est passé ? Les ambulanciers pensent que tu as glissé et que tu es tombé.

Elle n'essayait pas de lui extorquer des détails mais de rassembler tous les éléments pour son diagnostic. Y avait-il eu une bagarre ? Avait-il reçu un coup à la tête ?

Felix la regarda avec appréhension, de ses yeux aussi sombres que ceux de Salvador.

— C'est vous, la femme avec qui *tio* était cette semaine ?

Comment avait-il deviné ? Les avait-il vus arriver, quelques instants auparavant ? Il y avait une fenêtre, mais les stores étaient tirés. Impossible.

Et comment était-elle censée répondre ?

Ce garçon était vif et observateur, il méritait de savoir. Elle opta pour la vérité.

— Oui, c'est moi. Je connais ton oncle depuis l'école, dit-elle. Mais peu importe d'où je le connais. Je suis ton médecin, je n'ai pas le droit de lui répéter ce que tu me confies, à moins que tu ne m'y autorises.

— Pour de vrai ?

— Pour de vrai. Ça s'appelle le secret médical. Je peux partager des informations importantes avec ton tuteur pour l'informer de ton traitement, mais il n'y participera pas, puisque c'est ton oncle, et ton tuteur légal.

Il eut une expression de souffrance. La douleur ? La culpabilité ? Le mot « tuteur » ?

— Mes amis… voulaient aller dans cette grosse villa. Il y avait une énorme fête à côté, alors ils se sont dit qu'il n'y aurait personne. Ils m'ont poussé sur le mur parce que je suis le plus fort et que je pouvais les tirer, mais j'ai perdu l'équilibre, et je suis tombé.

Elle hocha la tête avec un détachement professionnel.

— Et comment es-tu tombé ? Sur la tête ? Sur le côté ?

— À plat ventre, dit-il en regardant ses mains.

— Je vois. C'est plutôt une bonne nouvelle. Tu as une côte fêlée et une partie de ton poumon s'est affaissée, ce qui n'est pas aussi effrayant que ça en a l'air. Ça signifie simplement qu'il y a un peu d'air dans ta cavité thoracique et qu'on doit le faire sortir. On va appeler un spécialiste en pédiatrie pour cela.

Il fit un petit bruit de sanglot, et elle tendit la main vers lui.

— Je suis vraiment désolé, dit-il, les larmes aux yeux. Je

sais que c'était stupide. Je ne savais pas que c'était pour ça que les gars m'avaient invité, j'ai compris après.

Son torse se soulevait par à-coups, la culpabilité était trop forte.

— *Tio* va être fou.

— Tout va bien, Felix. Ne nous inquiétons pas de ça pour le moment, dit-elle en quittant le tabouret pour s'asseoir sur le lit et lui prendre les mains. D'abord, on va te remettre sur pied. Et je te promets, la seule chose dont ton *tio* se soucie pour le moment, c'est ta santé.

Il se calma, hochant la tête avec un sanglot qui lui brisa le cœur. Elle voyait l'influence de Salvador dans la manière de parler de son neveu : il avait par-dessus tout peur de le décevoir.

— Voilà ce qu'on va faire : je vais demander qu'on te transfère dans ta chambre, où un médecin t'expliquera les étapes de ton traitement. Tu vas devoir passer la nuit en observation, mais on en parlera tous ensemble, avec ton *tio*.

Felix acquiesça de la tête, essuyant ses larmes et se mordant nerveusement la lèvre.

— Tu as d'autres questions avant que je parte ?

Son visage se détendit, il avait une question en tête.

— Vous êtes l'amoureuse de *tio* ?

Elle cligna des yeux.

Cela retournait la lame dans la plaie. Elle se mordit l'intérieur de la bouche pour ne pas grimacer.

— Euh, non, je ne suis pas son amoureuse.

— Vous devriez peut-être. Oncle Salvador est beaucoup plus heureux depuis deux semaines, et vous êtes la seule chose qui ait changé.

Son cœur bondit dans sa poitrine. Elle se leva d'un bond du lit pour se tourner et s'essuyer les yeux.

Puis elle se reprit et regarda le neveu de Salvador.

— Tu vas voir, il sera vraiment heureux de te revoir une fois qu'on t'aura réparé.

Puis, après lui avoir tapoté la main, elle sortit.

Felix lui avait donné une information qui lui manquait. Ça ne collait pas avec ce que Salvador venait de lui lancer au visage alors qu'il était mortellement inquiet pour son neveu. Elle ne devait pas accorder trop d'importance à ses mots.

Le bonheur que Felix avait remarqué pouvait signifier que Salvador ressentait la même chose qu'elle, après tout. Elle devait le lui en parler. Maintenant.

Pendant que Yara était au chevet de Felix, Salvador, lui obéissant, alla attendre en pédiatrie. Il s'assit quelques instants dans la salle d'attente puis se remit à faire les cent pas, saluant brièvement les collègues qui le reconnaissaient.

Une fois Felix intubé et installé dans une chambre, il put finalement le serrer dans ses bras autant que le lui permettait sa côte fêlée. Puis un médecin leur exposa les prochaines étapes du traitement, et les antidouleurs commencèrent à faire effet.

Felix peinait déjà à garder les yeux ouverts.

Deux pensées alternaient dans la tête de Salvador : la conversation qu'il avait eue avec Yara une heure plus tôt, et ce que Ciara avait appris sur l'accident.

Il était mort d'inquiétude et de tristesse pour son neveu, qu'il se reprochait d'avoir laissé tomber. Il voyait Felix engagé dans un parcours de délinquant dont il ne pourrait plus le sortir.

Il avait tout donné, tout, pour éviter à Felix de chuter. Il avait renoncé à avoir une vie sentimentale pour se concentrer sur son neveu et en faire quelqu'un de bien. Puis Yara avait déboulé dans sa vie, chamboulant tout sans le vouloir. Avec elle, la vie avait repris des couleurs après avoir si longtemps été sépia ! Il était retombé amoureux au premier regard. Il avait compris enfin que le trou dans son cœur était là depuis qu'elle était partie, et qu'elle seule pouvait le combler.

Yara. Celle qui était partie.

Il s'était jeté avec tant d'enthousiasme dans cet envoûtement venu du passé qu'il avait délaissé le reste. Il n'avait plus été aussi attentif à Felix, passant ses soirées avec Yara plutôt qu'avec lui. Ce qu'il venait d'arriver était sa faute à lui. Et même si cela lui brisait le cœur, il ne serait plus jamais aussi négligent.

Yara n'était pas venue les retrouver après avoir confié Felix au pédiatre. Était-elle encore dans l'hôpital ? Elle ne lui avait pas non plus envoyé de message…

Il frémit.

Ses propos méchants l'avaient peut-être fait fuir. Il avait exposé en plein jour sa réticence à s'engager. La souffrance et la colère qu'il gardait enfouies en lui s'étaient transformées en marécage, les insécurités dont il était si peu fier avaient réapparu dès qu'il s'était senti acculé. Il connaissait maintenant la situation inextricable dans laquelle les parents de Yara l'avaient placée, mais la plaie de son cœur saignait pourtant toujours. Il avait passé des années à écouter la petite voix qui lui chuchotait de se méfier des trahisons. Comment laisser Yara entrer dans sa vie et dans celle de Felix, alors que, à la moindre pression, au moindre stress, il se fermait et rentrait en lui-même ?

Il sortit de la chambre où Felix était à présent endormi et se laissa tomber sur une chaise de la salle d'attente, la tête entre les mains.

Il y eut un petit bruit de plastique. Yara s'était assise à côté de lui.

— Des chips ? demanda-t-elle en lui tendant un paquet ouvert. On n'a pas mangé aux fiançailles, et je sais que tu ne rentreras pas dormir chez toi ce soir, alors il va falloir faire avec les victuailles du distributeur.

Elle secoua le paquet jusqu'à ce qu'il le prenne.

— Merci d'avoir pris soin de lui, dit-il en jouant avec pour évacuer la tension.

— C'était le moins que je puisse faire… Ça va aller. Il va être désintubé. Du sommeil sous surveillance cette nuit pour évacuer le risque de commotion cérébrale, et il pourra repartir à la maison.

— Ce n'est pas cela qui m'inquiète, répondit-il en se massant la racine du nez.

— Je ne sais pas si mon avis t'importe à l'heure qu'il est, mais je pense qu'il a simplement fait une erreur, comme toi à douze ans.

Yara s'exprimait lentement, sélectionnant chacun de ses mots, à l'opposé de la manière dont elle lui parlait habituellement.

Il leva les yeux vers elle.

Elle avait évidemment été affectée par son mouvement de colère, il ne devait pas s'illusionner. Peut-être était-ce l'occasion de la laisser partir, de mettre un point final à tout ceci. Ils n'allaient pas s'en sortir avec tous ces obstacles.

— Il ne serait pas dans un lit d'hôpital en ce moment même si j'avais fait plus attention à lui, dit-il, comme la peur lui comprimait de nouveau l'estomac.

— Peut-être, ou peut-être pas. Il a fait le mur. Si la baby-sitter n'a rien entendu…

— Mais j'aurais su, pour la bande de garçons ! J'aurais compris avec qui il traînait. Si je n'avais pas eu la tête ailleurs…

Yara se renfonça dans son siège, les yeux humides.

Il s'arrêta, mais le mal était fait, et il se détesta.

Il avait laissé les choses aller trop loin. Il savait pourtant que c'était la personne au monde qui le touchait le plus. Ils savaient l'un comme l'autre qu'ils s'engageaient en terrain périlleux, ils l'avaient fait malgré tout, et ils s'étonnaient de se faire du mal.

— Je t'en prie, finis ta phrase, dit-elle en clignant les paupières puis en s'essuyant les yeux.

— Yara, je suis désolé. Je pense que… cette petite histoire nous a un peu dépassés.

Il osa tendre la main vers elle, mais recula quand elle s'écarta brusquement.

— Une « petite histoire » ? C'est comme ça que tu vois ce qu'il s'est passé entre nous ? Et moi qui croyais…

Elle se leva, lui tourna le dos et jeta la tête en arrière. Elle prenait de grandes inspirations qui faisaient monter et descendre ses épaules, et lui respirait à l'unisson.

Ils en étaient là. C'était la fin.

— Je pensais que tu m'aimais comme je t'aimais. Parce que c'est ce que j'étais venue te dire. Que je t'aime, que ce que tu m'as dit tout à l'heure ne compte pas.

Bien qu'il ait rêvé de l'entendre dire ça depuis qu'il l'avait tenue contre lui lors de leur première nuit à Planaltina, ces mots le ravagèrent.

Le besoin de lui retourner les mêmes mots le coupait en deux. Elle était là, la femme qu'il désirait depuis toutes ces années, en train de lui dire qu'elle l'aimait avec une telle douleur qu'il faillit craquer.

— Yara, je…

Il n'alla pas plus loin, les mots refusaient de sortir.

Où cela les aurait-il menés ? Elle partait le lendemain, son neveu avait besoin de lui, et il l'inquiétait tant qu'il s'en était pris à elle. Une fois de plus, il s'était montré indigne d'elle, il n'avait pas été à la hauteur, incapable de combler la distance.

Elle se retourna.

— Je ne te laisserai pas dire que je n'étais qu'une distraction, que ça n'avait pas d'importance pour toi, alors que je sais ce que j'ai senti entre nous.

Une flamme brûlait dans son regard. Dans une autre vie, il l'aurait alimentée.

— On s'était mis d'accord. Les règles…

— On s'en tape, des règles. Juste pour un moment, fais-moi plaisir et ne te cache pas derrière des détails techniques, Salvador. Je sais que j'ai fait une énorme erreur il y a trente ans. Même à l'époque, je le savais. Et maintenant, je suis blessée et j'ai peur, mais je veux essayer. Pour toi. Pour nous.

— Tu veux essayer ? Tu en aurais assez envie pour te marier avec moi ?

Il avait parlé trop vite, sans réfléchir. Il s'exposait entièrement, avec toutes les insécurités qu'elle suscitait en lui. Si elle le quittait de nouveau, il n'y survivrait pas.

— Tu… Je… C'est une proposition ? Tu me demandes en mariage ? demanda-t-elle, les yeux exorbités.

— Tu accepterais ?

Il s'était levé, il était trop tard pour reculer. Il ne lui demanderait jamais de renoncer à quoi que ce soit, mais malgré leurs vies si différentes, elle avait évoqué un « nous ».

— Je… Salvador, je ne peux pas.

Elle tremblait de tout son corps.

— Moi non plus, dit-il en secouant la tête, le cœur brisé.

Ils y étaient presque arrivés, mais plus il y pensait, plus ils s'éloignaient.

— Je dois m'occuper de Felix. Je ne peux pas m'engager avec quelqu'un qui ne restera pas aux moments où ça compte.

Elle écarquilla les yeux, sous le choc, et se replia sur elle-même.

— Alors on en revient à ça. Tu ne me fais pas confiance parce que je suis partie, dit-elle, amère. J'ai fait une erreur, Salvador. Et même si tu sais maintenant la vérité qui se cachait derrière, je l'assume.

— Tu as dû tenir compte de ta famille à l'époque. C'est à moi de le faire, aujourd'hui. Felix a eu une vie suffisamment chaotique, je ne veux pas en rajouter.

Son ton sans appel fut suivi par un silence pesant, troublé seulement par leurs respirations hachées.

Yara fit un pas vers lui, le regard éteint. Elle avait l'air si profondément blessée qu'il aurait voulu la protéger. Mais comment la protéger de lui ?

— Je devrais y aller. Je n'ai pas encore félicité Flavia pour ses fiançailles.

C'était la première excuse qui lui était passée par la tête.

— C'était il y a à peine quelques heures. Ça continue sûrement.

— Je… Oui, tu as raison. J'y vais, alors. *Tchao*, Salvador.

Leurs yeux se croisèrent pour la dernière fois, il le savait, et il essaya de retenir cette image pour toujours. Il voulait se souvenir d'elle. S'ils ne pouvaient pas être ensemble, il aurait au moins cela.

— *Tchao, fofa.*

Elle fit un pas en arrière, puis un autre. Finalement, elle pivota, tourna à l'angle du couloir et disparut.

Quand le bruit de ses talons cessa, il s'écroula sur sa chaise.

Il souffrait comme s'il avait été ouvert en deux. C'était plus douloureux encore que trente ans auparavant. Il avait fait le sacrifice ultime pour continuer à prendre soin de Felix. Peu importait le prix personnel à payer.

# 12.

Après la première nuit, Felix avait eu quelques symptômes de traumatisme crânien, et le pédiatre avait préféré le garder quelques jours en observation par prudence. Cela convenait à Salvador, qui pouvait ainsi travailler tout en gardant un œil sur son neveu.

Le travail était une fois de plus la seule chose qui lui permettait de ne pas penser à son expérience désastreuse avec Yara. La repousser l'avait dévasté, et encore maintenant, des jours plus tard, il était harcelé de doutes et de culpabilité, et il devait se retenir de courir la chercher.

Mais elle était probablement déjà à l'étranger, à travailler sur le cas d'un patient qu'elle seule était capable de sauver.

Une notification du service pédiatrique lui fit quitter son bureau. Felix était censé rentrer chez eux le soir même, y avait-il un problème ?

Il entra dans sa chambre pour trouver Felix et le Dr Sakamoto en pleine partie de cartes.

— Ah, docteur Martins. Venez vous asseoir, dit le Dr Sakamoto en lui indiquant une chaise à côté de lui.

La situation n'était pas normale, c'était presque inquiétant.

— Qu'est-ce qu'il se passe ici ? demanda-t-il. C'est un complot ?

À sa grande surprise, il n'y eut pas de dénégations immédiates.

— Je suis passé l'autre jour voir votre neveu et m'assurer que tout allait bien, et il m'a confié qu'il s'inquiétait pour vous, Salvador.

« Salvador » ?

Il se crut revenu en enfance, quand il savait que cela allait barder pour son matricule parce que sa mère utilisait son prénom plutôt que son surnom.

Il se tourna vers Felix, soudain passionné par le motif au dos des cartes.

— Je vous trouvais l'air ailleurs depuis quelque temps... Depuis que nous avons transféré Henrique Orlay à l'équipe de soins longue durée, en fait.

Salvador retint un rictus de douleur, ce qui lui arrivait régulièrement.

Le nom de ce patient lui rappelait trop de souvenirs. Yara n'avait passé que deux semaines à l'hôpital, mais de nombreux endroits étaient chargés d'elle, des collègues exprimaient leur admiration, et il ressentait alors une douleur fulgurante dans la poitrine. C'était un supplice sans comparaison avec la première fois. Trente ans plus tôt, il avait eu le sentiment d'être cassé, brisé. Maintenant, il savait qu'il n'y avait pas de réparation possible. Il ne serait plus jamais entier car une part de lui appartenait à Yara, qu'ils soient ensemble ou pas.

— J'ai discuté avec vos collègues, qui se sont fait la même réflexion depuis que...

Le Dr Sakamoto laissa sa phrase en suspens et se tourna vers Felix, qui arrêta enfin de battre ses cartes pour le regarder.

— *Tio*, Yara te manque, non ?

Salvador en resta bouche bée. Que Felix soit aussi direct, mais aussi qu'il l'ait si bien observé. Avait-il vraiment pris la mesure de ses sentiments pour Yara ? Comment était-ce possible ? Il l'avait à peine rencontrée après l'accident.

— Je ne vois pas ce que ça a à voir, dit-il, remarquant le tremblement dans sa voix et le regard qu'échangeaient Felix et le Dr Sakamoto. Surtout, je ne vois pas en quoi cela vous concerne. J'effectue mon travail, n'est-ce pas ?

— Martins, vous êtes irréprochable, comme toujours. Pourtant, votre neveu n'a pas été le seul à remarquer que quelque chose clochait. Les questions de vos collègues m'ont alerté, et j'ai demandé à Felix s'il était au courant. Tous m'ont dit que vous aviez le cœur brisé, et j'ai peur qu'il ne soit arrivé une catastrophe.

— Oui, il y a eu une catastrophe, répondit-il du tac au tac. Elle est partie. À nouveau.

Nouveau regard entre le Dr Sakamoto et Felix.

— C'est donc ça. Felix pensait bien que cela avait un rapport avec le Dr Silvia.

— Comment es-tu au courant pour elle ? demanda Salvador, lèvres pincées, à son neveu.

Le garçon hésita, triturant la couverture de son lit.

— Je ne veux pas d'ennuis…

— C'est déjà fait, alors autant me le dire, *filho*.

« Fils ». Il avait le mot sur le bout de la langue depuis des mois, attendant le bon moment, le moment *juste*, pour le dire.

— Tu étais tellement plus cool depuis deux semaines, tellement plus… heureux. Je te trouvais toujours un peu triste, *tio*, peut-être à cause de mon père, ou parce que tu étais obligé de t'occuper de moi.

Son neveu rougit, ce que Salvador aurait trouvé adorable s'il n'avait pas été aussi estomaqué par ce que le garçon venait de confier.

— Je suis désolé, Felix. Ce n'était déjà pas facile pour toi, et on dirait que j'en ai rajouté avec ma tristesse.

Lui qui croyait si bien la dissimuler ! Il avait cru nécessaire de tout sacrifier pour assurer un environnement stable et sécurisant à son neveu, au lieu de quoi il l'avait écrasé avec son chagrin. Il prenait conscience qu'il devait vivre sa vie et la tricoter avec celle de Felix, plutôt que de renoncer à tout pour veiller sur lui. Il se sentait oppressé. Il avait fait une terrible erreur, qu'il ne savait pas comment réparer.

— Je ne sais pas comment me rattraper. Yara… Je crois que je l'ai fait fuir pour de bon. Elle doit être de l'autre côté du monde à l'heure qu'il est.

Le Dr Sakamoto s'éclaircit la gorge.

— Eh bien… Je lui ai proposé de prendre la tête d'un service ici. Le sien.

— Quoi ?

— Elle n'a pas accepté, mais elle n'a pas refusé non plus. Je lui ai redemandé il y a deux jours ce qu'elle avait décidé, et elle a réclamé plus de temps… Donc, elle n'a pas dit non.

Elle n'avait pas rejeté l'offre ?

Salvador sentit son sang battre à ses oreilles.

— Vous croyez qu'elle est encore là ?

— Allez la trouver, où qu'elle soit. Felix peut garder son lit tant que vous ne serez pas revenu, promis. Et quand vous la trouverez, dites-lui que j'attends ma réponse.

Hésitant, il regarda Felix, qui l'encouragea d'un signe de tête.

Il prit une profonde inspiration et chercha ses clés de voiture dans sa poche.

Si Yara était encore à Brasilia, il n'y avait qu'un endroit où elle se sentirait suffisamment en confiance pour baisser sa garde.

L'odeur de camomille fit grimacer Yara.

Les derniers jours avaient été noyés de larmes et de tisane de camomille que sa sœur lui collait dans les mains à la moindre occasion. Elle n'avait pas de doutes sur les vertus apaisantes de la plante, mais son cœur, brisé au point qu'elle avait du mal à respirer, n'en avait cure.

— Il ne m'aime pas, murmura-t-elle.

Bianca leva les yeux de la couverture qu'elle était en train de crocheter.

— On en a déjà parlé, tu sais forcément que c'est faux. Je vous ai vus aux fiançailles de Flavia. Tout le monde vous a vus ! Il était en admiration devant toi.

Elles avaient cette conversation plusieurs fois par jour, chaque fois que Yara retombait plus bas que terre.

Cela n'avait pas de sens. Si Salvador l'aimait, pourquoi était-elle terrée dans la chambre d'amis de sa sœur en attendant de pouvoir de nouveau envisager l'avenir ? Car, cela s'était fait tout seul, la manière dont elle voyait sa vie avait changé. Elle y avait inclus Salvador, son neveu et la famille qu'ils allaient former.

— Les voisins ont déjà lancé une collecte pour obtenir un permis de fête pour vos fiançailles, tant ils sont persuadés que vous serez les prochains, Salvador et toi.

Yara renifla.

— Je ne me remarierai jamais. Ça a très mal fini pour moi.

— Ce ne serait pas ça, le problème ? Et la raison pour laquelle il dit qu'il ne peut pas être avec toi ?

— Comment ça ? Parce que je ne veux pas l'épouser ?

— Non. Parce que tu dis que le mariage ne te réussit pas, alors que c'est le mariage avec Lawrence qui ne t'a pas réussi. Ça n'a rien à voir avec le mariage, mais tu te protèges derrière ça. Peut-être que Salvador voulait être avec toi mais que tu étais trop occupée à repousser les « menaces » de mariage ?

Elle faillit nier, mais l'angoisse lui noua le ventre. La justesse des questions de sa sœur la percutait de plein fouet.

— Je… Je croyais que Lawrence m'aimait. Nos parents se réjouissaient tellement qu'on sorte ensemble, je pensais que j'allais tourner la page, qu'on allait apprendre à s'aimer, dit-elle, sentant ses épaules s'alléger en disant ces mots si longtemps retenus. J'ai quitté Salvador parce que je croyais que papa et maman en savaient plus que moi, qu'ils ne me pousseraient jamais dans une direction qui n'était pas la bonne pour moi.

Bianca vint la rejoindre sur le canapé et passa un bras autour de ses épaules.

— Je suis désolée que tu aies autant souffert, mais la seule personne qui puisse te dire avec qui tu dois être maintenant, c'est toi.

— Évidemment que Salvador ne m'a pas répondu qu'il m'aimait. Pour lui, je suis quelqu'un qui se laisse influencer, et je ne lui ai pas montré que j'étais prête à faire ce qu'il fallait pour que cela advienne, que je ne fuirais plus…

Elle se tourna vers sa sœur, les yeux écarquillés.

Elle venait de le comprendre, elle avait fait la même chose que trente ans plus tôt : elle l'avait quitté sans se battre pour lui.

— Qu'est-ce que tu vas faire ? demanda Bianca.

— Je ne peux pas attendre qu'il me le dise, dit Yara en secouant la tête. Il faut que je me batte pour ça.

— Je retrouve enfin ma grande sœur, dit Bianca avec un sourire en coin.

Yara se leva et regarda autour d'elle, impatiente de passer à l'action comme après avoir fait un diagnostic.

— Il faut que je le voie.

— Oui ! Prends ma voiture, ce sera plus rapide que d'appeler un taxi, fit Bianca en allant chercher les clés de sa voiture.

Yara fit un signe de tête à sa sœur en serrant les clés contre son cœur, et descendit l'escalier.

Salvador camperait peut-être sur ses positions, mais elle n'en resterait pas là. Il valait toutes les luttes de la terre, si c'était ce qu'il fallait pour qu'elle lui montre sincèrement son amour.

Elle ouvrit la porte d'entrée à toute volée, et se retrouva nez à nez avec Salvador qui s'apprêtait à frapper.

— Qu'est-ce que tu fais là ? demanda-t-elle dans un souffle.

— Je venais te voir.

— C'est dingue ! J'allais faire la même chose.

— Oui, c'est dingue, répondit-il en riant, un son qui la fit vibrer et alluma une douce flamme en elle.

— Salvador, je…

Il la prit dans ses bras et l'écrasa contre son torse en une étreinte plus parlante que les mots. Il embrassa le sommet de son crâne, la tenant entre ses mains comme si elle était sa bouée de sauvetage au milieu d'une mer démontée.

— Laisse-moi parler le premier, j'ai besoin de te dire quelque chose que j'aurais dû te dire il y a très longtemps. Je t'aime, Yara. Tout entière, sans exception. La seule chose qui m'importe, c'est d'être avec toi.

Les mots qu'elle rêvait d'entendre.

Elle renversa la tête en arrière et frissonna lorsqu'il effleura ses lèvres des siennes, accédant à sa demande silencieuse. Ses genoux se transformèrent en caoutchouc. Elle attendait ce baiser depuis leur conversation à l'hôpital.

La pièce manquante, celle qui avait été perdue trente ans auparavant, retrouvait sa place. Elle se sentait enfin entière.

Elle se lova contre son torse, tout son corps irradiant de la chaleur.

— Comment va Felix ?

Il lui répondit d'un sourire renversant.

— J'adore que ce soit ta première question, dit-il en lui caressant le visage. Il va bien. En fait, c'est lui qui m'a fait comprendre la gigantesque erreur que je faisais.

— Il est très intelligent, ton garçon.

— Notre garçon, fit-il avec une légère hésitation, comme s'il craignait sa réaction. Je n'ai pas été très délicat, vu ton expérience passée, en croyant qu'il n'y avait qu'une façon d'être une famille. C'est complètement faux.

Elle secoua la tête.

— Je ne serais pas repartie, Salvador. Pas sans me battre. C'est pour ça que je sortais comme une furie d'ici – pour aller te parler. Mon mariage m'a tellement minée, j'étais incapable d'imaginer ce qui pouvait m'attendre d'autre.

Il la pressa contre lui, et elle enfouit le visage contre son torse.

— Je n'ai besoin de rien d'autre que toi ici comme ça, Yara. Le reste, on verra bien.

— Même si je ne veux pas me marier ? demanda-t-elle en déglutissant.

— Je m'en moque, *amor.* Que tu veuilles te marier ou pas, que tu continues à faire le tour du monde. La seule chose qui compte, c'est toi et moi.

— Salvador…

Elle clignait des yeux pour repousser des larmes brûlantes. Il se tenait devant elle et lui affirmait qu'ils allaient être ensemble quoi qu'il arrive. Pourquoi ne l'avait-elle pas cru, trente ans plus tôt ? Elle ne laisserait pas passer cette deuxième chance.

— Je reste, dit-elle. Le Dr Sakamoto m'a proposé de diriger mon propre service. Il veut que l'hôpital devienne *le* centre de diagnostic du Brésil.

Salvador tremblait de tout son corps.

— Je ne pourrais jamais te demander de rester ici sans ça.

Elle secoua la tête et bascula le visage vers lui.

— Ce que je veux, c'est toi, moi et Felix ensemble, chez nous.

# 13.

— Cas bénin d'encéphalite. Qui m'a envoyé ce dossier ? Ils ne sont pas capables de diagnostiquer ça, en neurologie ?

Yara leva les yeux de son ordinateur pour trouver Salvador appuyé contre le chambranle de la porte avec un sourire amusé.

Il souriait beaucoup plus depuis qu'ils avaient emménagé tous les trois ensemble dans la maison de Planaltina.

Après avoir discuté avec Felix de ce qu'il s'était passé la nuit de l'accident et de ce qu'il se passait entre eux, ils avaient décidé de repartir sur de nouvelles bases. Felix allait à l'école à pied, et ils connaissaient tous ses camarades de classe. Cela faisait quelques mois désormais, et Yara travaillait d'arrache-pied pour faire grossir le service diagnostic et le rendre viable. Travailler seule en voyageant autour du monde lui manquait parfois, mais voir Salvador devant elle comme cela lui faisait tout oublier.

— Je pensais que ça serait un bon entraînement pour vos stagiaires, alors je vous l'ai envoyé. Toutes mes excuses, docteur Lopes, répondit-il avec un sourire joueur.

Elle se leva pour le rejoindre, le regardant d'abord lui, puis la plaque sur sa porte.

*Dr Yara Lopes*

*Chef du service Diagnostic*

C'était à lui qu'elle devait cette nouvelle étape. Pendant une éternité, elle avait cru ses succès professionnels liés à son nom de femme mariée. Elle craignait qu'on cesse de faire appel à elle si elle se débarrassait de ce dernier lien avec son mariage raté.

— Je suis en retard ?

Quand elle travaillait, elle ne voyait pas le temps passer.

— Aucune importance, personne ne remarquera qu'on n'est pas là à notre propre fête…

Elle lui donna une petite tape sur l'épaule.

Il attrapa sa main gauche et la regarda avec une tendresse qui la fit frissonner. Leurs regards s'aimantèrent, puis il embrassa délicatement l'anneau d'or blanc à son annulaire.

— Allons-y, dit-elle en lui prenant la main pour l'entraîner à l'extérieur du bureau.

Il s'avérait que les habitants de son ancien quartier avaient vu juste en collectant de quoi payer le permis de fête pour Salvador et elle.

— Tu as des nouvelles de ta mère ?

— Oui, elle sera là. Quand la vie sera plus calme, j'espère qu'on aura le temps de rediscuter de tout ça. D'ailleurs, Bianca est là pour l'aider à comprendre, dit-elle avec un haussement d'épaule en réponse au regard inquiet de Salvador.

Puis elle se haussa vers lui et lui effleura l'oreille de ses lèvres.

— Tout ira bien, *amor*, murmura-t-elle. Ne t'inquiète pas. De toute façon, on est ensemble, toi et moi, n'est-ce pas ?

JANICE LYNN

# Ce bonheur à t'offrir

*Traduction française de*
ADELINE MAGNE

BLANCHE

HARLEQUIN

*Titre original :*
THE SINGLE MUM HE CAN'T RESIST

# 1.

— Je t'y prends à le regarder encore une fois.

Jenny Robertson sursauta à la remarque de Laura. Rougissante, elle détacha aussitôt ses yeux de l'homme qui venait d'entrer dans une salle des soins intensifs de l'hôpital général de Chattanooga. Eh bien, quoi ? Elle avait des yeux pour voir, et du haut de son mètre quatre-vingts, avec ses yeux bleus, ses cheveux sombres et ondulés et son sourire contagieux, Tristan Scott incarnait la perfection au masculin : simple constat objectif. Mais de là à l'admettre devant sa meilleure amie, il y avait un pas qu'elle répugnait à franchir.

— N'importe quoi, Laura. Il se trouve juste que tu m'as regardée juste au moment où je levais la tête, et Tristan se trouvait justement dans mon champ de vision.

De fines rides amusées plissèrent le coin des yeux noisette de Roger Pennington.

— Ça fait beaucoup de « juste », je trouve.

— Toi aussi ? renchérit Laura.

Un sourire aux lèvres, celle-ci observait Tristan par la baie vitrée qui donnait sur les soins intensifs. Avec l'aide d'un autre infirmier, d'un kiné respiratoire et d'un technicien, il installait dans une chambre un patient récemment admis dans l'établissement.

— Il est canon, Jenny. C'est l'avis de l'ensemble du personnel féminin du service. Franchement, si je n'avais pas senti des étincelles entre vous deux, je n'aurais fait qu'une bouchée de lui.

Jenny leva les yeux au ciel.

— Eh bien, vas-y, je ne te retiens pas.

Pourquoi éprouvait-elle ce pincement à l'estomac, alors ?

Énervée contre elle-même, elle redressa le menton d'un air bravache.

— Je t'en prie, fais-toi plaisir, insista-t-elle. Tu as ma bénédiction.

Roger s'appuya contre le bureau circulaire qui séparait le poste infirmier de la zone de soins.

— Ta bénédiction ? Qu'est-ce que c'est que ces manières de parler ?

— Toi, ne te mêle pas de ça, dit Jenny en pointant un doigt vers lui.

Il leva les paumes en l'air avec un large sourire.

— Écoute, Jenny, je te connais depuis la maternelle, insista Laura. Je vois bien que Tristan t'a tapé dans l'œil.

— Puisque tu me connais si bien, tu sauras que même si je le trouvais attirant... Ce qui n'est pas le cas, s'empressa-t-elle de préciser... Je ne sortirais jamais avec un collègue.

— Autrement, tu comprends, elle aurait été incapable de résister à mon charme, intervint Roger.

Jenny et Laura échangèrent un sourire. Ce qu'il ne fallait pas entendre ! Roger n'avait eu qu'une petite amie depuis le lycée et il en était entiché comme au premier jour.

— Sérieusement, Jenny, ne me dis pas que tu es insensible à Tristan.

— Arrête, veux-tu ? Ce n'est pas mon type.

— Alors, comme ça, tu n'aimes pas les mecs sexy ? dit Roger d'un air dépité. Je comprends mieux pourquoi ça n'a jamais marché entre nous.

Avec un soupir, Jenny posa sa tablette électronique et fit pivoter son siège pour leur faire face.

— Ce n'est pas mon type parce qu'il est intérimaire et qu'il repart dans trois mois.

— Et alors ? Trois mois, ça laisse largement le temps de s'amuser, dit Laura avec un haussement de sourcils suggestif.

— Je n'ai pas besoin de ce genre d'amusement.

— Que dis-tu ? Ça va faire combien de temps que tu vis comme une nonne ? Deux ans ? Trois ans ?

Jenny se sentit devenir écarlate. Au diable Laura et ses questions indiscrètes !

— Pas assez longtemps pour que j'oublie ma dernière peine de cœur.

Elle reprit sa tablette et la tapota d'un air appliqué dans l'espoir qu'ils la laisseraient enfin tranquille. Le visage de Roger se fit sérieux.

— Ne me dis pas que tu penses encore à cet imbécile ? Il ne t'a jamais méritée.

De quel imbécile parlait-il ? De Geoffrey ou de Carlos ? Geoffrey, sans doute. C'était lui qui l'avait fait le plus souffrir. Carlos n'avait été qu'une brève piqûre de rappel, histoire de lui faire comprendre qu'elle était plus heureuse toute seule.

— Non, mais il m'a appris une leçon précieuse. Il y a des choses qui comptent plus que le sexe dans la vie.

Par exemple, la loyauté, la décence. Il devait encore exister des gens pour croire à tout cela, non ?

— Je ne dirais pas non à une relation avec un homme prêt à s'engager pour de bon, mais il faudrait déjà que je rencontre cette perle rare. De toute façon, je me fiche de ne pas avoir de vie sexuelle. Mon emploi du temps est suffisamment rempli en l'état. J'ai choisi l'abstinence et ça me va très bien, merci.

Laura plissa le nez d'un air dubitatif.

— Désolée, mais il m'est permis d'en douter. Tu aurais besoin d'un peu de sexe, ma belle !

— J'ai raté quelque chose, on dirait, dit une voix masculine.

Cette fois-ci, Jenny se sentit devenir cramoisie. Tristan ! Elle ne l'avait pas entendu arriver. Laura se tourna vers lui, la mine malicieuse.

— Jenny essayait de me convaincre que le sexe n'a aucune importance.

— Sauf avec quelqu'un qui compte, précisa celle-ci.

Tristan l'observa de ses yeux d'un bleu limpide dont toutes les filles du service étaient folles… Toutes sauf elle, bien entendu.

— Y a-t-il quelqu'un de spécial dans ta vie en ce moment ?

Pourquoi cette question ? Était-ce une manière détournée de

l'interroger sur sa vie sexuelle ? Elle ne pouvait décemment pas lui dire qu'elle était abstinente depuis des années, et qu'elle se voyait bien partie pour le rester. Au demeurant, elle s'en fichait. Elle aimait bien le sexe, certes, mais elle n'en avait jamais fait le centre de sa vie. Pourtant, lorsque Tristan la regardait ainsi, elle aurait volontiers troqué des années de solitude contre une nuit entre ses bras. Était-ce pour cette raison qu'il occupait autant ses pensées depuis leur première rencontre ? Parce que son corps réagissait au sien sous l'effet d'une sorte d'instinct primal ? Par bonheur, son bipeur vibra dans sa poche.

— Il y a beaucoup de personnes spéciales dans ma vie, répondit-elle en souriant. À commencer par M. Rossberg, en chambre 3.

Sur ces mots, elle tourna les talons pour s'occuper de son patient : John Rossberg, soixante-deux ans, admis en soins intensifs pour défaillance respiratoire aiguë consécutive à une pneumonie virale. Revêtue d'une tenue de protection, Jenny entra dans la chambre et éteignit l'alarme.

— Bonsoir, monsieur Rossberg. C'est moi, Jenny. Vous allez encore devoir me supporter cette nuit.

M. Rossberg ne répondit rien, et pour cause : il n'était toujours pas sorti du coma. Mais Jenny aimait parler à ses patients, quel que soit leur état. Souvent, ils percevaient tout de même des bribes du monde extérieur et elle voulait être un rayon de lumière dans les ténèbres où ils étaient plongés.

— J'ai de bonnes nouvelles pour vous. Votre taux de globules blancs a baissé et votre fonction rénale est un peu meilleure qu'hier. Ce sont des signes très positifs.

Elle remplaça la poche de perfusion, puis elle vérifia l'appareillage de M. Rossberg.

— Votre femme était là quand je suis arrivée, ce soir. C'est vraiment quelqu'un d'adorable. Elle est rentrée chez elle, mais elle nous a dit qu'elle serait de retour demain matin, à la première heure. Je vous ai dit qu'elle m'a montré des photos de vos petits-enfants ? Ce qu'ils sont mignons ! Ils ont à peu près l'âge de mon fils, Sawyer. Il a cinq ans, vous savez ?

Une fois les soins terminés, elle hésita à retourner au bureau des infirmiers.

— Ça vous dérange si je m'attarde un peu auprès de vous ? demanda-t-elle en tapotant la main de son patient. Vous êtes de bien meilleure compagnie que mes collègues.

L'un d'eux, surtout, l'ennuyait : Tristan. Il l'avait désarçonnée dès leur première rencontre, et il en avait été de même par la suite, à chaque nuit de garde. Il était drôle, sympa, serviable : en un mot, énervant. Sans être intéressée par une relation, elle n'était pas aveugle, et il était l'homme le plus sexy du service.

Après avoir contrôlé une dernière fois les constantes de M. Rossberg, et lorsqu'elle n'eut plus rien à lui raconter sur la météo de cette fin de printemps dans le Tennessee, Jenny quitta la pièce, se débarrassa de sa tenue de protection et se désinfecta. Par bonheur, le poste infirmier était vide, mais son répit fut de courte durée. Déjà, Tristan sortait d'une salle d'admission. Il s'accouda au bureau en lui décochant l'un de ses sourires qui lui montaient aux yeux et creusaient des fossettes dans ses joues. Ce genre de sourires qui lui donnaient des papillons dans le ventre.

— Tout va bien avec ton patient ?

Elle hocha la tête avec un sourire poli.

— Dans l'ensemble, oui. J'ai juste changé sa poche de perf et vérifié ses constantes.

— Parfait.

Jenny hocha à nouveau la tête et compléta le dossier médical de M. Rossberg en veillant à ne pas glisser par inadvertance les mots *Tristan* ou *beau gosse* dans son rapport. Celui-ci prit place sur le siège voisin du sien.

— Excuse-moi si je t'ai mise mal à l'aise, tout à l'heure.

— Ce n'est pas ta faute, répondit-elle sans lever les yeux. Tu connais Laura.

— Oui, mais je n'aurais pas dû m'immiscer dans votre conversation. Désolé.

— Pas de problème.

Pourquoi fallait-il qu'il soit tellement sympathique, tellement sexy ? Tout posait problème chez lui : sa politesse, ses cheveux sombres et ondoyants qu'elle aurait voulu caresser afin d'en éprouver la douceur, ses fréquents sourires qui faisaient briller ses yeux d'un bleu limpide, ses… Mieux valait s'arrêter là.

— Tu es bien libre de tes choix, mais quand même… C'est dommage que tu ne sois pas intéressée par une relation.

Jenny sentit son souffle se figer dans sa gorge. Parlait-il à titre général ? Ou faisait-il part, au contraire, d'une déception personnelle ?

— Ça ne te regarde pas.

— Tu as raison. Encore une fois, désolé.

Jenny concentra son regard sur sa tablette électronique, mais son esprit allait vers l'homme à côté d'elle, qui ne cessait de l'observer.

— Est-ce que j'ai fait quoi que ce soit qui t'a déplu, Jenny ? Si c'est le cas, j'aimerais y remédier.

Tristan s'éclaircit la gorge et elle leva les yeux vers lui.

— En fait, j'aimerais qu'on soit amis, tous les deux. Ça te dit qu'on prenne le petit déjeuner quelque part après le travail ?

Jenny ouvrit de grands yeux. Bon sang, mais qu'est-ce qu'ils avaient tous à la mettre au pied du mur, ce soir ?

Il y avait de la fragilité dans les grands yeux bruns de Jenny… Une vulnérabilité qui serrait le cœur de Tristan. Dès leur première rencontre, il avait eu envie de mieux la connaître et d'effacer la méfiance que trahissait son visage chaque fois que leurs regards se croisaient.

— Je connais un excellent resto près de chez moi. Ce n'est pas très loin de l'hôpital.

— Je me doutais que tu devais loger à proximité, puisque tu arrives à vélo.

— C'est un bon exercice physique. J'ai trouvé à louer un appartement dans un ancien hangar réaménagé en complexe immobilier.

— Ah, oui ! Ces vieux bâtiments étaient restés en friche pendant des années. C'est formidable qu'on leur ait donné une nouvelle vie.

Ravi qu'elle ne lui ait pas opposé une fin de non-recevoir, Tristan hocha la tête.

— Le rez-de-chaussée est décoré de photos qui illustrent les différentes étapes du projet de réhabilitation. On y trouve des magasins, un centre de sport et quelques restaurants. Les appartements sont à l'étage. Le mien est un studio meublé en attique. J'adore cet endroit. L'ambiance est géniale, et on y mange très bien.

Elle hésita un bref instant avant de secouer négativement la tête, ainsi qu'il s'y était attendu.

— C'est très gentil, mais non, merci. Pour en revenir à ta première question, ajouta-t-elle d'un air fatigué… Tu n'as rien fait du tout.

— Donc, c'est moi qui ne te plais pas ?

Il y avait quelque chose de bizarre dans la façon dont elle se comportait avec lui. Tristan avait bien remarqué qu'elle réservait cette défiance à lui seul. Elle ne se conduisait de la sorte avec personne d'autre, pas même avec l'autre infirmier intérimaire, arrivé dans le service une semaine tout juste avant lui. Tristan l'avait surprise plus d'une fois à rire avec ce type et il avait été incapable de réprimer un élan de jalousie.

— Je ne te connais pas, répliqua-t-elle, sur la défensive.

— Et alors ? Tu ne veux pas faire l'effort ?

Tristan savait qu'il avait tort d'insister, mais il n'aurait sans doute pas d'autre occasion de mettre les choses à plat avec elle. Il aurait volontiers dit ou fait n'importe quoi pour la mettre à l'aise et la faire sourire.

— De toute façon, tu ne vas pas rester longtemps, ajouta-t-elle sans le regarder. Même si on faisait connaissance, cela ne changerait rien.

Jenny ne voulait pas d'une aventure éphémère : message reçu. Cela tombait bien, lui non plus. D'ailleurs, il n'avait pas envie d'une relation, courte ou longue. Par contre, depuis le premier jour de leur rencontre, Jenny l'avait intrigué.

— Je ne pars que dans trois mois. Cela nous laisse le temps de lier amitié.

— Je dirais plutôt « lier connaissance ». L'amitié réclame des années.

En cela aussi, il n'était pas d'accord. Il avait noué de solides amitiés au fil de ses pérégrinations.

— Tu ne penses pas qu'il est possible de savoir tout de suite si on a des affinités amicales avec quelqu'un ?

Jenny émit une exclamation de dédain.

— Un coup de foudre entre amis, en quelque sorte ?

— Oui, tout à fait.

Elle lui jeta un regard dubitatif.

— C'est ce que tu as pensé en me voyant pour la première fois ? Qu'on serait amis au premier regard ?

— J'espérais devenir ton ami. C'est toujours le cas.

À vrai dire, Tristan n'avait pas le souvenir d'avoir autant désiré lier connaissance avec quelqu'un. Ce premier jour, il l'avait vue sourire et le charme avait pris. Il avait voulu la voir sourire à nouveau, rien que pour lui. Mais alors, elle s'était tournée vers lui et ses grands yeux bruns avaient heurté les siens. Ses lèvres pleines avaient aussitôt fait naître en lui mille images de baisers à la limite de la décence. Mais si la force de ce désir l'avait pris de court, la froideur qu'elle lui témoignait l'étonnait bien davantage, d'autant plus qu'à l'instant initial, il aurait juré avoir surpris une lueur d'attirance dans le regard de Jenny.

— Mis à part Laura, je ne fraternise pas avec mes collègues en dehors du travail. Et Laura ne compte pas vraiment, puisque nous sommes amies depuis la maternelle.

Elle eut alors une expression pensive.

— D'ailleurs, je ne passe pas beaucoup de temps avec elle non plus, ces temps-ci. Tu comprendras pourquoi, si tu penses à la conversation de tout à l'heure, ajouta-t-elle avec un sourire pincé.

Tristan se renversa sur sa chaise et croisa les bras.

— Tu travailles depuis combien de temps au Chattanooga General ?

Elle fronça les sourcils avant de répondre :

— Cinq ans.

— Et tu as… Quoi ? Vingt-six ans ? Vingt-sept ?

— Vingt-cinq.

— C'est ton premier poste ?

Elle eut un bref hochement de tête, le regard étréci.

— Tu as effectué un stage d'internat ici ?

— Non, à Erlanger. J'en ai gardé d'excellents souvenirs. Mon dernier stage s'est déroulé à Ringgold.

Son visage se ferma, comme si cette expérience lui avait laissé un goût amer.

— C'est Laura qui m'a convaincue de poser ma candidature ici. Elle avait effectué sa formation pratique à Chattanooga et elle s'y plaisait beaucoup. Elle savait que je n'avais pas l'intention de rester à Ringgold.

Tiens donc ? Pourquoi ? Il avait dû se passer quelque chose à Ringgold. Et ce quelque chose en dirait certainement long sur Jenny et sur la froideur derrière laquelle elle s'abritait. Avait-elle connu un homme là-bas ? Sans doute, mais comment le savoir avec certitude ? à coup sûr, elle se refermerait comme une huître s'il posait des questions à ce sujet.

— Tu es originaire du coin ?

Elle fit oui de la tête.

— J'ai grandi pas très loin d'ici.

— Et tu as toujours voulu être infirmière ?

Le regard de Jenny s'adoucit.

— C'est le métier de ma mère. J'ai toujours admiré le soin avec lequel elle s'occupe des autres, sa douceur, sa gentillesse. C'est normal que j'essaie de lui ressembler, non ?

Tristan éprouva un pincement d'envie. Lui aussi aurait bien voulu être fier de ses géniteurs.

— En tout cas, elle t'a bien élevée. Ou alors, elle t'a transmis ses gènes altruistes. Quoi qu'il en soit, tu es une excellente infirmière, Jenny.

Elle rougit aussitôt.

— Je… Merci. Mais tu es dans le service depuis seulement quinze jours. Dans quelques mois, tu pourras mieux parler en connaissance de cause.

— Non. J'en suis convaincu depuis le premier soir où j'ai travaillé avec toi.

— Comment peux-tu en être aussi sûr ?

— Facile. Tu es efficace, tu fais toujours le maximum pour que tes patients reçoivent les meilleurs soins possibles. Tu es intelligente, et bienveillante... D'ailleurs, tes collègues t'adorent, et les malades aussi : c'est bien la preuve que tu es compétente.

— En même temps, la plupart de mes patients sont inconscients.

— C'est vrai, dit-il en riant. Mais ils t'adorent quand même à leur réveil, lorsqu'ils voient sur ton visage cette gentillesse qu'ils perçoivent dans ta voix quand tu leur parles sans savoir s'ils t'entendent.

— Comment sais-tu que je leur parle ?

— Je t'ai vue. Les salles de soins sont visibles par les baies vitrées du couloir. Tu bavardes sans cesse, même avec des patients dans le coma. Parfois, tu t'exprimes avec tellement d'animation que je me demande ce que tu peux leur raconter.

— Après avoir rencontré ma meilleure amie, tu comprendras que j'ai parfois besoin de me défouler. En plus, je pourrais tout aussi bien dire aux malades de se bouger les fesses pour libérer un lit.

— Ça m'étonnerait. Tu es une bonne infirmière, comme j'aimerais en avoir si j'étais hospitalisé en soins intensifs.

Les joues de Jenny rosirent à nouveau. Décidément, elle rougissait facilement, d'autant plus que la moindre couleur ressortait sur la pâleur de son teint. Elle avait des cheveux de jais, des yeux sombres et une peau de porcelaine qui s'empourprait à la plus légère émotion.

— J'espère que cela ne t'arrivera jamais, dit-elle en se mordillant la lèvre inférieure. Bon, il te faut quelque chose ? Parce que tu ne l'obtiendras pas avec de la flatterie ou ton petit jeu de questions-réponses.

La flatter, lui ? Pensait-elle vraiment qu'il essayait de faire cela ? D'ailleurs, à quoi jouait-il, au juste ? Autant que possible, il s'efforçait d'éviter les complications dans la vie. Or, Jenny était l'exemple même de la fille compliquée. Il ne la connaissait pas beaucoup, mais il était sûr et certain qu'à côté d'elle, une énigme mathématique insoluble comme l'hypothèse de Riemann était un jeu d'enfant.

— Je veux être ton ami.

*Et bien plus encore*, souffla une voix intérieure. Il n'était jamais sorti avec une collègue, pas même lorsqu'elles étaient célibataires et libres comme l'air. Jenny, elle, avait besoin d'une relation stable : tout le contraire de ce qu'il pouvait lui offrir. Et pourtant, il aurait suffi qu'elle remue le petit doigt pour qu'il balance aux orties ses principes habituels.

— Tu devras te contenter d'être mon collègue par intérim, dit-elle sans un sourire. Je ne tiens pas à me faire de nouveaux amis.

## 2.

La nuit suivante, Jenny s'arrangea pour ne pas être seule avec Tristan, au moins dans un premier temps. Elle réussit même à se comporter presque normalement avec lui, bien consciente qu'aucun de ses faits et gestes n'échappait à Laura.

C'était le calme plat dans le service. À minuit, l'équipe de garde avait fait le tour des patients et terminé de remplir les dossiers. Regroupés dans le poste des infirmiers, ils briefaient Tristan sur les attractions de la région. Ce dernier avait travaillé pendant deux étés comme moniteur de rafting, et Roger s'était mis en devoir de lui dresser un inventaire des sorties possibles.

— Tu peux faire de belles balades sur les rivières Ocoee et Nantahala. Même si, dans le Colorado, tu devais être habitué à des parcours autrement plus périlleux.

— Une sortie en rafting figure sur ma liste de choses à faire à Chattanooga. L'avantage de la rivière Ocoee, c'est qu'elle n'est qu'à une heure de route, alors que la Nantahala est plus éloignée. Tu me recommandes laquelle ?

— Avec Lucia, on a descendu les deux plusieurs fois. L'Ocoee est plus près et elle comprend des rapides de catégorie IV, mais la Nantahala vaut le détour aussi.

— Oui, les deux sont très bien, renchérit Crystal, l'infirmière en chef. Mais ça fait des années que je n'y suis pas retournée.

— Moi aussi, dit Laura. En fait, je n'y ai été qu'une fois, avec les scouts. Tu te souviens, Jenny ? Tu n'avais pas pu venir : ta mère venait de se faire opérer de la vésicule biliaire.

Jenny hocha la tête sans rien dire.

— On devrait organiser une sortie tous ensemble, proposa Laura avec enthousiasme. On en profiterait pour camper, se balader… Qu'en dis-tu, Jenny ? Ce serait chouette, non ? Tu aurais enfin l'occasion de descendre la rivière.

— Oh ! ça ne me manquait pas tant que ça. À l'époque, j'aurais voulu y aller, mais je n'ai plus seize ans et j'ai beaucoup mieux à faire.

— Comme quoi, par exemple ? demanda Tristan.

Tous les regards se braquèrent sur lui, y compris celui de Jenny.

— Bof, pas grand-chose, répondit-elle en haussant les épaules. Voiture, boulot, dodo, passer du temps avec ma famille. Non, vraiment, j'ai la vie la plus monotone qui soit.

— J'ai du mal à te croire.

Laura, Roger et Crystal les regardaient alternativement, l'un et l'autre, et Jenny réprima un soupir.

— Je t'assure que c'est vrai.

— Ne l'écoute pas, dit Laura. Elle est prudente, pas casanière.

Jenny la gratifia d'un regard noir.

— Je travaille dans un hôpital. Je suis bien placée pour voir à quoi mène l'imprudence. À quoi bon prendre des risques inutiles ?

Tristan haussa les sourcils d'un air étonné.

— Tu ne prends jamais de risques ?

— Non. La vie m'a appris que ce n'est pas dans mon intérêt. J'ai toujours dû payer au centuple la moindre imprudence.

Elle en avait trop dit, pesta-t-elle intérieurement. Mais une fois de plus, Tristan l'avait mise au pied du mur et elle avait été bien obligée de répondre.

— La prudence n'est pas toujours une bonne chose, Jenny, dit-il avec conviction. Si tout le monde jouait la sécurité, le monde cesserait de progresser. Pense aux innovations médicales : la plupart n'auraient jamais vu le jour si personne n'avait eu l'idée de faire un pas de côté.

Leur conversation fut coupée court par deux sonneries presque simultanées. L'une était celle de M. Rossberg et l'autre concernait un patient de Roger, qui se leva d'un bond avec Jenny.

— Désolée, je dois y aller, dit-elle, ravie de cette interruption.

Elle s'empressa d'enfiler une tenue de protection avant d'entrer en salle de soins intensifs. Malgré l'assistance ventilatoire, la saturation en oxygène chutait à des niveaux alarmants, autour de 85 %. Depuis l'admission du malade, ce taux avait toujours tourné autour de 90 %. En outre, la pression de crête était élevée, juste au-dessus de 30 cm$H_2O$. Autrement dit, le ventilateur rencontrait une résistance à l'écoulement de l'air, ce qui avait déclenché l'alarme. Heureusement, la pression de crête n'atteignait pas des valeurs critiques qui auraient laissé craindre un pneumothorax, mais on ne pouvait pas écarter l'hypothèse d'un collapsus, voire d'un œdème pulmonaire.

Jenny procéda à un examen visuel rapide et constata que la respiration de M. Rossberg était symétrique. Après s'être assurée que l'oxymètre de pouls était bien branché, elle vérifia la sonde endotrachéale et le bloc de morsure, censé empêcher le patient de mordre le tube. Tout était normal. En revanche, à l'auscultation, elle détecta des mouvements d'air disséminés dans les champs pulmonaires et synchronisés avec la ventilation artificielle. Des crépitements anormaux étaient également audibles.

— Ouh là, monsieur Rossberg, qu'est-ce que vous nous faites ?

Elle regarda si ses extrémités n'étaient pas gonflées, ce qui pouvait indiquer une surcharge liquidienne. Or, non : les bras et les jambes n'avaient pas changé de volume, les bas de contention jouaient bien leur rôle. De même, les repères de la sonde nasogastrique n'avaient pas bougé, donc il y avait peu de chances qu'il ait fait une fausse route, même si ce risque n'était pas à exclure.

— Vous ne nous faites pas un œdème pulmonaire, j'espère ? Je vais tout de suite avertir votre médecin. Ensuite, je lancerai les soins qu'il jugera nécessaires. Après quoi j'aspirerai ce mucus qui vous gêne pour respirer. Je ne voudrais surtout pas que vous me fassiez une pneumonie…

— Tu as besoin d'aide ?

Tristan venait d'entrer dans la pièce, le visage à demi couvert d'un masque chirurgical qui faisait ressortir le bleu de ses yeux. Jenny n'était pas enchantée de faire appel à lui, mais M. Rossberg devait peser une bonne centaine de kilos et elle était incapable de le manipuler toute seule.

— Il désature, sa pression de crête est au-dessus de 30 et il présente des crépitements bilatéraux au niveau des lobes pulmonaires. Tu pourrais aspirer le mucus pendant que j'appelle le Dr Willis ? Il faudra aussi faire venir un appareil de radio mobile et lancer de nouvelles analyses, au moins dans un premier temps.

— Ça marche.

Tandis qu'il introduisait une canule dans la sonde endotrachéale, Jenny prit contact avec le médecin.

— Le Dr Willis demande une radio et des analyses sanguines, dit-elle après avoir raccroché. Je vais contacter la radiologie et le laboratoire.

Tout en enregistrant les prescriptions du médecin, Jenny jeta un coup d'œil au mucus aspiré par Tristan : il avait une couleur de rouille.

— C'est une pneumonie à pneumocoques, à ton avis ? demanda-t-il.

— Peut-être, mais son premier test PCR indiquait une affection virale. Une affection nosocomiale, peut-être ?

Elle soupira sous son masque chirurgical.

— Sa numération leucocytaire était normale plus tôt dans la journée et elle était basse au moment de son admission.

— Ça colle avec une affection virale.

Tristan regarda à nouveau le mucus rougeâtre, puis ses yeux croisèrent les siens.

— Tu penses qu'il saigne ?

— J'en doute. Le mucus n'est pas rouge vif, donc si saignement il y a, il n'est pas récent. De toute façon, le prélèvement va partir en culture et nous aurons vite le fin mot de l'histoire. Il faudra aussi un nouveau test PCR.

Tristan approuva d'un hochement de tête.

— Étant donné son état, ce n'est pas une priorité, mais il faudrait aussi que je le positionne en semi-Fowler après sa radio.

Afin d'éviter les escarres, M. Rossberg était couché sur le côté toutes les deux heures, mais dans la situation actuelle, il valait mieux l'allonger sur le dos pour faciliter la ventilation.

— Il nous faudrait au moins une personne en renfort pour éviter d'endommager ses branchements.

— Laura donne un coup de main à Roger. C'est d'ailleurs pour ça que tu t'es retrouvée avec moi. Ceci dit, le temps de prendre les radios, ils seront peut-être disponibles.

— On peut aussi faire appel à Crystal. Je prends le relais pour l'aspiration ou tu préfères que je m'occupe des prélèvements sanguins ?

— Charge-toi des prélèvements, s'il te plaît.

Ils travaillèrent en silence et ne s'interrompirent que pour laisser la place au technicien de radiologie.

— On dirait un épanchement bilatéral, dit ce dernier. J'emmène tout ça au labo pour analyse, après quoi le radiologue adressera ses conclusions au Dr Willis.

Entre-temps, les pressions ventilatoires et la saturation en oxygène de M. Rossberg s'étaient quelque peu améliorées. Crystal et un autre infirmier du nom de Blake les avaient rejoints pour les aider à retourner le patient dans son lit. Jenny et Tristan opéraient côte à côte, face à leurs collègues. À deux reprises au cours de la manipulation, Jenny frôla Tristan et ce contact furtif lui procura un frisson. Cette tâche effectuée, Crystal et Blake quittèrent la pièce, mais Jenny s'attarda au chevet de M. Rossberg pour s'assurer que ses constantes demeuraient stables.

— Je retourne auprès de mon patient, lui dit Tristan. As-tu besoin de quelque chose avant que je m'en aille ?

— Non, ça devrait aller. Merci pour ton aide. Je reste à son chevet au cas où, mais s'il te faut un coup de main pour repositionner ton patient, n'hésite pas à me biper.

Tristan sourit derrière son masque.

— Pas de problème. Avec plaisir, même. J'apprécie de travailler avec toi, Jenny.

Elle était sur la même longueur d'onde que lui... Malheureusement.

Appuyée contre le plan de travail de la salle de pause, les yeux fermés, Jenny faisait réchauffer son « dîner » du petit matin. L'état de John Rossberg était resté stable, sans signe de saignement, de pneumothorax ou d'embolie pulmonaire. En revanche, la hausse soudaine de sa numération leucocytaire avait été liée à une infection secondaire pour laquelle le Dr Willis avait prescrit un antibiotique puissant à titre de précaution, avant l'arrivée des résultats des analyses sanguines.

— Ça va ?

*Tristan...* Jenny laissa échapper un soupir. Seigneur, ce type était un vrai pot de colle !

— Il est 4 heures du matin bien sonnées, donc oui, je suis un peu fatiguée. Mais à part cela, ça va.

— Je comprends. La nuit a passé vite.

*Ah bon ? Pour elle, c'était l'inverse.*

— Tu es sûre que tu vas bien ? Tu te masses la nuque.

Jenny laissa aussitôt retomber sa main. Elle ne s'était même pas aperçue de son geste.

— J'avais peur que tu te sois fait mal lorsqu'on a retourné M. Rossberg : il fait son poids, mine de rien.

Elle secoua la tête d'un air las.

— Non, ça va. Encore une fois, je suis juste un peu fatiguée. Comment va Mattie ?

La jeune femme avait été admise la veille en soins intensifs pour une intoxication aiguë aux benzodiazépines.

— Elle est toujours entre la vie et la mort. Ces patients sont ceux que je redoute le plus, ajouta-t-il avec un long soupir.

— Ah bon ?

Le micro-ondes bipa et Jenny retira son repas en s'assurant qu'il avait réchauffé de manière homogène, puis elle huma l'odeur réconfortante du ragoût de poulet de sa mère. Sa mère adorait cuisiner, et Jenny la laissait volontiers régner sur les fourneaux.

— Pourtant, en soins intensifs, on a l'habitude de voir des choses assez peu ragoûtantes, dit-elle encore.

— Oui, mais la plupart des gens qu'on soigne sont victimes de circonstances contre lesquelles ils ne peuvent rien. Dans le cas d'une overdose, je ne peux pas m'empêcher de me dire que toutes ces personnes devraient se trouver dehors, à profiter de leur vie.

— Je doute que n'importe lequel d'entre eux se soit levé un matin en se disant : « Tiens, je vais être addict. »

— Oui, c'est vrai… Tu as raison, je vais tâcher de m'en souvenir. Simplement, c'est un tel gâchis…

Jenny hocha la tête d'un air compréhensif.

— Tu as apporté quelque chose à manger ? Ma portion est beaucoup trop copieuse, donc je peux partager.

— C'est gentil et l'odeur est alléchante, mais lors de mes gardes, je carbure aux boissons énergisantes, et rien d'autre.

Jenny plissa le nez d'un air dubitatif.

— Pour douze heures de travail consécutives ? Comment fais-tu pour tenir le coup ?

— Ne t'inquiète pas pour ça, dit-il avec un grand sourire. Je ne me laisse pas dépérir, va.

Elle ne put s'empêcher d'admirer ses larges épaules et son torse puissant, taillé en V. Non, en effet, il ne se laissait pas dépérir.

— Je prends un grand repas avant de venir, continua-t-il. Je suis plus efficace si j'évite de trop manger quand je suis en poste.

— Ça a l'air de te convenir.

Jenny grimaça intérieurement. Qu'est-ce qui lui prenait de raconter des bêtises pareilles ?

— Tu trouves ? Tant mieux, dit-il, le regard pétillant.

Jenny avala une petite bouchée de ragoût pour se dispenser de répondre.

— Laura m'a dit que vous avez fait toute votre scolarité ensemble depuis la maternelle.

Jenny accueillit avec soulagement ce changement de sujet.

— Oui, et jusqu'à la fac. Nous étions à l'université du Tennessee.

— À Knoxville ?

— Non, ici, à Chattanooga. L'université du Tennessee comporte cinq campus, dont un à Knoxville et un autre à Memphis.

— Ah, oui. Roger était dans la même promo que vous ?

— Non, je ne l'ai connu qu'en arrivant ici, après…

Elle s'interrompit brutalement. Elle n'allait tout de même pas lui parler de Geoffrey…

— Après avoir obtenu mon diplôme d'infirmière.

Les yeux de Tristan s'assombrirent. Manifestement, il avait remarqué qu'elle s'était reprise, mais il eut la délicatesse de ne pas insister.

— Laura est une fille bien.

— Ce n'est pas moi qui vais te contredire. C'est ma meilleure amie.

Au même instant, le bip de Tristan sonna.

— Tiens ? Normalement, les perfusions de Mattie n'ont pas besoin d'être changées. Je les avais vérifiées juste avant de venir ici.

— Je t'accompagne, si tu veux, dit-elle en refermant son Tupperware. Tu pourrais avoir besoin d'une paire de mains supplémentaire.

— Merci.

— Je t'en prie. Les patients sont toujours ma priorité.

Et c'était bien la seule et unique raison pour laquelle elle lui avait proposé son aide.

— Salut, toi.

Jenny se pencha vers la tête blonde de son fils et respira une douce odeur de shampoing, puis elle s'attabla face à sa mère, qui touillait un mug de café.

— Tu as passé une bonne nuit ?

— Comme chaque fois que je garde mon petit-fils, répondit-elle en lui tendant la tasse.

Jenny avala une gorgée de déca en souriant. Elle préférait la version caféinée, mais elle ne se permettait jamais ce plaisir juste avant de dormir. Son temps de repos était chronométré et elle ne faisait jamais rien qui risquait d'empiéter sur son sommeil.

— Merci, maman. Pour tout, vraiment, ajouta-t-elle en croisant son regard.

— Bah, bah, bah. Je t'en prie, ma chérie, ce n'est rien. Bon, le cartable de Sawyer est prêt. J'y ai rangé le repas que tu as préparé hier. La machine à laver est chargée, tu n'auras qu'à démarrer un cycle avant d'aller te coucher.

Sa mère lui avait maintes fois proposé de déposer Sawyer à la maternelle avant de se rendre à la maison de retraite où elle était employée, mais Jenny avait toujours refusé. Elle appréciait chaque minute avec son fils et n'aurait manqué pour rien au monde le plaisir de voir son sourire lorsqu'il lui faisait au revoir de la main avant d'entrer en classe.

— Maman, tu savais que mamie aime les grenouilles ?

— Ah bon ?

Sawyer enfourna une cuillerée de céréales en hochant la tête.

— On a regardé une émission sur les grenouilles hier soir.

Geneva lui sourit avec indulgence.

— J'aurais voulu savoir quel genre de crapauds se transformaient en prince charmant, mais j'ai bien peur que cette espèce-là n'existe pas.

— Mais tu l'as déjà, ton prince charmant.

— Je parlais pour toi, ma chérie.

Jenny haussa les épaules.

— Merci beaucoup, mais le seul batracien que j'accepte d'embrasser est assis en face de moi. Tiens, voyons voir si ça marche.

Elle fit claquer une bise sonore sur la joue de Sawyer.

— Zut, toujours pas de prince charmant. Je vais devoir forcer la dose.

Elle fit tomber une pluie de baisers sur le visage de son fils, qui se trémoussa en riant.

— Arrête, arrête ! Je ne suis pas une grenouille, moi !

— Tu en es sûr ?

Il eut un hochement de tête énergique.

— Mamie veut te trouver un gros crapaud tout moche pour que tu sois une princesse comme dans les contes de fées.

Jenny se redressa avec un ricanement ironique.

— Tu lui diras de ma part que les crapauds sont parfois les rois des crétins et que ma vie me convient très bien comme ça.

Et c'était vrai, d'ailleurs. Elle ne cessait de le répéter autour d'elle, mais les autres semblaient avoir du mal à s'en convaincre. C'était fou, tout de même !

De retour à la maison après avoir déposé son fils à la maternelle, Jenny lança la machine à laver, puis elle se doucha et se mit au lit pour six heures de sommeil, top chrono. Elle brancha l'alarme du réveil en bâillant, puis elle se renversa sur l'oreiller et ferma les yeux. D'habitude, il n'en fallait pas plus pour qu'elle s'endorme. Aujourd'hui, toutefois, le beau visage souriant de Tristan s'invita dans son esprit. Elle serra les paupières dans l'espoir d'effacer cette image, mais rien n'y fit. Lorsqu'elle sombra enfin dans le sommeil, Tristan s'était métamorphosé en une grenouille coiffée d'une couronne de travers sur sa jolie tête.

# 3.

— Tu as besoin d'un coup de main ?

Jenny pesta mentalement en entendant la voix de Tristan. Oui, elle avait besoin d'aide, mais elle avait sollicité celle de Roger, pas celle de ce type avec son éternel sourire à fossettes. Il l'énervait, voilà, même s'il n'y était pour rien. À cause de lui, elle n'avait pas fermé l'œil de la nuit. Son regard tomba sur la bouche de Tristan : une bouche talentueuse, qui lui avait fait des choses inoubliables…

Non ! Sa bouche n'avait rien de talentueux. Du moins, elle n'avait aucun moyen de le savoir pour de vrai. Tristan avait été phénoménal, oui, mais seulement dans ses rêves. Le véritable Tristan avait peut-être mauvaise haleine ou un problème salivaire. La perfection n'était pas de ce monde. Le problème, c'est qu'elle était incapable de soulever M. Rossberg toute seule.

— Oui, s'il te plaît, répondit-elle à contrecœur.

Il lui jeta un coup d'œil tout en enfilant une blouse de protection.

— Tu as l'air fatiguée. Mal dormi ?

Jenny fronça les sourcils.

— C'est une manière détournée de dire que j'ai mauvaise mine ?

— Pas du tout. J'ai dit que tu avais l'air fatiguée : nuance. De toute façon, j'ai du mal à t'imaginer avec une mauvaise mine, ajouta-t-il d'un air convaincu.

— Je t'ai déjà dit que la flatterie ne te mènera à rien avec moi.

— Je n'essaye pas de te flatter, Jenny. Je m'en tiens aux faits, voilà tout.

— Oui, bon… Tu ne m'as jamais vue au lever du lit, lâcha-t-elle sans réfléchir.

Elle ouvrit de grands yeux, effarée de ce qu'elle venait de dire. Comment allait-il interpréter ses paroles ? Et qu'est-ce que cela disait sur elle, après les rêves qu'elle avait faits ?

— Tu ne te maquilles jamais beaucoup, donc tu ne dois pas avoir l'air si différente que cela. Mais après tout, si tu le dis…

Puis, à la grande surprise de Jenny, il arbora un grand sourire.

— Enfin, je te comprends. Moi-même, il me faut des heures pour arriver à ce physique enchanteur.

Elle se mordilla la lèvre inférieure pour ne pas pouffer.

— Si c'est la vérité, je préfère ne pas voir à quoi tu ressembles au naturel.

Qu'est-ce qui lui prenait de plaisanter avec lui ? Au contraire, elle devait se tenir sur ses gardes, rester professionnelle.

— Tu as raison, il vaut mieux que tu ne le voies pas. Bref, toujours aucun signe de réveil ? demanda-t-il en pointant le doigt vers la chambre de M. Rossberg.

— Non, toujours rien. Ce n'est pourtant pas faute d'espérer… En plus, sa pneumonie persiste.

— Ce n'est jamais simple quand un patient ne va pas mieux…

Occupée à revêtir une tenue de protection, Jenny s'immobilisa. Pour une raison inexplicable, elle ne s'était pas attendue à entendre de la compassion dans sa voix.

— Non, mais il va s'en tirer. Je refuse de le laisser dans cet état.

Les yeux de Tristan sourirent au-dessus de son masque.

— Je maintiens ce que j'ai dit.

— C'est-à-dire ? demanda-t-elle en entrant dans la chambre de M. Rossberg.

— Eh bien, tu es une excellente infirmière. Ta mère doit être fière de te voir marcher dans ses pas.

Jenny sentit une brusque chaleur lui monter au visage.

— Je… Merci.

— Prends garde, Jenny. Si je ne te connaissais pas mieux, je penserais que tu as été un tout petit peu sensible à ma flatterie.

— Crois ce que tu veux, Kermit.

Tristan plissa le front avec un air interloqué.

— Pardon ?

Venait-elle vraiment de l'appeler Kermit ? Jenny secoua la tête en réprimant un sourire, puis elle toucha le bras de son patient.

— Monsieur Rossberg, c'est moi, Jenny. Je suis avec Tristan, un collègue infirmier que vous connaissez, puisqu'il s'est déjà occupé de vous. Il va m'aider à aspirer le mucus qui encombre vos bronches pour vous permettre de respirer plus facilement. On va vous aider à aller mieux, et très bientôt, vous pourrez emmener votre petit-fils à la pêche.

Plongée dans son travail, Jenny sursauta lorsque Roger se laissa tomber sur un siège voisin du sien.

— On organise une sortie entre collègues le week-end prochain, annonça-t-il. Ta présence est requise.

Jenny appuya sur la touche « Enregistrer » avant de lever les yeux de l'écran.

— Quel genre de sortie ?

— On partirait faire du rafting. Après notre conversation de l'autre jour, on s'est mis d'accord sur une virée avec Tristan.

Jenny sentit son ventre se nouer.

— Si mes souvenirs sont bons, j'avais dit que je n'étais pas intéressée.

— Oh ! allez, Jenny, ce serait cool ! Au moins, écoute le programme. Comme l'avait proposé Laura, on irait camper vendredi soir près de l'Ocoee. Samedi : rafting, puis camping le soir et retour dimanche.

— Tu oublies que je ne suis pas disponible pour partir quelques jours au débotté.

— Ta mère ne pourrait pas garder Sawyer ? intervint Laura, qui venait de les rejoindre. J'aime beaucoup passer du temps avec ton fils, là n'est pas la question. Mais ce serait sympa de vivre un moment agréable tous ensemble en dehors du boulot. Ça fait une éternité qu'on n'est pas sorties entre copines.

Jenny pinça les lèvres avec contrariété. C'était vrai, elles se voyaient essentiellement au travail, et les rares fois où elles se retrouvaient ailleurs, Sawyer était là. Devait-elle en conclure qu'elle négligeait son amie ?

— Ma mère en fait déjà tant… Je ne veux pas abuser de sa gentillesse. Allez-y, vous. Amusez-vous. De toute façon, le rafting, ce n'est pas trop mon truc.

— Qu'en sais-tu ?

Jenny se tourna vers Roger avec un clignement de paupières surpris.

— C'est quoi, cette question ? Je le sais, voilà tout.

— Comment ça ? Tu as fait l'essai ?

— Tu sais bien que non. Laura t'a expliqué pourquoi j'ai raté cette excursion, il y a des années.

— Autrement dit, il y a des chances que cela te plaise.

— Ça m'étonnerait. Je me vois mal dévaler une rivière en furie sur un petit canot de rien du tout.

— Ce n'est pas aussi dangereux que cela en a l'air.

— Dit celui qui prévoit de fêter ses trente ans avec un saut en parachute, l'automne prochain.

— Oui, et alors ? Ça te dit de venir ?

Elle afficha une mine horrifiée qui le fit sourire.

— C'est compris, pas de saut en parachute pour Jenny. Mais tu pourrais au moins réfléchir à notre excursion du week-end prochain.

— Je ne peux pas, pour des raisons évidentes. En plus, je ne suis pas équipée.

— Tu n'aurais besoin de rien, intervint Laura. J'ai un sac de couchage supplémentaire et tu dormirais dans ma tente. Je vais emporter tout le matériel en double, y compris des chaussures aquatiques, donc tu n'as pas d'excuses. Tu n'as qu'à dire oui.

Il y avait une telle attente dans la voix de Laura que Jenny aurait voulu céder. Mais il était hors de question qu'elle demande à sa mère de garder Sawyer. D'autant plus que cette sortie comportait des risques, et le plus grand n'était pas le rafting en lui-même. La perspective de devoir passer deux jours en compagnie de Tristan lui semblait plus périlleuse encore qu'une descente de l'Ocoee.

— Merci pour l'invitation, mais mon rôle de mère passe avant tout. Le week-end est le seul moment où je peux profiter de mon fils. Je vous adore, mais je ne veux pas y renoncer pour une sortie en rafting.

— Giles reçoit la visite de son petit-fils le week-end prochain.

Le combiné coincé entre l'épaule et l'oreille, Jenny gardait un œil sur la minuterie du mini-four qui réchauffait son « repas ». Depuis le début de sa garde, elle n'avait pas chômé, mais par chance, un moment de répit était arrivé assez tôt pour lui permettre de dire bonne nuit à Sawyer et de bavarder un peu avec sa mère.

— Il emmène Eli à l'aquarium de Gatlinburg vendredi soir. Les scouts organisent une veillée, poursuivit celle-ci d'une voix légèrement essoufflée. Giles m'a proposé de venir avec Sawyer. S'il te plaît, dis oui.

Sa mère voulait que Sawyer assiste à une veillée pile lors de ce week-end de rafting ? La coïncidence était trop grosse... De là à penser que Laura lui avait téléphoné et qu'elles s'étaient mises d'accord, il n'y avait qu'un pas.

— Oui, pourquoi pas ? Bonne idée. Si ma mémoire est bonne, lors de ces veillées, les visiteurs passent la nuit dans le tunnel des requins, c'est ça ? Sawyer serait fou de joie.

— Oui, c'est ce que Giles m'a raconté : on dormirait sous les requins, en effet. À vrai dire, je ne suis pas très rassurée, avoua-t-elle avec un petit rire. Mais Sawyer serait ravi. Donc, ce serait le week-end prochain, à Gatlinburg... Enfin, si tu es d'accord, bien sûr. On pourrait emmener les garçons au mini-golf ou au Parc des Perroquets...

Jenny sentit son estomac se nouer. Sawyer n'avait encore jamais passé une nuit sans elle, sauf lorsqu'elle était de garde à l'hôpital.

— Tu voudrais que Sawyer passe le week-end tout entier avec vous ?

— On ferait très attention !

— Là n'est pas la question. Je te fais totalement confiance. Simplement, tu en fais déjà tant... Et tout le week-end ? J'ai peur d'abuser...

— Mais non ! Au contraire, on s'amusera comme des fous. J'adore passer du temps avec lui.

— Avec qui ? Sawyer ou Giles ? demanda-t-elle en sortant son plat du four.

Le rire de sa mère voulait tout dire.

— Giles est un homme formidable, Jenny. Je crois vraiment que c'est le bon.

Le ventre de Jenny se serra d'un cran. Elle se réjouissait de voir sa mère aussi heureuse, mais pourvu qu'elle ne se trompe pas sur Giles. Pour rien au monde elle n'aurait voulu la voir souffrir.

— Je suis contente pour toi, maman.

Et c'était vrai. Jenny n'avait jamais connu son père et n'avait jamais vu beaucoup d'hommes à la maison. Aucun ne s'était attardé dans la vie de sa mère, et à en croire une conversation surprise entre Geneva et l'un de ses ex, c'était à cause d'elle, Jenny. D'ailleurs, à présent qu'elle y pensait, elle avait rompu avec Carlos exactement pour les mêmes raisons. Certains hommes étaient réticents à s'engager avec une femme dès lors qu'elle avait un enfant.

— Et toi, tu ne vas pas profiter de ce week-end pour chercher la grenouille qui sera ton prince charmant ?

Jenny leva les yeux au ciel. Elle aurait dû se douter que cette conversation prendrait cette tournure. À croire que tout le monde s'était mis d'accord pour l'estimer incapable de se débrouiller sans un homme à ses côtés.

— Je suis heureuse comme ça, maman. Sans grenouille ni prince charmant.

Après tout, elle avait un métier qui lui plaisait, un toit sur sa tête et celles de sa mère et de Sawyer. Sans oublier ces délicieuses lasagnes faites maison, songea-t-elle en humant son repas.

— Ce n'est pas ce que j'ai voulu dire, ma chérie. Je sais bien que tu es heureuse, mais ce serait tellement formidable si tu pouvais partager ce bonheur avec quelqu'un, non ? Tu es jeune et belle, Jenny. Ça me fait de la peine de te voir passer ta vie toute seule comme je l'ai fait.

— Mais je ne suis pas seule, maman. Je vous ai, toi et Sawyer. Ça me suffit amplement.

*Ça me suffit…* Encore cette expression… Pourquoi lui semblait-elle chargée de connotations négatives ?

— Je me fais du souci pour toi, Jenny. Tu ne vas quand même pas passer le week-end toute seule à te morfondre ? Viens avec nous.

Jenny hésita un instant, mais préféra se défiler. À coup sûr, sa mère en profiterait pour essayer de la caser auprès de tous les célibataires du voyage : non, merci.

— Promets-moi au moins de ne pas en profiter pour faire des heures sup à l'hôpital.

— Pourquoi pas ? Toutes les occasions d'arrondir les fins de mois sont bonnes. Ça me permettrait de réaliser quelques travaux dans la maison, ou d'acheter cette balançoire pour l'anniversaire de Sawyer.

— Tu ne vas quand même pas passer ton week-end à travailler ? Si Sawyer était avec toi, tu en profiterais pour te détendre un peu.

Sa mère ponctua cette phrase d'un soupir, comme si elle envisageait de revenir sur ses projets. Jenny s'en voulut aussitôt. Bien sûr, Sawyer allait lui manquer, mais elle ne voulait surtout pas le priver d'une sortie.

— En fait, on m'a invitée à camper du côté de la rivière Ocoee avec Laura et quelques collègues. Je pensais ne pas y aller, mais si tu pars avec Sawyer, je n'ai aucune raison de leur dire non.

— Vraiment ? C'est merveilleux ! Ça fait une éternité que tu ne t'es pas payé un peu de bon temps. Tu vas t'en donner à cœur joie.

Jenny en doutait fort, mais sa mère semblait tellement se réjouir de cette nouvelle qu'elle préféra ne pas la contredire.

# 4.

Tristan n'avait jamais vu Jenny porter autre chose que son uniforme d'infirmière. Bien évidemment, il ne s'était pas attendu à ce qu'elle vienne en tenue de travail, mais il n'était pas non plus préparé à la voir apparaître vêtue d'un T-shirt aux couleurs vives et d'un grand short qui dévoilait de longues jambes fermes et élancées. Il aimait beaucoup cette Jenny-là, même si elle avait l'air de tirer la tête. Plus exactement, elle semblait soucieuse. Mais c'était souvent le cas lorsqu'elle se trouvait en sa présence, malheureusement.

Il aimait bien sa maison, aussi. Dans ce quartier arboré proche de l'hôpital, les résidences n'étaient pas de la première jeunesse, mais la plupart étaient bien tenues. Le jardin de Jenny était bordé de plantes qui poussaient à l'ombre de grands chênes et, devant la maison, des corbeilles suspendues débordaient de fleurs multicolores. Sous le porche, deux chaises à bascule du même bleu marine que les volets donnaient à l'ensemble un air douillet et accueillant. Une palissade en bois gardait l'arrière-jardin.

Son regard croisa alors celui de Jenny et il lui sourit, espérant qu'elle ferait de même. Mais elle demeura de marbre. Manifestement, s'il avait hâte de la connaître en dehors du travail, la réciproque n'était pas au rendez-vous. Qu'à cela ne tienne : au cours du week-end, il trouverait forcément une occasion pour lui faire comprendre qu'elle n'avait rien à craindre de lui. Il était d'accord pour être son ami et rien d'autre. D'ailleurs, il n'avait pas coutume de sortir avec des collègues. Malgré tout, Jenny avait un je-ne-sais-quoi de spécial qui l'intriguait, et s'il avait été intéressé par une relation, il aurait été tenté de faire une entorse à ses habitudes. Mais de là à se lancer dans quoi que ce soit de sérieux, non merci. L'amour, très peu pour lui. Le mariage calamiteux de ses parents et leur divorce lui avaient servi de leçon. Et puis, pourquoi s'enchaîner à un endroit alors que le monde était si vaste et offrait tant de découvertes ? Il ne voulait nouer de liens avec rien ni personne si c'était pour se retrouver enchaîné. La perspective de ne plus pouvoir bouger d'une région lui serrait la poitrine comme un étau.

— C'est tout ce que tu emportes ? demanda-t-il en désignant son sac.

Jenny opina du chef sans avoir l'air convaincue.

— Laura m'assure que je n'ai besoin de rien d'autre.

— Je me charge du reste, affirma celle-ci. Et dans le pire des cas, si j'ai oublié quelque chose, il y aura forcément quelqu'un pour nous dépanner. Par conséquent, arrête de t'inquiéter.

— J'ai l'air inquiète ?

Jenny adressa une grimace à Laura, qui lui tira la langue avant de rire. Devant leur complicité, Tristan ressentit un pincement au cœur. Ces deux-là se connaissaient depuis des années. Qu'est-ce que cela faisait d'être aussi proche de quelqu'un, et depuis aussi longtemps ? D'avoir un ami qui savait tout de vous, sans pour autant porter de jugement ? Il avait de bons copains, là n'était pas la question. Mais toujours, il s'agissait de rencontres glanées au fil de ses voyages. Secouant la tête pour évacuer ces pensées, Tristan tendit le bras vers le sac que Jenny tenait d'une main ferme.

— Elle a raison. Mis à part quelques effets personnels, tu n'as besoin de rien. Par ailleurs, d'après mon GPS, une supérette se trouve à deux pas du camping. On pourra toujours y faire un saut si nécessaire.

— C'est bon à savoir…

Les doigts de Jenny relâchèrent lentement l'anse du sac et Tristan le rangea dans le coffre de son 4x4.

— Je n'ai jamais fait de camping, avoua-t-elle. J'espère que je ne serai pas une charge pour le groupe.

— Bien sûr que non. Qu'est-ce qui te fait croire ça ?

Jenny se contenta de lui décocher un regard bizarre et se dirigea sans rien dire vers la voiture.

— Ça t'embête si je m'installe derrière ? demanda Laura. Tu sais bien que j'ai facilement mal au cœur si je ne conduis pas.

Jenny fit une grimace et hésita tandis que son amie prenait place. Allait-elle s'installer à côté de Laura et le laisser seul à l'avant, tel un chauffeur privé ? Mais d'un geste, Laura la convia à monter sur le siège avant.

— J'ai un livre audio, donc faites comme si je n'étais pas là, déclara-t-elle en chaussant un casque.

Tristan sourit à Jenny pour la mettre à l'aise.

— Ça t'embête de me servir de copilote ? Tu me guideras sur les petites routes pour éviter de rendre Laura malade. Dans le pire des cas, je lui laisserai le volant et je passerai à l'arrière.

— Je… Bon, OK.

Jenny s'assit à l'avant et boucla sa ceinture.

— Dis-moi juste ce que tu attends de moi en tant que copilote et je t'assisterai du mieux que je pourrai.

— Pas de problème. Pour commencer, tu pourrais sourire un peu.

— Ça t'aiderait à mieux conduire ?

— Sans doute que oui. Ça m'embête de te voir aussi stressée. Ce week-end est censé être une détente. On dirait que tu vas chez le dentiste te faire arracher une dent de sagesse.

Un timide sourire effleura les lèvres de Jenny.

— Voilà qui est mieux. Tu veux que je te raconte quelques mauvaises blagues de carabin ?

— Ça ira, merci. Concentre toi sur la route et je te promets de te faire un grand sourire à l'arrivée.

Parce qu'elle pourrait enfin quitter ce véhicule ? Sa présence lui était-elle à ce point insupportable ? Du coin de l'œil, Tristan la vit tournée vers la vitre, les mains croisées sur ses genoux. Elle devait regretter de ne pas avoir apporté de livre audio comme Laura. Cela lui aurait permis de se retrancher dans sa bulle et de le tenir à l'écart.

— Tu pourrais nous mettre un peu de musique ? demanda-t-il, en quête d'un moyen pour rompre la glace.

— Bien sûr. Tu aimes quel genre ?

— Oh ! tout, mais j'ai un faible pour le rock classique.

— Comme quoi ? Led Zeppelin, Aerosmith, les Rolling Stones ?

— Entre autres. Et toi ? Quel est ton groupe préféré ?

— J'ai grandi en écoutant les Eagles et Fleetwood Mac avec ma mère. Même maintenant, chaque fois que je tombe sur l'un de leurs titres, je ne peux pas m'empêcher d'éprouver un petit pincement nostalgique.

Tristan aimait la musique pour des raisons opposées aux siennes. Alors que Jenny la reliait à des souvenirs qui l'ancraient dans un passé familial, dans son cas à lui, il s'agissait davantage d'une échappatoire à la réalité.

— Ta mère vit près de chez toi ?

— Tu peux dire ça comme ça, répondit-elle d'un ton amusé. On habite sous le même toit.

Tiens donc ? Intéressant… Au même âge, il n'aurait jamais imaginé vivre de son plein gré avec son père ou sa mère. Ni à n'importe quel âge, en fait…

— On ne peut pas faire plus près, en effet.

— Franchement, j'ignore comment je me débrouillerais sans elle. Elle travaille dans un foyer pour personnes âgées.

— Le fait de vivre ensemble, ça ne complique pas la possibilité de mener une vie sentimentale ?

— Oh ! non. Maman sort avec quelqu'un de très bien.

— Je parlais de toi, dit-il en riant.

— Je t'ai déjà expliqué que je ne sors avec personne.

— Contrairement à ta mère ?

— Oui, elle a un petit ami. Je pense qu'ils vont se marier un jour ou l'autre et j'en suis ravie. Maman mérite d'être heureuse et Giles est quelqu'un de bien. C'est un collègue à elle, mais il travaille dans les bureaux, pas auprès des patients.

Jenny tapotait ses doigts sur ses cuisses en cadence avec la musique.

— Comment est-on arrivés à ce sujet ?

— Tu voudrais parler de quoi ?

— Avec toi ? Parle-moi de tes expériences d'intérimaire, ajouta-t-elle en haussant les épaules. Quel était l'endroit le plus cool ?

— Le Maine, répondit-il sans hésiter. C'était génial. Je travaillais dans une petite ville proche de la frontière canadienne. J'y suis resté six mois, de l'automne à la fin du printemps. Il faisait un froid de canard. Certains jours, il pouvait tomber trente centimètres de neige, et comme elle ne fondait pas entre deux couches, elle s'accumulait jusqu'au printemps.

— Quelle horreur… Je détesterais vivre dans un endroit pareil.

— Pas moi. De toute façon, je savais que je ne resterais pas longtemps. Du coup, j'ai profité à fond de la neige, du ski, et plus généralement, des paysages en hiver. C'est une région magnifique.

— Puisque tu le dis… Je ne raffole pas du froid, dit-elle en se frottant les bras. Tu n'aimerais pas te fixer quelque part ?

— Non. Je ne me vois pas vivre plus d'un an au même endroit. J'aime bouger tous les trois ou six mois. Ça me laisse le temps de me familiariser avec mes lieux d'affectation et de découvrir des trésors cachés, en dehors des circuits touristiques.

Dans deux mois, son contrat à Chattanooga arriverait à échéance et il passerait à la mission suivante. Il avait d'ores et déjà reçu une offre intéressante en provenance de Chicago et une autre du Wisconsin. Pour l'heure, toutefois, il n'avait pas encore fait son choix.

— Moi, je ne pourrais pas déménager sans cesse, dit-elle.

Pour Tristan, c'était l'inverse. Il ne supporterait pas de s'attarder trop longtemps au même endroit. À vrai dire, il n'imaginait pas vivre dans le même chez-soi jour après jour, mois après mois, année après année. Il était content du studio qu'il s'était trouvé à Chattanooga, mais ce n'était guère qu'un endroit où dormir.

— J'aime voir le monde, répondit-il en s'éclaircissant la gorge.

— Pour cela, il y a Internet et la télévision.

— Tu es sérieuse ?

Elle ne répondit rien.

— Non, vraiment, tu n'aimes pas voyager ? insista-t-il. Voir le monde avec tes propres yeux ?

— Je suis heureuse à Chattanooga. J'ai une bonne vie ici.

La vérité s'imposa alors à Tristan, telle une révélation.

— Tu n'es jamais partie d'ici, Jenny ?

— Si, bien sûr : quelques fois à Atlanta, et à Nashville aussi.

— C'est tout ? Et tes vacances ?

— J'y étais justement pour mes vacances, répliqua-t-elle sur la défensive.

— Il faudrait que tu sortes un peu, que tu voies le monde.

— Pourquoi ? Mon monde est ici, à Chattanooga.

— Oui, mais…

— Sérieusement, n'essaye pas de me convaincre, ça ne marchera pas. Tu peux vivre sans attaches, si ça te chante. Moi, j'ai des racines profondes et j'y tiens. Je suis chez moi à Chattanooga. C'est là que vit toute ma famille, mes amis. Je suis heureuse comme ça.

Tristan garda le silence. C'était fou… Elle était sincèrement convaincue d'être heureuse dans sa petite bulle géographique. L'idée d'aller voir au-delà ne l'avait jamais effleurée. Elle était sans doute fière de ses racines, mais celles-ci la retenaient prisonnière comme des tentacules perfides. Ou alors, elles l'arrimaient si fermement que rien ne pourrait la faire chanceler dans sa résolution.

— Désolé, je ne voulais pas te blesser.

— Tu ne m'as pas blessée, tu… Bon, OK, je suis sans doute un peu susceptible. Excuse-moi.

— Mais non. Au contraire, c'est bien que tu aimes autant les endroits qui t'ont vue grandir.

— Dit un type qui refuse de se fixer quelque part.

— Il n'empêche. De toute façon, comme disait Elvis, on est chez soi là où le cœur s'attache.

— Et ton cœur ne s'attache jamais nulle part plus de trois ou six mois ?

Bonne question. S'était-il jamais senti chez lui quelque part ?

— Ne juge pas sans avoir essayé, répliqua-t-il, faute de mieux.

De quel droit se permettait-elle de remettre en cause son style de vie ? Ç'aurait plutôt été à elle de faire son autocritique. Enfin, qui pouvait bien passer toute sa vie dans le trou perdu qui l'avait vu naître sans jamais songer à en bouger ?

— Voir le monde, c'est libérateur.

— On peut aussi trouver du réconfort dans ce qui est familier. Il y a quelques années, notre propriétaire a décidé de vendre la maison : celle-là même où tu es venu me récupérer tout à l'heure. Avec l'aide de la banque, je l'ai achetée et je t'assure que ça me fait quelque chose de vivre entre les murs où j'ai passé toute mon enfance.

C'était fou, mais en l'écoutant, Tristan finissait par se demander si ce n'était pas à lui, et non à elle, qu'il manquait quelque chose. Il inspira profondément pour déloger la boule qui lui bloquait la gorge.

— C'est-à-dire ?

— Eh bien, je me sens fière, en sécurité, en paix… Aimée, ajouta-t-elle d'une voix presque nostalgique.

Contrairement à lui, Jenny ne voyait pas sa maison comme un simple endroit où dormir. Pour elle, c'était un prolongement de sa personne, un élément des racines qu'elle venait d'évoquer. Elle y trouvait force et stabilité. Alors qu'il méditait ses paroles, un sentiment de malaise lui pinça l'estomac. Le style de vie qu'elle décrivait lui était aussi étranger que l'était pour elle sa vie itinérante.

— Tu es une fan des Braves ? demanda-t-il à brûle-pourpoint.

Elle pivota sur son siège pour le dévisager d'un air circonspect. Avait-elle remarqué à quel point cette conversation l'avait mis mal à l'aise ?

— Ce sont les meilleurs.

— On pourrait assister à l'un de leurs matchs. Qu'en dis-tu ?

De mieux en mieux… Voilà qu'il venait de l'inviter à sortir avec lui. Bien sûr, ils pouvaient y aller avec des collègues, mais il aurait préféré s'y rendre rien qu'avec elle.

— Tu les as déjà vus jouer ?

— Oui, mais jamais à domicile. C'était à Boston.

Tristan sourit à cette évocation. Il s'était faufilé à l'intérieur du stade avec un copain. Avec le recul, Rollo n'avait pas exercé l'influence la plus bénéfique sur lui, loin de là. Heureusement, Tristan n'était pas resté longtemps dans ce quartier.

— Tu travaillais là-bas, à l'époque ?

— Non. J'y ai vécu à l'âge de douze ou treize ans.

— Tu viens de là-bas ? Du Massachusetts ?

— Bof, non. Je ne suis de nulle part en particulier. J'ai beaucoup bougé.

Tellement, même, qu'il avait souvent eu l'impression que le vieux véhicule utilitaire de son père était sa véritable maison. Ça, ou les mobil-homes déglingués où sa mère vivait avec ses copains.

— Tes parents aussi avaient la bougeotte ?

— On peut dire ça comme ça.

La grande différence avec lui, c'est que ses parents ne voyageaient pas pour découvrir le monde. Quand sa mère déménageait, c'était pour échapper aux huissiers ou à ses ex. C'était une sorte de tradition à laquelle elle était restée fidèle jusqu'à son décès, à l'époque où Tristan terminait ses études d'infirmier. Son père, lui, travaillait dans le bâtiment et il avait toujours bougé en fonction des chantiers.

— Mon père a quitté ma mère avant ma naissance, dit alors Jenny d'une voix douce.

Cette confidence le prit de court, d'autant plus que Jenny était plutôt discrète sur sa vie personnelle, d'habitude.

— Maman n'avait pas d'argent pour voyager, mais je n'ai jamais manqué de rien. Surtout pas d'amour. Elle est mon roc.

De nouveau, Tristan éprouva un pincement bizarre à l'estomac. Il tapota au rythme de la musique sur le volant, mais la mélodie ne parvenait pas à lui calmer les nerfs. Jamais il n'aurait songé à dire que sa mère était son roc. Ni son père, d'ailleurs. Quant à l'amour, il n'en avait jamais reçu beaucoup pendant son enfance. Au contraire, ses parents lui avaient toujours donné l'impression qu'ils étaient contraints de le trimballer tel un boulet. S'il avait eu la chance d'avoir une enfance idyllique comme celle de Jenny, il se serait peut-être senti chez lui quelque part. Mais à quoi bon réécrire l'histoire ? Du reste, il ne se plaignait pas de sa vie. Il adorait se sentir libre comme l'air. Le monde était grand et il avait envie de le parcourir en long, en large et en travers.

— Je ne peux tout de même pas rester plantée là à me tourner les pouces, insista Jenny. Je veux aider.

Affairée à étaler la toile de tente, Laura lui jeta un bref coup d'œil.

— Je me débrouille avec Roger et Lucia, mais Tristan aurait peut-être besoin d'un coup de main, ajouta-t-elle non sans malice.

Jenny se tourna vers Tristan, occupé à s'installer un peu à l'écart des autres. Exaspérée, elle se mordilla la lèvre inférieure. Ils n'étaient pas arrivés depuis cinq minutes que Laura essayait déjà de les rapprocher. Ça promettait… Tant pis pour elle. Elle aurait dû accompagner sa mère et Sawyer à l'aquarium. Enfin, puisqu'elle était là, autant ne pas jouer les trouble-fête. Tout allait bien se passer. Laura pouvait bien s'entremettre entre elle et Tristan, quelle importance ? Il ne se passerait rien. Du moins, rien de ce que Laura espérait.

Cette discussion avec lui dans la voiture avait été… enfin, pas horrible. Tristan était intéressant, et abstraction faite du thème des voyages et de ce moment bizarre où il avait changé brusquement de sujet, il avait même réussi à la faire rire. Avec de mauvaises blagues, certes, mais et alors ? Elle avait passé un bon moment, c'était bien l'essentiel.

Jenny inspira un grand coup et se dirigea vers l'emplacement qu'il avait choisi, à une vingtaine de mètres, en périphérie du camping. Avait-il fait exprès de s'installer aussi loin ? Ou alors, il avait pensé que les autres rempliraient les espaces vides au fur et à mesure de leur arrivée.

— Laura m'a dit de t'aider.

Il esquissa un demi-sourire qui creusa des fossettes dans ses joues.

— Merci. Tu voudrais bien ramasser des branches ? J'en

ai déjà rassemblé quelques-unes, mais il nous faudrait du petit bois sec pour démarrer le feu.

Il ne faisait pas froid, mais à présent qu'elle y songeait, les températures allaient chuter à la nuit tombée. Un bon feu de camp leur ferait du bien. Et puis, une sortie de camping n'en était pas vraiment une sans un feu.

— OK. Montre-moi ce que je dois rechercher.

Il empoigna des ramilles et des aiguilles de pin.

— Si tu pouvais nous ramener ce genre de choses. Ça nous suffirait pour ce soir et pour demain.

Jenny rassembla des branchages qu'elle disposa en une petite pile près d'un cercle de pierres délimitant le foyer. Entre-temps, d'autres campeurs étaient arrivés et déchargeaient leurs affaires. Jenny s'interrompit pour saluer ses collègues et leurs conjoints, puis elle se remit à ramasser du bois.

— Ça marche ? lui demanda Tristan alors qu'elle revenait du sous-bois.

— Oui, j'en ai déjà ramené pas mal. Mais comme je ne sais pas si ça suffit, j'en ramasse encore un peu, au cas où.

— Bonne idée. Au fait, tu n'es pas allergique au sumac vénéneux, j'espère ?

— Pas à ma connaissance, non.

Elle éprouva aussitôt une démangeaison dans les paumes et jeta un coup d'œil circonspect à sa brassée. Au cours de sa formation d'infirmière, elle avait appris à quoi ressemblait cette plante et l'éruption cutanée qu'elle provoquait, mais elle n'était pas une experte en la matière.

— C'est ce que j'ai dans les mains ?

— Non, mais au cas où tu ne l'aurais pas remarqué, il en pousse sur l'arbre juste à côté. Je ne voudrais pas que tu t'y frottes juste pour te faire dispenser de descendre la rivière avec nous.

— Ah. OK, désolée.

Elle s'éloigna de l'arbre en question.

— Je n'ai jamais eu de réaction, mais je n'ai pas l'habitude de me promener dans les bois. En tout cas, si ça peut te rassurer, je ne trépigne pas d'impatience à l'idée d'être des vôtres demain, mais j'ai encore moins envie de faire une crise d'eczéma.

Tristan ramassa une branche et posa le pied dessus pour la briser en plusieurs morceaux qui se consumeraient plus facilement.

— Comment peut-on vivre dans une région pareille sans passer du temps dehors ?

— Qui t'a dit que je ne passais pas du temps dehors ? Je ne me balade pas en forêt, voilà tout.

Pendant toute la belle saison, elle tondait sa pelouse chaque semaine et prenait soin de ses fleurs. Son petit jardin était l'une de ses fiertés.

— Attention aux serpents, dit-il encore.

Jenny se figea.

— Des serpents ? Personne ne m'a jamais parlé de serpents !

Tout à coup, la perspective de passer la nuit dans une tente lui parut beaucoup moins réjouissante. Arriverait-elle seulement à fermer l'œil ?

— Ils te laisseront tranquille du moment que tu ne les embêtes pas, mais regarde quand même où tu mets les pieds.

Jenny n'osait plus bouger, à présent.

— On aurait dû me prévenir. Et moi qui pensais que je n'aurais rien à craindre, sauf sur le radeau.

— Allons, pas de panique. Je tenais à ce que tu sois consciente de certains risques, voilà tout.

Il lui toucha l'épaule et un frisson brûlant courut le long de son bras. Saisie d'un vertige, Jenny recula d'un pas.

— Ne t'inquiète pas, dit-il encore. Selon toute probabilité, tu ne verras aucun serpent, et dans le cas contraire, je saurais le tenir à bonne distance.

Même s'il la taquinait, Jenny savait qu'elle pouvait compter sur lui. Mine de rien, c'était bien la première fois qu'un homme lui promettait de la protéger d'un danger, quel qu'il soit. Mais elle n'avait pas besoin d'un chevalier servant, surtout s'il chamboulait sa vie. Tomber amoureuse de Tristan, ce serait un suicide émotionnel. Dans moins de trois mois, il serait parti et elle ne le verrait plus jamais.

— La seule chose qui m'inquiète, c'est toi.

— Je me demande bien pourquoi, dit-il en secouant la tête d'un air blessé. Un jour, tu comprendras peut-être que je ne mérite pas cette mauvaise impression.

Jenny éprouva un élan de mauvaise conscience. Elle n'avait pas voulu l'offenser. Enfin, si, peut-être, mais seulement pour remettre un peu de distance entre eux. Pendant le trajet en voiture, une fois mis de côté les sujets trop personnels, la discussion avait été facile. Trop facile. Elle devait rester sur ses gardes, prête à défendre son cœur le cas échéant.

— Ça m'étonnerait.

— Ah bon ? Pourquoi ?

*Pourquoi ? Eh bien, parce que tu éveilles en moi des sentiments qui me terrifient. Quand je suis près de toi, mon cœur bat si vite que j'en ai le souffle court. Et quand nos regards se croisent, j'ai l'impression que des centaines de papillons se déchaînent dans mon ventre. Je ne cesse de penser à toi et j'en perds complètement la boule. Voilà pourquoi.*

— Parce que je crains que tu ne sois pas si bien que ça non plus.

Mais c'était faux, bien sûr. Tristan devait être très bon pour certaines choses. Son regard tomba sur ses lèvres et, dans un éclair, elle se rappela le rêve, non, *les* rêves qu'elle avait faits de lui. Elle imagina qu'il l'embrassait, et qu'il lui demandait ce qu'elle pensait de son baiser. La gorge serrée, elle respira profondément. Rien de tout ceci n'était réel.

— Peut-être, mais j'ai la faiblesse de croire que je ne suis pas un si mauvais bougre.

Elle secoua la tête.

— Tu seras parti bientôt, sans avoir le temps de me convaincre.

Et c'était tant mieux, parce que ainsi, elle l'oublierait plus facilement. Mais lorsqu'il croisa son regard, ses palpitations reprirent de plus belle. Vraiment, elle avait du souci à se faire.

# 5.

Laura avait vraiment pensé à tout, et même à emporter une couverture et une chaise pliante pour Jenny. Assises près du feu avec le reste du groupe, elles écoutaient Tristan, qui interprétait un air des Eagles à la guitare. Il fallait bien admettre qu'il ne se débrouillait pas mal du tout et qu'il avait une jolie voix : encore des talents qu'elle ne lui connaissait pas. Certains entonnèrent à mi-voix le refrain de *One of These Nights*, mais Jenny demeurait silencieuse. Cette chanson s'adressait-elle à elle ? L'avait-il choisie en songeant à la conversation qu'ils avaient eue dans la voiture ?

— Tu vas enfin admettre qu'il est mignon ? murmura Laura.

Jenny leva les yeux au ciel.

— Je n'ai jamais prétendu le contraire.

— Le courant avait l'air de bien passer entre vous pendant le voyage.

— Bof, on a surtout discuté de la pluie et du beau temps.

— Ben voyons. J'ai bien vu qu'il te faisait rire. Je ne savais pas que la météo du Tennessee était si drôle.

— Et alors ? C'est ma faute s'il racontait de mauvaises blagues ? À force, j'ai fini par craquer. Si j'ai ri, c'est uniquement pour qu'il me laisse un peu tranquille.

— OK. Donc, tu admets qu'il est mignon et qu'il te fait rire. Ma belle, tu devrais te lâcher ce week-end.

La gorge serrée, Jenny resserra sa couverture autour d'elle.

— Me lâcher pour quoi ?

— Eh bien, pour lui, répliqua Laura sans la moindre hésitation. Il a l'air d'être quelqu'un de bien. Et avant que tu ne débites tes arguments habituels, quelle importance s'il s'en va bientôt ? Tu es une mère célibataire qui fait toujours passer ses envies après celles des autres. Ce week-end, pour une fois, tu peux prendre du temps pour toi sans penser à Sawyer ou au travail. Qu'est-ce qui t'empêche de t'amuser un peu, pour changer ?

— À t'entendre, on dirait vraiment que je suis malheureuse. Je te rassure, ce n'est pas le cas. Et même si ça l'était, je n'irais pas me consoler auprès d'un homme. D'ailleurs, je m'amuse comme une folle.

Pour appuyer ses propos, Jenny étira les lèvres en un sourire narquois qui dévoilait ses dents.

— Waouh, l'âme de la fête… Sérieusement, Jen, ça fait des années que je te vois trimer. Certes, tu adores être mère, Sawyer te rend heureuse et tu aimes ton boulot. Je sais tout cela. Mais quand je te parle de Tristan, je pense à une autre manière sympa de passer le temps.

— Oui, ce même genre de manière sympa qui m'a fait tomber enceinte pendant mes études d'infirmière. Non, merci. Je tiens à Sawyer comme à la prunelle de mes yeux, mais une fois, ça suffit.

Laura haussa les épaules.

— Il y a des façons de se protéger.

— Elles ne sont pas infaillibles. Et puis, le problème, ce n'est pas tant le fait d'être mère célibataire que d'avoir un homme dans ma vie et tout le tralala.

— Qu'est-ce que tu racontes ? Ça fait des lustres que tu n'es sortie avec personne.

— Peu importe, je connais la chanson. Chaque fois, c'est la même chose. Ça commence tout feu tout flamme, expliqua-t-elle comme Laura la dévisageait avec incrédulité. On se sent sur un petit nuage, sous le charme. Ensuite, la réalité reprend ses droits à mesure qu'on s'installe dans une relation. Après vient la rupture et le monde sombre dans les ténèbres. Et puis, tu rencontres à nouveau quelqu'un, et ça repart pour un tour. Très peu pour moi, conclut-elle en secouant la tête d'un air buté. Et puis, je dois aussi penser à Sawyer.

Laura la regarda fixement, sans ciller.

— Qu'est-ce qui t'a rendue aussi cynique ?

— Je ne suis pas cynique. Juste réaliste.

— Tu exagères. L'amour existe vraiment. J'en connais qui l'ont rencontré.

— Eh bien, pas moi. Enfin, je te parle d'amour romantique.

Après tout, l'amour se déclinait sous bien d'autres formes, et avec sa mère et Sawyer, Jenny n'en manquait pas.

— D'ailleurs, toi non plus, tu n'as toujours pas trouvé l'âme sœur.

— Ce n'est pas faute d'essayer. Mais je ne désespère pas de trouver un jour l'homme qui saura apprécier tout ça, répondit Laura en désignant sa silhouette plantureuse. Sans vouloir te contredire, regarde Roger et Lucia et dis-moi s'ils ne sont pas heureux, tous les deux.

Jenny jeta un regard vers ces derniers, occupés à faire griller des guimauves.

— Ils en sont encore à la phase « tout feu, tout flamme ». Donne-leur un peu de temps.

— Oh ! arrête un peu, Jen. Ils sont ensemble depuis des années. Je ne te savais pas aussi cynique.

— Je ne suis pas cynique. Simplement, après Carlos, j'ai décidé de ne plus m'aventurer dans le marais boueux des relations sentimentales. Inutile de suivre aveuglément le premier joli cœur venu.

En l'occurrence, le joli cœur avait aussi un corps parfait, une éthique professionnelle à toute épreuve, un bon fond et de l'humour. Mais à quoi bon dresser l'inventaire de ses qualités ?

— Raconte ce que tu veux, mais moi, ça ne me dérange pas de me baigner dans un marais boueux avec un mec comme Tristan, dit Laura.

Jenny haussa les épaules.

— Personnellement, je préfère les cabines de douche du camping.

Laura lui donna un léger coup de coude.

— Suis mes conseils et tu éviteras une douche froide.

Le lendemain matin, Jenny s'efforça de ne pas se laisser déconcentrer par la présence de l'homme assis à sa gauche sur un banc en bois tandis que le moniteur dressait un rappel des instructions de sécurité.

— Ça va ?

Elle lança un bref regard à Tristan sans rien lui répondre pour ne pas perdre le fil des explications. Elle ne voulait surtout pas passer à côté d'une information essentielle qui pouvait la sauver si jamais elle venait à tomber du radeau. *Seigneur, faites que cela n'arrive pas !*

Règle numéro un : toujours tenir sa pagaie à deux mains.

Règle numéro deux : bien caler ses pieds dans des sangles. Ne jamais les laisser pendre dans l'eau, ils risqueraient de se coincer dans les rochers ou de donner prise au courant.

Règle numéro trois : garder son gilet de sauvetage en toutes circonstances. OK, pas de souci pour celle-là.

Règle numéro quatre : toujours écouter le barreur – c'est ainsi qu'on nommait les moniteurs, apparemment. Jenny n'avait pas de problème non plus avec cette instruction. Elle était bien décidée à suivre religieusement la moindre parole du barreur. Problème : à en croire Roger, leur équipe ne serait pas encadrée par un professionnel.

— Comment allons-nous faire sans guide ? demanda-t-elle, effarée.

— Pas de panique, dit Laura. Tristan était moniteur dans un club du Colorado. Il a l'habitude.

— Pas du tout. Il ne connaît pas cette rivière.

— Du calme, insista Roger. Lucia et moi sommes des rafteurs expérimentés. Dans le groupe, tu es la seule débutante. En plus, le niveau d'eau est moyen. Tu ne cours aucun risque.

Jenny se mordilla la lèvre inférieure tandis que son regard se promenait sur ses amis, puis sur Tristan, qui attachait son gilet de sauvetage. Il n'avait pas dit un mot lorsqu'elle avait protesté. Lorsqu'il leva les yeux vers elle, Jenny redouta d'y lire une expression d'ennui ou de moquerie. Au contraire, il la considérait d'un air soucieux et protecteur, le même que la veille, lorsqu'il lui avait promis de la préserver des serpents. Lucia la prit dans ses bras pour la rassurer.

— Tout ira bien, Jenny. Moi non plus, je n'en menais pas large quand Roger m'a amenée ici la première fois, il y a des années. Mais depuis, nous sommes revenus régulièrement et on a toujours passé un très bon moment.

— Mais vous étiez encadrés par un moniteur, non ?

— Aujourd'hui aussi, répondirent en chœur Lucia et Roger avant d'éclater de rire.

Les autres se contentèrent de sourire et ils terminèrent d'ajuster leurs gilets de sauvetage. Jenny s'efforça de se raisonner. Pas de panique. Elle était avec des amis, et ils ne la mettraient jamais dans une situation périlleuse. Enfin, pourvu que non.

— Attends, je vérifie ton gilet, lui dit Tristan.

— Merci. Je n'ai jamais eu l'occasion d'en porter un. Si cela se trouve, je l'ai mal enfilé.

— Non, ça allait. Ce genre d'équipements est assez sommaire. Détends-toi et amuse-toi, Jenny. Je veillerai à ce qu'il ne t'arrive rien de mal, promis.

Elle hocha la tête et inspira aussi profondément que le permettait son gilet. Maintenant qu'il en avait ajusté les bretelles, quel besoin avait-il de rester aussi près d'elle ? Mal à l'aise, Jenny recula d'un pas et trébucha. La main de Tristan jaillit aussitôt pour la retenir.

— Ça va ?

*Non !* Même au travers de la combinaison de néoprène, le contact de ses doigts la brûlait. Elle dégagea son bras d'un geste sec.

— Oui, oui. Merci.

— Je t'en prie.

Il avait un sourire électrique qui alluma dans ses yeux une lueur amusée.

— Pour info, tu es mignonne comme tout avec ce casque.

Jenny secoua la tête avec un « pff » de dédain.

— On ne t'a jamais dit que la plupart des femmes n'aiment pas être qualifiées de mignonnes ?

— Pas que je m'en souvienne. Ça va mieux si je te dis que tu es belle ?

Jenny se sentit devenir écarlate. Non, mais n'importe quoi ! La plus jolie femme du monde ne serait pas à son avantage dans cet accoutrement. Elle se contraignit toutefois à sourire.

— Merci. Pour le compliment, pour m'avoir empêchée de tomber, pour avoir vérifié mon gilet de sauvetage. Tout à l'heure, n'hésite pas à me dire si j'exécute mal tes consignes. Il ne faudrait pas que mon inexpérience nous mette en danger.

Il prit son visage en coupe dans une main et son pouce effleura la lanière du casque.

— Tout va bien se passer, Jenny. À la fin de cette journée, tu seras une vraie championne. Tu verras.

Enfin, Jenny avait l'air de se détendre un peu. À deux ou trois reprises, Tristan l'avait même surprise à rire de ce que lui disait Laura.

— Garde bien la main sur l'olive de la pagaie, lui cria-t-il pour qu'elle l'entende par-dessus le vacarme des rapides.

Jenny reprit la poignée, qu'elle avait momentanément lâchée.

— Désolée.

Ils étaient cinq sur le radeau : Roger et Lucia, plus aguerris, s'étaient installés à l'avant, tandis que Jenny et Laura avaient pris les places du milieu, moins exposées. Tristan, quant à lui, se tenait à l'arrière. Roger et Lucia avaient parfaitement suivi ses instructions et ils avaient attaqué les rapides juste aux bons endroits en évitant les nombreux rochers qui affleuraient.

— OK, on rame fort à droite !

L'embarcation dégringola entre les rochers en cahotant avant d'arriver dans une partie plus calme de la rivière.

— Woohoo ! s'égosilla Roger, la pagaie dressée en l'air. C'était génial !

Jenny approuva d'un hochement de tête et Tristan l'entendit rire. Un élan de soulagement l'étreignit. Il désirait vraiment qu'elle profite de sa journée. Cela lui tenait même à cœur plus qu'il n'aurait fallu. Il adorait ce sport et voulait… Bah, qu'est-ce que cela pouvait bien lui faire, ce qu'elle pensait ? Bientôt, il allait partir.

— D'après le tracé de la rivière, il y a une courte accalmie avant d'arriver aux prochains rapides. On fait une petite pause le temps d'un casse-croûte ?

Tout le monde fit bon accueil à sa proposition et Tristan les guida jusqu'à une petite plage de galets. À l'approche de la rive, Roger sauta dans l'eau, qui lui arrivait à mi-mollets, et il tira le radeau sur les rochers pour que les autres puissent descendre les pieds secs. Puis Tristan hissa l'embarcation sur les galets afin d'éviter qu'elle ne parte à la dérive.

— Quelqu'un veut du gel hydroalcoolique ? demanda Laura en faisant passer un flacon.

Assise sur un tronc d'arbre, la tête en arrière, Jenny offrait son visage au soleil.

— Alors, tu passes un bon moment ?

— Bien meilleur que je ne m'y attendais quand on est partis ce matin, dit-elle sans ouvrir les yeux.

— Mais encore ?

Sa réponse se passait de mots. Jenny avait perdu cette attitude crispée. Elle semblait même complètement détendue, paisible. Pour tout dire, elle avait l'air d'un ange. Et si belle, avec ces frisottis échappés de sa queue-de-cheval. Tristan baissa les yeux vers ses lèvres pleines et entrouvertes, et l'envie de les toucher le saisit comme un coup de poing dans le ventre.

— Mes attentes étaient assez limitées, dit-elle en haussant les épaules. Mais je ne pensais pas m'amuser autant dans les rapides. C'était grisant.

— C'est ce que j'aime le plus. Mais pour bien les apprécier, il faut que des accalmies viennent contrebalancer les montées d'adrénaline. C'est comme dans la vie : des périodes de calme plat alternent avec d'autres, beaucoup plus mouvementées. Sans ces fluctuations, il est impossible de savourer l'instant présent.

— J'ignorais qu'une virée de rafting pouvait servir de prétexte à une leçon de philosophie.

— Peut-être, mais c'est vrai. Ceux qui n'ont pas connu l'adversité ne peuvent pas prendre plaisir aux moments de sérénité.

Il se détourna de peur de se laisser aller à des envolées lyriques et ouvrit un sac étanche qui contenait des sandwichs et des boissons.

— On cassera mieux la croûte tout à l'heure, mais je crois que personne ne boudera son assiette ce soir. Tiens, c'est à toi, dit-il en lui tendant une gourde.

Elle lui sourit d'un air étonné.

— Merci.

— Je t'en prie.

Alors qu'elle buvait, Tristan observait, fasciné, les mouvements de sa gorge. Elle lui jeta un coup d'œil.

— Comment es-tu devenu moniteur de rafting ?

— C'était l'été qui précédait ma deuxième année d'études d'infirmier.

— C'est là que tu as passé tes études ? Dans le Colorado ?

Tristan secoua la tête.

— Non. Je les ai commencées en Virginie et terminées en Californie.

— En Californie ? Après avoir passé une partie de ton adolescence à Boston ? Bon sang, voilà ce qui s'appelle vivre par monts et par vaux. Et donc, quand tu vivais en Virginie, tu passais tes étés dans le Colorado ?

— Oui, mon coloc travaillait là-bas comme barreur. Il n'a pas eu beaucoup de mal à me convaincre de le rejoindre. Ça a été une expérience géniale.

— Je veux bien te croire. Descendre le fleuve Colorado, ce doit être quelque chose.

— Après les rapides qu'on a affrontés ce matin, c'est étonnant de t'entendre dire ça. Ceci dit, une rivière calme en apparence peut être dangereuse pour peu qu'on ne la respecte pas. On ne sait jamais ce qui peut se cacher sous la surface.

— Il y a eu des accidents dans les groupes que tu as encadrés ?

— Un seul : un type a lâché sa poignée et son copain a reçu un grand coup de pagaie.

— Ouille ! Le pauvre, dit Jenny avec une grimace.

— C'est l'une des règles de sécurité les plus importantes.

— Ça, et nager sur le dos, les pieds en avant, si jamais je tombe par-dessus bord ?

— C'est *la* règle la plus importante en cas de chute. On va faire en sorte que tu n'aies pas à la mettre en pratique, ajouta-t-il en souriant.

Il lui tendit un sachet de fruits secs.

— Tiens, tu as besoin de faire le plein d'énergie. La journée est loin d'être terminée.

Jenny entama son paquet avec appétit.

— Tu me gâtes. On ne peut pourtant pas dire que j'aie été franchement sympa avec toi. Désolée. Et merci.

Tristan se sentit tout léger. Il adorait qu'elle le regarde ainsi, avec un sourire dans les yeux et sur les lèvres. Pour retrouver contenance, il but une gorgée de sa gourde, mais il avala de travers et fut secoué d'une violente quinte de toux.

— Ça va, vous deux ? les héla Roger, installé un peu plus loin avec Lucia et Laura.

Tristan agita une main.

— Oui, oui, parvint-il à dire. J'ai fait une fausse route, c'est tout.

— Ne t'étouffe surtout pas, Jenny serait obligée de te faire du bouche-à-bouche.

Tristan eut un sourire gêné. Lorsqu'il se tourna vers Jenny, elle contemplait la rivière comme s'il s'agissait d'un spectacle fascinant, mais l'un dans l'autre, elle paraissait détendue. Dommage qu'elle ne semble pas disposée à aller plus loin avec lui, parce que plus il la connaissait, plus il tombait sous son charme.

Les doigts serrés autour de la poignée de la pagaie, Jenny suivait scrupuleusement les consignes de Tristan tandis qu'il les guidait dans les rapides. Malgré le stress, l'adrénaline lui procurait des sensations délicieuses. Elle comprenait à présent pourquoi certaines personnes adoraient se mesurer aux éléments. À chaque obstacle franchi, elle avait le sentiment d'avoir conquis quelque chose de formidable. Sans aller jusqu'à désirer revenir, elle aurait menti en prétendant qu'elle passait un mauvais moment. D'autant plus que Tristan était un excellent guide. Toujours calme, toujours précis, il parlait d'une voix suffisamment forte pour se faire entendre sans pour autant paraître autoritaire. Était-il ainsi dans tous les aspects de sa vie ? Posé, concentré, capable de veiller à la sécurité de ceux qui l'entouraient…

— Roger, tu vois ce que je vois ? demanda-t-il soudain.

Un radeau flottait à la dérive. Deux personnes avaient chaviré : un homme adossé à un rocher et une jeune fille vers laquelle il tendait le bras. Un peu plus loin, deux autres rafteurs avaient réussi à rejoindre la rive et adressaient des signes aux victimes.

— À droite toute !

Le courant était fort, mais ils se trouvaient dans une section relativement calme et ils parvinrent à s'approcher des personnes en difficulté. Le radeau glissa sur un rocher et se retrouva bloqué à quelques mètres de l'homme. Mon Dieu ! songea Jenny, affolée. La fille était toute jeune et elle semblait coincée. Immergée jusqu'à la poitrine, elle s'agrippait à une plante aquatique pour garder la tête hors de l'eau. Tristan attrapa une sacoche que Jenny n'avait pas remarquée jusqu'alors, puis il se déplaça vers l'avant du radeau. Lucia lui céda sa place et se posta rapidement à l'arrière.

— Vous allez bien ? cria-t-il.

Quelle question, se dit Jenny. Mais il devait s'agir d'un protocole de sécurité.

— L'un de nous est tombé à l'eau et quand j'ai essayé de le rattraper, le raft a chaviré. Kira s'est coincé le pied et je n'arrive pas à la rejoindre. Chaque fois, le courant me plaque contre les rochers. La dernière fois, j'ai même failli être emporté.

— Kira, tu es blessée ?

La jeune fille les regarda fixement en grelottant, sans répondre. Son visage paniqué avait une expression vague qui devait être l'effet du choc, ou d'une hypothermie, ou des deux.

— On va te tirer de là. Tu es trop loin pour attraper ma pagaie, donc je vais te lancer une corde pour te hisser jusqu'à notre radeau. Le courant va l'amener vers toi. Essaie de l'attraper au passage, OK ?

La jeune fille parut alors sortir de sa torpeur et elle hocha la tête.

— J'ai si froid…

Tristan se dépêcha de mettre ses paroles à exécution, mais Kira regarda la corde passer devant elle sans esquisser le moindre geste. Était-elle blessée ou simplement engourdie ? L'eau était glaciale et la pauvre devait être frigorifiée. Tristan tira à nouveau la corde vers lui.

— Deuxième tentative. Tu es prête ?

Elle hésita avant d'opiner du chef. Tristan répéta sa manœuvre et Jenny retint son souffle. Malheureusement, la corde passa à nouveau devant la jeune fille sans qu'elle parvienne à bouger.

— Je… Je ne peux pas.

— Mais si, tu peux !

— J'ai si froid que je ne sens plus mes bras.

Tristan échangea un regard avec Roger, puis il sauta dans l'eau, la corde à la main tandis que Roger tenait fermement l'autre extrémité.

— Non !

Le cri avait échappé à Jenny à la vue de Tristan qui luttait contre le courant pour s'approcher de la jeune fille. Voilà ! C'était précisément ce qu'elle avait redouté, mais tout le monde avait minimisé ses craintes ! Face à leur insistance, elle avait relâché la pression et elle s'était amusée, et maintenant, Tristan se retrouvait dans l'eau, et cette gamine était blême comme si elle allait défaillir d'un moment à l'autre.

— Fais attention, murmura-t-elle.

Tristan avait atteint un banc de rochers et il prit appui contre l'un d'eux pour se projeter vers la fille.

— Oui ! s'écria Jenny.

Tristan n'était plus qu'à un mètre de Kira. La gorge serrée, elle le regarda progresser dans les remous qui bouillonnaient autour de lui. Enfin ! Il avait rejoint Kira. Jenny entendit autour d'elle un tonnerre de cris de joie, mais elle demeura silencieuse. Kira n'était toujours pas tirée d'affaire, et à présent, ils n'étaient plus deux, mais trois dans l'eau. Elle réservait ses applaudissements pour le moment où tout le monde serait au sec et hors de danger.

# 6.

En un coup d'œil, Tristan évalua la situation pour déterminer comment libérer l'adolescente sans se mettre lui-même en danger.

— Tu t'appelles Kira, c'est ça ?

— Oui, répondit-elle en claquant des dents.

Elle avait des yeux épuisés et paniqués. Avec un courant aussi fort, le simple fait de rester debout était une lutte de chaque instant. Fouetté par les flots, Tristan avait du mal à franchir le petit espace qui le séparait encore de la jeune fille, d'autant plus que s'il dérapait, lui aussi risquait de se coincer un pied. Mieux valait ne pas y penser.

— OK. Je suis Tristan et je vais t'aider à te sortir de là. Essaie de me décrire ce qui se passe là-dessous. Tes deux pieds sont coincés ou juste un seul ?

— Un seul. Le pied droit.

— Comment te sens-tu ?

— Je ne sens rien. Juste le froid.

Point positif, elle n'était sans doute pas dans l'eau depuis bien longtemps, puisqu'ils avaient eu le temps d'apercevoir le radeau à la dérive. Mais la rivière était glacée et les effets de l'hypothermie allaient se manifester sans tarder, si ce n'était pas déjà le cas.

— Je vais te dégager, mais pour cela, il faudra que tu m'aides, sans quoi je vais te blesser. Ça ira ? Tu t'en sens capable ?

Kira hocha la tête. Tristan gardait tant bien que mal son équilibre tout en s'efforçant de réfléchir. Il lui était impossible de voir comment elle était immobilisée. Or, s'il s'y prenait mal, il risquait de lui casser la cheville ou de lui entailler le pied. S'il y était contraint, il devrait s'y résoudre, mais autant que possible, il préférait ne pas en arriver là. Qui sait, avec un peu de chance, il parviendrait à bouger ce rocher suffisamment pour la tirer de là.

Il y était presque, encore un pas… Mais tout à coup, Kira perdit sa prise sur la plante aquatique. Dieu merci, Tristan la rattrapa de justesse par le gilet et lui tint la tête hors de l'eau. Secouée de sanglots, Kira fixait sur lui de grands yeux paniqués. Au prix d'énormes efforts pour maintenir son équilibre, il parvint à agrafer la corde au gilet de Kira.

— C'est bon. Dès qu'on aura débloqué ton pied, Roger te hissera sur notre radeau.

Tristan attacha la corde autour d'elle. De la sorte, s'il mettait un peu de temps à la délivrer, il n'aurait pas à se soucier de la maintenir debout. Pour cela, Roger n'aurait qu'à surveiller la tension de la corde. À cet endroit, la rivière était trop profonde pour lui permettre de la libérer sans plonger sous l'eau, ce qui l'obligerait à aller contre le courant et contre la résistance de son gilet de sauvetage. Et à supposer qu'il y parvienne, l'eau était trop trouble et trop agitée pour qu'il y voie quoi que ce soit. Il devait faire bon usage de son énergie. Du bout des orteils, il sonda l'endroit où se trouvait Kira et comprit qu'elle était coincée par un rocher aux bords déchiquetés. Il n'était pas question de soulever cette pierre, mais en tortillant le pied, elle parviendrait peut-être à se libérer sans plus de dommages.

— Kira, tu m'entends ? À mon signal, tu vas pousser ton pied de toutes tes forces dans le sens qui lui permettrait de se dégager.

Lorsque Roger dressa le pouce, Tristan prit une dernière profonde inspiration, conscient que s'ils échouaient, une seconde chance ne se présenterait peut-être pas. Auquel cas, ils n'auraient pas le choix et devraient user de la force pour la libérer, quoi qu'il en coûte.

— Maintenant ! cria-t-il.

Il tira comme un fou sur la corde à rebours du courant et pria pour qu'ils réussissent. Par miracle, leurs efforts furent récompensés. Kira s'évanouit dans ses bras, épuisée, mais Tristan la tenait d'une main ferme tandis que Roger et les trois femmes la tractaient vers le radeau, toujours coincé sur le rocher. Dès qu'elle fut à sa portée, Roger la saisit par son gilet de sauvetage pour la hisser à bord. Puis il tendit sa pagaie à Tristan, qui s'en saisit, les bras soudain sans force.

— Et le barreur ? demanda-t-il alors qu'ils le remontaient sur l'embarcation.

Toujours sous le coup de l'adrénaline, il s'agenouilla auprès de Kira et détacha la corde.

— Il pourrait peut-être faire comme les autres : se laisser flotter jusqu'à un endroit tranquille et regagner la rive, suggéra Roger.

— Non. Il faut essayer de le faire monter avec nous.

D'un signe, Tristan fit comprendre à l'homme qu'il souhaitait lui jeter la corde. Celui-ci hocha la tête et Tristan mit son geste à exécution. Peu après, le barreur était hissé sur le raft, auprès de Kira, dont s'occupaient Laura et Jenny. Lucia, quant à elle, demeurait à la barre au cas où leur embarcation repartirait, emportée par le courant.

— Merci ! dit l'homme. Beau boulot, les gars. Au fait, je m'appelle Steve. Notre radeau a chaviré et deux passagers se sont retrouvés coincés. J'ai réussi à en libérer un, qui a pu regagner la rive. Malheureusement, Kira était hors d'atteinte. Je lui ai tendu ma pagaie, mais l'eau l'a emportée. Je n'ai rien pu faire. Dieu merci, vous n'étiez pas loin. Si vous saviez comme j'étais soulagé de vous voir arriver !

Tristan se tourna vers Jenny et Laura, penchées sur l'adolescente inconsciente.

— Comment va-t-elle ?

— Elle souffre d'hypothermie et sa cheville est cassée, répondit Jenny sans lever la tête. Elle présente également des éraflures et une blessure qui nécessite quelques points de suture. L'eau froide a ralenti le saignement.

Elle souleva la serviette qui lui servait de compresse pour lui révéler la plaie.

— Elle a dû se couper quand on l'a dégagée.

— Ç'aurait pu être bien pire, remarqua Steve. Elle s'en tire à bon compte.

C'était vrai. Pour autant, ils n'étaient pas complètement

sortis d'affaire. Kira avait besoin de soins, et vite. Tristan étudia comment le radeau tenait en équilibre sur le rocher, puis il évalua la meilleure façon de le faire repartir. Son regard croisa celui de Jenny et ce qu'il y vit lui coupa le souffle. Les yeux sombres de Jenny débordaient d'inquiétude. Pour lui. Mais à coup sûr, ce n'était qu'une simple réaction au stress. Inutile d'y voir autre chose. Nempêche, lorsqu'elle le regardait ainsi, il avait envie de lancer son poing en l'air en criant. Plus tard, se dit-il. Ils se parleraient plus tard. Pour l'instant, le plus pressé était d'agir.

— Jenny, installe-toi au milieu du radeau de manière à tenir Kira. Il ne nous reste qu'une petite section avant d'arriver en eau calme, mais il ne faut pas qu'elle tombe. Lucia va prendre ta place et Steve va s'asseoir à l'avant, avec Roger.

Il promena un sourire rassurant sur le groupe.

— Allez, dépêchons-nous de regagner la rive et d'appeler les secours.

Conformément aux instructions de Tristan, Jenny s'était assise au milieu du raft, Kira entre les jambes, et elle enveloppait la jeune fille de ses bras pour la réchauffer autant que possible dans les cahots de la descente. Enfin, la rivière se calma et ils purent pagayer jusqu'à la rive. Roger et Steve sautèrent à bas du radeau pour le tirer sur une plage de galets, puis Laura et Lucia les rejoignirent. Steve appela aussitôt les secours.

— Elle n'est toujours pas réveillée ? demanda Tristan.

Jenny secoua négativement la tête sans cesser de frictionner l'adolescente.

— Non, mais le pouls est fort et elle respire normalement.

— Bien. Continue ce que tu fais. Moi, je vérifie sa cheville.

Il sortit une trousse médicale de son gilet de sauvetage et s'agenouilla auprès de la jeune fille.

— Tu as été très courageux.

— Bof, ce n'était rien. J'ai l'habitude, dit-il en désinfectant la blessure.

— Quand même, j'ai eu très peur pour toi.

Il leva les yeux vers elle avec un grand sourire flirteur qui la mit aussitôt sur ses gardes.

— Tu n'aurais pas quelques sentiments pour moi, dis ?

— Non, mais, n'importe quoi !

Tristan éclata de rire.

— Si cela peut aider ma cause, je veux bien me porter volontaire pour d'autres sauvetages.

Rien qu'à l'imaginer au beau milieu d'une rivière déchaînée, Jenny sentit son ventre se nouer.

— Surtout pas. Une fois, c'est bien suffisant.

— Nous sommes d'accord.

Il rapprocha les bords de l'entaille la plus profonde et les tint en place à l'aide d'un pansement, puis il recouvrit le tout d'une compresse et d'un sparadrap.

— Si je participe à d'autres sauvetages, je grimpe dans ton estime ?

— Tu n'as pas besoin de forcer mon admiration, Tristan. Tu m'impressionnes depuis le premier jour, et tu le sais bien. Ce n'est un secret pour personne, ajouta-t-elle avec un soupir.

Tristan sourit de plus belle et il ouvrit la bouche pour parler. Au même instant, Kira se réveilla en marmonnant des paroles incompréhensibles. Il se pencha vers elle avec une expression douce et rassurante.

— Ça va, Kira ? Tu nous as fichu une sacrée frousse, dis donc.

Celle-ci reprit alors conscience de la situation et elle fondit en larmes.

— Chut… Tout va bien, dit Jenny en la serrant contre elle.

— Ta cheville est cassée et tu as une coupure qui nécessite quelques points de suture, mais les secours arrivent.

Steve les rejoignit.

— Ils ne devraient pas tarder. Nous ne sommes pas loin de la route, Dieu merci. Tous les passagers du radeau sont sains et saufs. D'ailleurs, les voilà. Kira, tes parents sont là.

À partir de là, les choses se succédèrent très vite. Des secouristes apparurent et prirent la situation en main. Steve et les autres naufragés se répandirent en remerciements, Tristan fut pris en photo et minimisa les compliments d'un air embarrassé en insistant sur le fait qu'ils avaient tous agi en équipe. Puis, comme leur aide n'était plus nécessaire, ils reprirent tous les cinq leur radeau. Mais à présent, Jenny n'en menait pas large.

— Ce qui vient de se passer est exceptionnel, dit Tristan. Encore une fois, si jamais vous tombez à l'eau, gardez le nez et les orteils pointés vers le haut, toujours.

Jenny poussa ses pieds aussi loin que possible sous le siège devant elle. Maintenant qu'elle avait eu un aperçu des dangers inhérents à ce genre de sports, toutes ses peurs étaient revenues en force.

Ils pagayèrent pendant encore une heure avant de s'arrêter pour prendre leur repas. Roger et Lucia s'installèrent à l'écart, sur un petit coin d'herbe, et Laura s'esquiva pour satisfaire des besoins naturels.

— Tu es tendue comme une corde, remarqua Tristan alors qu'ils descendaient à leur tour.

Jenny haussa les épaules.

— Je ne peux pas m'empêcher de penser à Kira.

— Elle va s'en tirer.

— Oui, grâce à toi. Tu lui as sauvé la vie.

— Si nous n'avions pas été là, ils auraient quand même reçu de l'aide, dit-il d'une voix calme et réconfortante. Tous les moniteurs sont formés pour faire face à des situations de ce genre. N'importe lequel aurait fait comme moi, voire mieux.

Sa modestie l'honorait. Il n'empêche qu'il s'était jeté à l'eau sans penser à sa propre sécurité.

— Moi, je dis que tu as été formidable.

— Tes compliments me vont droit au cœur, mais il n'y avait pas de quoi fouetter un chat.

— Pour Kira et sa famille, si. Et pour Steve aussi. Il s'en voulait tellement... Et pourtant, il n'y était pour rien, le pauvre.

— Les accidents, c'est la hantise des barreurs.

— Ton club dans le Colorado a perdu un excellent moniteur quand tu t'es orienté vers la médecine.

Tristan leva brusquement les yeux vers elle.

— Mais tu as très bien choisi, poursuivit-elle. Tu es un infirmier formidable et tes patients ont de la chance de pouvoir compter sur toi. Et moi aussi, j'ai de la chance de te connaître. Même s'il m'en coûte de l'admettre.

Tristan se mit debout et la dévisagea d'un regard qui semblait fouiller en elle, mais pour y chercher quoi ? Elle n'en avait aucune idée. Elle savait seulement que s'il lui demandait quoi que ce soit, là, maintenant, elle serait incapable de lui dire non.

— Jenny, je…

— Pfiou ! Je me sens beaucoup mieux, annonça Laura en les rejoignant. Et ça ira encore mieux quand j'aurai avalé quelque chose. Je meurs de faim !

Sur le point de saisir le bras de Tristan pour l'empêcher de se détourner, Jenny se ravisa. Qu'avait-il été sur le point de lui dire, bon sang ? Elle retint son souffle dans l'espoir qu'il achèverait sa phrase, mais l'occasion était passée. Tristan lui jeta un dernier regard, puis il sortit le sac étanche qui contenait leurs repas. Il lança à Laura une barre de céréales et un sandwich, puis il tendit les siens à Jenny.

— Allez, mangez. Le circuit dure encore quelques heures.

Une bouteille d'eau à la main, Jenny s'assit à un endroit qui offrait un joli point de vue sur la rivière. Comment imaginer que ce paisible cours d'eau pailleté de lumière pouvait receler autant de dangers ?

— Joli coin, n'est-ce pas ? dit Laura en prenant place à côté d'elle. Écoute, je suis désolée pour l'accident de tout à l'heure. Avant aujourd'hui, je n'avais jamais pris part à un sauvetage. La plupart du temps, si quelqu'un tombe à l'eau, il se laisse flotter jusqu'à un endroit calme, après quoi il regrimpe sur le radeau. Rien de grave.

Jenny ne répondit rien. Il en fallait plus pour la convaincre.

— Steve a l'air sympa, non ? ajouta Laura en attaquant son sandwich.

Jenny ouvrit de grands yeux.

— C'est pour ça que tu étais tout sourire avec lui pendant qu'on attendait l'ambulance ?

— Oui, en gros. Il m'a donné son numéro de téléphone.

— Tu n'as pas perdu de temps, dis donc.

— Oh là là… Les mecs bien, ça ne court pas les rues.

— D'ailleurs, le tien, tu l'as rencontré sur une rivière.

Laura haussa les épaules avec l'air de dire : « Cause toujours ! »

— S'il te reste une moitié de cerveau en état de marche, tu cesseras de lutter contre ton attirance pour Tristan.

— J'ai déjà son numéro, mais je ne compte pas l'utiliser.

Laura leva les yeux au ciel.

— Il vient de sauver la vie d'une gamine ! Il mérite au moins un baiser, non ?

Oui, bien sûr… Et Jenny aurait voulu l'embrasser. Tout à l'heure, avant que Laura ne les interrompe, elle aurait voulu qu'il la prenne dans ses bras et qu'il l'embrasse. Qu'avait-il été sur le point de lui dire ?

— Steve ne serait pas content, tu ne penses pas ?

Laura haussa les épaules.

— Alors, ce sera à toi de lui faire une bise pour le récompenser de son courage.

Jamais Jenny n'avait éprouvé autant de plaisir à prendre une douche. Le jet n'était certes pas très puissant, mais c'était un pur bonheur de se laver de la fatigue et de l'odeur de la rivière.

Le reste de la descente en raft s'était déroulé sans histoire. À supposer, toutefois, que son attirance pour Tristan ne constitue pas une histoire. Qu'est-ce qui lui plaisait autant chez lui ? OK, il était mignon, mais elle avait connu des hommes plus beaux sans craquer pour eux. Même Geoffrey ou Carlos ne lui avaient jamais fait autant d'effet. Ce devait être ses yeux. Ou alors son sourire. Chaque fois qu'il souriait, ses yeux s'animaient. La plupart de ses ex étaient arrogants jusqu'à la moelle, mais rien de tel avec Tristan. De retour au camping, quand Roger avait raconté ses exploits aux autres, Tristan avait à nouveau minimisé son rôle et insisté sur le fait que le sauvetage n'aurait jamais réussi sans l'effort de tout un chacun.

Alors qu'elle s'essuyait, Jenny se sentait toute courbaturée. À coup sûr, les jours à venir, elle aurait des crampes partout. Malgré cela, elle se sentait vivante, bien dans sa peau, remplie d'une énergie nouvelle… En un mot, féminine. Vêtue d'un legging noir et d'un T-shirt, Jenny retourna au campement. La première personne qu'elle vit fut justement Tristan. Lui aussi avait les cheveux mouillés d'une douche récente. En short, T-shirt et sandales, une bouteille à la main, il bavardait avec Roger, Lucia et Laura en souriant d'un air détendu. Soudain, il se tourna et leurs yeux se croisèrent. Jenny sentit les coins de sa bouche se relever et son cœur s'emballa.

— Tu te sens mieux ? demanda-t-il alors qu'elle les rejoignait.

— Beaucoup mieux. Je meurs de faim. Ça sent bon, dis donc !

— On fait griller des burgers. Il y a des bouteilles dans la glacière. Sers-toi.

Elle souleva le couvercle, délaissa les boissons alcoolisées et prit une eau minérale. Les autres occupaient des chaises pliantes, mais Tristan avait baissé la trappe à l'arrière du pick-up et s'était assis sur le rebord du coffre.

— Installe-toi, dit-il en tapotant la place voisine de la sienne.

Jenny hésita. Elle avait passé la journée sur un radeau avec lui, mais s'asseoir à côté de lui, dans *sa* voiture, voilà qui était autrement plus intime, un peu comme s'ils faisaient bande à part, tous les deux.

— Je devrais les aider pour les burgers.

— Inutile, intervint Laura. On leur a déjà proposé.

Roger et Lucia confirmèrent d'un hochement de tête.

— Blake et sa femme ne laissent personne s'approcher du gril, expliqua Tristan. Apparemment, la préparation du repas est leur grand plaisir. À en juger par l'odeur, ils maîtrisent la situation.

— Ah. Bon. Dans ce cas, je vais ranger mon sac dans la tente et je reviens.

Jenny en profita pour prendre un petit moment pour elle. Elle se passa la main dans les cheveux et les attacha en une longue tresse. Pourquoi se mettait-elle dans des états pareils ? Bavarder un moment avec des amis avant le repas, ce n'était tout de même pas la mer à boire. Mais à son retour, Tristan était seul.

— Où sont passés les autres ?

Il haussa les épaules.

— Laura a reçu un coup de fil, Roger et Lucia m'ont parlé d'une balade.

Jenny pesta intérieurement. À coup sûr, ils s'étaient donné le mot pour la laisser seule avec lui. Elle s'assit à contrecœur sur la chaise pliante abandonnée par Laura. Tristan ne sembla pas surpris qu'elle dédaigne la place à côté de lui et leva sa bouteille en guise de toast. Ils se regardèrent sans rien dire, et Jenny finit par se demander pourquoi elle avait accepté de s'asseoir. Ce silence n'était pas gênant, mais il n'était pas confortable non plus. À y réfléchir, il avait quelque chose d'exaltant et de perturbant.

— Abstraction faite de ce qui est arrivé à Kira, j'ai passé une très bonne journée.

— Oui, dès lors que tu as accepté de te laisser aller. J'adore les sensations qu'on éprouve en rafting.

Elle sourit et son regard tomba sur les pieds de Tristan, qui se balançaient dans le vide.

— Donc, quel est le programme pour ce soir ?

Il haussa les épaules d'un air vague.

— Manger, boire, profiter de la compagnie des uns et des autres… De la nature…

— Et de ne pas être au travail.

— Aussi. Même si j'aime mon boulot.

— Je sais, et je maintiens ce que je t'ai dit tout à l'heure. Tu es un excellent infirmier. L'un des meilleurs intérimaires qu'on ait eus dans le service.

— Oh là là… Je vais finir par avoir la grosse tête.

— Comme tu voudras, dit-elle en souriant. Tu es nul et je déteste être de garde avec toi. Je…

Jenny s'interrompit, saisie d'une pensée. Elle avait bel et bien détesté travailler avec lui, non ? Enfin, pas tout à fait : elle avait surtout désiré le détester. En réalité, elle avait toujours été attirée par lui comme un papillon par une flamme.

— C'était Steve qui appelait Laura, dit-il soudain. Elle l'a invité à nous rejoindre ce soir. Il avait besoin qu'elle lui indique le chemin du camping.

— Dis plutôt qu'elle l'avait invité à *la* rejoindre. Oui, elle m'a dit qu'elle avait son numéro. Elle a dû lui envoyer un texto, sinon, comment aurait-il fait pour la joindre ?

— Il m'a posé des questions sur elle tout à l'heure… Si elle est célibataire. J'en ai parlé à Laura, bien sûr. À mon avis, elle a un faible pour lui : en quelques minutes, elle a dégoté son numéro et elle l'a invité à passer la soirée avec nous.

— C'est super. J'espère que ça va coller entre eux.

Elle disait cela sans trop y croire. En admettant qu'ils sortent ensemble, elle voyait mal comment leur relation pouvait tenir dans la durée. Ils vivaient à des lieues l'un de l'autre !

— Moi aussi. Je t'avoue que lorsqu'il m'a pris à l'écart, j'ai été soulagé qu'il ne me parle pas de toi.

Jenny leva brusquement vers lui des yeux stupéfaits.

— À ce propos, je te dois des excuses, poursuivit-il. Je lui ai dit que tu étais avec quelqu'un avant même de savoir si c'était toi ou Laura qui l'intéressait. Tu m'en veux ?

Jenny secoua négativement la tête.

— Pas du tout. Il ne m'intéresse pas. Sentimentalement, s'entend.

— Y a-t-il quelqu'un qui t'intéresse ?

Oui : lui, Tristan. Jenny prit une profonde inspiration. Ce soir, elle se sentait tellement éloignée de la réalité qu'il ne lui paraissait plus si étrange de laisser libre cours à ses rêves et de lui avouer qu'il lui plaisait. Et pourtant, elle hésitait.

— Jenny ? Tu t'intéresses à quelqu'un en particulier ? À moi, par exemple ?

Un mouvement derrière le 4x4 attira l'attention de Jenny et elle se leva d'un bond.

— Voilà Laura qui revient. Je vais lui demander comment s'est passé son coup de fil avec Steve.

Derrière elle, Tristan éclata de rire.

— Tu me fuis encore, Jenny ?

— Absolument. À toutes jambes, même, dit-elle par-dessus son épaule.

# 7.

— Tu veux une guimauve ? demanda Tristan en agitant le sac.

Jenny sourit.

— Bien sûr. Qui dirait non à une grosse boule de sucre collante ?

Il tendit le bras pour l'aider à se lever, mais elle le regarda sans esquisser un geste. Il commençait à se dire qu'elle allait le dédaigner lorsqu'elle prit une inspiration et posa sa paume au creux de la sienne. Sa main tiède était si petite, presque fragile. Il l'avait pourtant vue à l'œuvre et savait ce dont elle était capable. Jenny baissa les yeux vers leurs mains, puis elle leva vers lui un regard rempli de questions. Avant qu'il ait pu dire quoi que ce soit, elle se dégagea.

— Merci.

Jenny s'assit près du feu et piqua une guimauve sur une petite branche qu'elle fit tourner au-dessus des flammes avec un air songeur. Pendant toute la soirée, leurs yeux avaient joué à cache-cache. Leurs regards s'étaient croisés furtivement, détournés, frôlés. Parfois, au contraire, elle l'avait dévisagé longuement, comme pour sonder le fond de sa pensée. Et là, à quoi pensait-elle ?

— Lentement, mais sûrement, dit-il.

— Pardon ?

— Eh bien, tu fais griller ta guimauve tout doucement pour qu'elle fonde sans brûler.

— J'aime lorsqu'elle est fondante à l'intérieure mais j'évite qu'elle soit carbonisée.

— Alors, il faudrait peut-être que tu penses à tourner ton bâton.

D'un geste, il désigna la confiserie, qui venait de s'enflammer.

— Oh !

Elle retira vivement la branche du feu, mais la guimauve avait fondu et n'adhérait plus à son support. Une grosse goutte de sucre liquéfié fut projetée vers elle et l'aurait brûlée si Tristan n'avait pas eu la présence d'esprit d'interposer le sac de bonbons sur sa trajectoire. La guimauve s'écrasa sur ce bouclier improvisé. Puis il jeta le paquet par terre et le piétina pour éviter qu'il s'enflamme.

— Oh là là, je suis désolée ! Tes chaussures vont être dans un état…

— Pas grave. Je suis surtout soulagé que tu ne te sois pas fait mal.

Lorsqu'il avait compris ce qui se passait, il avait eu l'impression de bouger au ralenti. C'est lui qui lui avait proposé de griller des guimauves. Si elle s'était blessée, il ne se le serait jamais pardonné.

— Grâce à toi, je vais bien. Par contre, toi, tu t'es brûlé. Désolée… Parfois, je suis tellement empotée. J'aurais dû faire attention.

— Mais pas du tout ! Ce n'est pas grave, je t'assure. J'ai de la crème contre les brûlures dans ma trousse.

Il retira précautionneusement la petite projection de guimauve qui adhérait au dos de sa main. Jenny le suivit jusqu'au pick-up, puis elle plongea un verre dans la glacière pour récupérer de la glace. Lorsqu'il fut installé à l'arrière du 4x4, Jenny lui prit la main et posa un glaçon sur la brûlure.

— C'est ma faute si tu t'es fait mal, marmonna-t-elle. Si tu savais comme je m'en veux.

Tristan ne put réprimer un sourire. Pour qu'elle lui prenne ainsi la main, il aurait été prêt à endurer bien plus qu'une petite brûlure.

— Tes compétences d'infirmière compensent largement ta maladresse. Mais dorénavant, c'est moi qui grillerai tes guimauves.

Elle leva les yeux vers lui et avala sa salive, puis sa main desserra son étreinte, sans pour autant laisser glisser le glaçon. Ses doigts tremblaient légèrement.

— Que veux-tu de moi au juste, Tristan ?

Bonne question, dont il n'avait pas la réponse. Pour le moment, lorsqu'il regardait ses grands yeux brillants à la clarté de la lune, il savait exactement ce qu'il désirait : l'embrasser. Goûter à ses lèvres entrouvertes, la sentir tout contre lui. Mais s'il lui avouait une chose pareille, nul doute qu'elle filerait se réfugier dans sa tente pour n'en ressortir que le lendemain, au moment du départ. Il ne voulait toutefois pas lui mentir.

— Je ne t'ai jamais caché que tu m'attires et que je désirerais profiter de mon séjour à Chattanooga pour mieux te connaître.

Les yeux fixés sur la compresse glacée, elle inspira profondément.

— Tu as l'air d'être quelqu'un de très bien, Tristan, mais entre toi et moi, ça ne collerait jamais. Il faut que tu te fasses une raison.

— Parce que je ne suis ici que pour quelques mois ?

— En partie, oui, mais surtout à cause de Sawyer.

Tristan eut l'impression de recevoir un coup de poing dans le ventre. Lorsqu'il avait demandé à Laura si Jenny était libre, elle avait secoué la tête en riant et elle lui avait dit qu'il pouvait y aller. S'était-elle moquée de lui ?

— Qui est Sawyer ?

— C'est mon fils. Il a cinq ans.

Tristan la dévisagea bouche bée. Alors, ça… Jenny avait un fils ?

— Ah bon… Je ne savais pas.

À présent, il comprenait mieux certaines choses qu'il avait entendues au travail. Les autres étaient-ils partis du principe qu'il était déjà au courant ? Sans doute, car Jenny le regardait d'un air bizarre.

— Pourtant, je parle beaucoup de lui à l'hôpital.

— Sans doute, mais tu n'as pas cherché les occasions de discuter avec moi. Jusqu'à ce week-end, c'était même plutôt l'inverse.

— C'est vrai, mais je ne l'ai pas fait pour te cacher la vérité sur Sawyer. C'est mon petit trésor, le centre de ma vie.

Tristan demeurait songeur. Jenny avait un fils…

— Par contre, j'essayais bel et bien de t'éviter. Tu me fais peur.

— Peur ? Moi ? Je suis plutôt sympa comme mec, non ?

— Tu ne t'es jamais vu avec les yeux d'une femme qui cherche avant tout à se préserver. Crois-moi, tu me fais peur.

Ces paroles laissèrent Tristan sans voix.

— Parfois, le meilleur moyen de dépasser ses craintes consiste justement à les affronter, finit-il par dire. Comme aujourd'hui, par exemple : tu as dominé ta peur de la rivière et tu t'es bien amusée, malgré quelques moments compliqués.

Mais qu'est-ce qu'il racontait ? Et surtout, pourquoi ? D'ordinaire, il ne sortait jamais avec une collègue ou avec une femme si elle avait des enfants. Or, Jenny cumulait ces deux critères. Le plus sage aurait été d'en rester là. Et pourtant, c'était plus fort que lui : Jenny l'intriguait comme personne avant elle.

— Tu as sans doute raison, répondit-elle. S'il ne s'agissait que de moi, j'aurais sans doute tenté le coup. Seulement, je dois aussi penser à Sawyer.

Elle prit une profonde inspiration avant de le regarder carrément.

— Peu importe ce que je ressens pour toi : ma vie et celle de mon fils n'ont pas de place pour un homme qui ne va rester ici que quelques semaines tout au plus. Ce serait cruel de faire en sorte que Sawyer s'attache à quelqu'un qui va partir bientôt.

— Je comprends, et je suis même d'accord avec toi jusqu'à un certain point. Je ne veux pas vous faire de mal, à toi et à ton fils. Mais on pourrait être amis ?

Jenny eut un rire sans joie.

— Franchement, tu penses que c'est possible ?

— Je l'ignore. En revanche, je sais que sans toi, ce week-end n'aurait eu aucune saveur pour moi. Quand tu as touché ma main, à l'instant, ce qui me brûlait, c'était surtout le contact de tes doigts sur ma peau. Tu as raison : j'aurai du mal à me contenter d'être ton ami, mais je suis prêt à tenter le coup si tu es partante, toi aussi.

Elle lui lâcha aussitôt la main, tout en maintenant en place le glaçon qui fondait lentement.

— Je… Je ne sais pas quoi dire.

— Alors, ne dis rien, répondit-il avec un haussement d'épaules.

— Mais je me sens obligée de dire quelque chose. Autrement, je me sentirais mal à l'aise.

— Mon intention n'est pas de te mettre mal à l'aise, Jenny. Même si j'ai souvent l'impression que c'est l'effet que je te fais.

— Évidemment. Je viens de te dire que tu me fais peur.

— Mais pourquoi ? Qu'est-ce que tu me trouves de si effrayant ?

Jenny plissa le front d'un air méditatif.

— Je ne te demande pas ce qui te fait peur en général, ajouta-t-il. Juste là, maintenant.

Elle ferma les yeux pour se concentrer.

— Ce qui me fait peur chez toi là, maintenant ? Eh bien, à une certaine époque, j'aurais sauté sur l'occasion de passer du temps avec toi, de coucher avec toi, même en sachant que tu finirais par me quitter. Mais maintenant… Maintenant, j'ai appris de mes erreurs et je tiens à faire les bons choix. En l'occurrence, ne pas sortir avec toi. Je ne veux pas risquer de faire de la peine à Sawyer.

Elle parlait de son fils, mais on aurait dit qu'elle souhaitait se préserver, elle. Quelqu'un lui avait fait du mal ? Un homme ? Sa posture défensive déclencha en lui un flot d'émotions parmi lesquelles prédominait l'instinct de protection. Tristan aurait voulu se transformer en chevalier blanc et retrouver l'abruti qui l'avait fait souffrir. Il aurait aussi voulu lui prouver qu'elle avait tort à son sujet, et qu'il était un bon choix pour elle, au contraire. Encore fallait-il qu'elle accepte de lui donner une chance…

Un homme avec deux grammes de jugeote aurait ignoré les sentiments qui bouillonnaient entre eux. Le plus sage aurait été de la prendre au mot. S'il avait été un tant soit peu malin, Tristan n'aurait pas cherché à la protéger au point de vouloir réparer des blessures causées par un ex. Il n'avait ni l'envie, ni la vocation d'être pour elle autre chose qu'un collègue sympa. Et pourtant, il était incapable de s'en aller.

— Ce n'est pourtant pas aussi compliqué que tu le laisses entendre. Nous éprouvons une attirance mutuelle, mais nous ne voulons pas nous lancer dans une relation amoureuse. Pourquoi ne pas simplement profiter de la compagnie l'un de l'autre, au moins jusqu'à la fin de ce week-end ? Rien ne nous oblige à coucher ensemble, après tout.

« Rien ne nous oblige à coucher ensemble… »

Bien sûr ! Depuis la nuit des temps, les hommes tenaient ce genre de discours lorsqu'ils désiraient amener les femmes à baisser la garde et leur culotte. Pourquoi Tristan voulait-il soi-disant « mieux la connaître », si ce n'est à cause d'une alchimie physique débordante, explosive ?

— Allez, Jenny. Je te propose juste de profiter du reste de ce week-end avec moi, ce n'est pas la mer à boire. Je ne te demande pas de m'épouser.

Jenny grimaça mentalement. Sans le faire exprès, il avait appuyé pile là où cela faisait mal. Il n'avait jamais été question de mariage entre eux, là n'était pas le problème. Seulement, on aurait dit qu'il ne la trouvait pas assez bien pour l'épouser. Un peu comme Geoffrey, en somme. Lui non plus n'avait jamais eu l'intention de lui passer la bague au doigt, et pour cause : il était déjà fiancé à une autre. Qu'est-ce qui lui disait que Tristan était différent ? Il pouvait très bien avoir une fiancée, voire une femme et des enfants quelque part. Elle inspira profondément pour apaiser un sanglot qui lui montait à la gorge.

— La glace te soulage ? dit-elle en désignant la brûlure.

Il émit un soupir énervé.

— Dois-je en déduire que tu ne veux plus parler de nous deux ?

— Il n'y a pas de « nous deux », justement. Tu es un bel homme, Tristan, intelligent, drôle, sympathique. Tu devrais tenter ta chance avec une autre. Franchement, je n'en vaux pas la peine. J'ai un enfant.

— Si, tu en vaux la peine, Jenny. Laisse-moi ce week-end pour te le prouver.

— Non ! Il est hors de question que je couche avec toi.

— Mais qui te parle de coucher avec moi ? J'ai bien compris que tu ne veux pas d'une relation à court terme. Passons un bon moment ensemble sans chercher midi à quatorze heures au lieu de dresser des murs contre cette attirance qu'on éprouve l'un pour l'autre.

— Les murs ne sont pas forcément une mauvaise chose.

— En ce qui nous concerne, si. Tu n'as pas besoin de te protéger de moi, Jenny. Je ne te ferai jamais de mal.

— Ça, tu n'en sais rien.

Tristan eut une hésitation.

— Oui, bon, peut-être. Mais laisse-moi au moins te rappeler à quel point on peut s'amuser dans la vie.

Jenny haussa les épaules. Elle n'avait pas besoin de lui pour le savoir. Elle ne manquait pas d'occasions de s'amuser, justement : quand elle lisait une histoire à Sawyer, par exemple, ou quand ils se promenaient au parc… Lorsqu'elle le poussait sur une balançoire et qu'il insistait pour voler plus haut, encore plus haut… Lorsque Sawyer la battait à un jeu et qu'il se mettait à rire comme un petit fou… Lorsque…

Elle s'interrompit en songeant que tous ces moments de joie étaient liés à Sawyer. Aucun ne concernait sa vie en dehors de son rôle de parent. Certes, elle adorait être mère, mais elle était aussi une femme de vingt-cinq ans. Quel tort y avait-il à éprouver de l'attirance pour un bel homme ?

— Tu voudrais que je fasse disparaître mes sentiments d'un coup de baguette magique ? Tu voudrais que je baisse la garde, alors qu'il me serait tellement plus simple de rester sur la défensive et ne plus me soucier de souffrir ou de faire souffrir Sawyer ?

— Jenny, je vais te dire quelque chose, mais promets-moi de ne pas te mettre en colère.

Elle soupira.

— Ne dis pas qu'il suffirait de coucher ensemble pour que tout aille mieux, parce que c'est faux. Au contraire, ce serait pire.

— C'est toi qui le dis. Moi, je n'en sais rien. Mais de toute façon, ce n'était pas ce que j'avais en tête, même si ça s'en approche.

— Quoi, alors ?

— Il faut qu'on s'embrasse.

— Ben voyons ! dit-elle en levant les yeux au ciel.

— Écoute-moi, au moins ! S'il suffisait d'un baiser pour

dissiper toute cette tension sexuelle entre nous ? Un baiser pour te mettre à l'aise et faire en sorte que tu me traites comme un intérimaire lambda. Si ce que tu me racontes est vrai, si tu ne veux pas d'une relation avec moi, la solution idéale consiste à se débarrasser de cette attirance.

Jenny réfléchit à ses paroles. Elle n'avait pas beaucoup d'illusions sur les motivations profondes de Tristan, mais il n'avait pas complètement tort. S'il embrassait mal, elle serait dégoûtée de lui à jamais. Alors, il ne serait plus qu'un mec parmi tant d'autres et ils pourraient peut-être devenir amis ou, du moins, simples collègues. Ou alors, elle était fatiguée de lutter contre ce qu'elle éprouvait pour lui. Peut-être qu'elle avait vraiment envie de jeter toute prudence aux orties et de se raccrocher à n'importe quelle raison d'embrasser son crapaud, même si elle savait pertinemment qu'il n'avait aucune chance de se transformer en prince charmant.

Elle jeta un coup d'œil autour d'elle pour s'assurer que personne ne les voyait. Par bonheur, le pick-up les abritait des regards indiscrets. N'écoutant que son instinct, elle se hissa sur ses orteils et pressa sa bouche contre celle de Tristan.

Ses lèvres étaient si douces, et tièdes, fragiles comme l'aile délicate d'un papillon. Un papillon qui s'échapperait s'il tentait le moindre geste pour le retenir. Alors Tristan demeurait immobile, les bras ballants le long du corps, trop heureux de ce contact, aussi modeste soit il.

À la lueur de la lune, il voyait ses yeux clos, le doute sur ses traits, et il la sentait trembler. Ou alors, c'était lui ? En tout cas, il était sûr d'une chose : ce n'était pas ainsi qu'il allait éteindre cette flamme qui le consumait dès lors que Jenny se trouvait près de lui. En soi, cela n'avait rien d'étonnant. Il ne s'était jamais attendu à une solution aussi simple. Enfin, pas vraiment. Malgré tout, il ne regrettait pas d'avoir tenté l'expérience.

Il lui fallut mobiliser des trésors de volonté pour ne pas la retenir lorsqu'elle s'écarta enfin. Jenny ouvrit alors les yeux et elle le dévisagea fixement. Dans la pénombre, Tristan ne put déchiffrer les émotions sur ses traits : surprise, curiosité, déception ? Il n'en savait rien. En tout cas, quels qu'ils soient, ces sentiments étaient intenses. Il préféra garder le silence de peur de dire quelque chose qu'il ne fallait pas. Jenny aussi demeurait muette, comme occupée à enregistrer ce qu'il venait d'arriver.

*S'il te plaît, ne regrette pas ce qui s'est passé. Donne-nous une chance…*

Mais une chance pour quoi, au juste ? Bah, à quoi bon se torturer l'esprit avec des questions sans réponse ? Mieux valait se contenter de vivre l'instant présent. De toute façon, s'il tentait quoi que ce soit, elle le repousserait. Mais alors qu'il formulait cette pensée, Jenny pressa à nouveau ses lèvres contre les siennes, cette fois-ci avec davantage d'insistance. Alors, il s'autorisa à l'embrasser vraiment. Mais dans ce baiser, il y avait plus de douceur que de passion, plus de curiosité que de ferveur. Et pourtant, il n'en fallait pas beaucoup plus pour l'embraser de la tête aux pieds.

Le souffle court, Jenny s'écarta et leva vers lui un regard stupéfait et inquiet.

— Si la situation était embarrassante, je me demande ce qu'elle est maintenant.

— Et donc ? C'est mauvais ?

Elle fit non de la tête.

— C'est bien, alors ?

Après une hésitation, Jenny soupira.

— Je ne vais pas t'apprendre que tu embrasses bien. Quelle sottise d'imaginer qu'on parviendrait à se débarrasser de ce… enfin… de ce qui se passe entre nous. Tu t'es vraiment fichu de moi. Maintenant, j'ai besoin de faire le point.

— Je ne me suis pas fichu de toi. Ça aurait pu marcher.

Il lui caressa la joue avec le pouce.

— Ne réfléchis pas trop, Jenny. Tu te rendras folle et ça ne servira à rien.

— Ça ne fait rien. J'ai besoin de comprendre.

Elle recula de quelques pas avant de pivoter sur ses talons pour s'éloigner.

— De toute façon, tout le monde est parti se coucher, dit-elle encore. Il faut se lever tôt.

Et voilà. Les murs étaient de retour, plus hauts que jamais. S'il n'avait tenu qu'à lui, Tristan les aurait réduits en poussière à poings nus.

— Jenny ?

Elle cessa de marcher et se tourna vers lui.

— Au cas où tu te poserais la question… Si tu m'avais demandé ce que je pense de notre baiser, ma réponse aurait été « très bien ». Très, très bien, même.

# 8.

— Tu avais laissé ça dans ma voiture.

Jenny frotta ses yeux ensommeillés en regardant d'un air vague l'homme qui se tenait sur le pas de sa porte. Était-elle en train de rêver ? Après avoir vu Tristan dans son sommeil, voilà qu'elle le retrouvait devant chez elle, douché de frais, en jean et T-shirt bleu marine.

— Tristan ? Mais qu'est-ce que tu fais ici ?

Elle réalisa enfin qu'il tenait son chapeau.

— Tu n'étais pas obligé de me le rapporter maintenant, voyons. Ça aurait pu attendre ce soir, à l'hôpital. Enfin, merci quand même.

Avec un élan de panique, Jenny aperçut alors la voiture de sa mère qui remontait la rue. Seigneur, il ne manquait plus que cela… Elle aurait voulu faire disparaître Tristan d'un coup de baguette magique. Celui-ci se tourna dans la direction de son regard, et Jenny se prépara à l'inévitable rencontre. Avec un soupir, elle descendit le chemin pour aller au-devant du véhicule, dont une portière venait de s'ouvrir.

— Salut, maman. Tu as passé un bon week-end ?

— J'allais te poser la même question.

Geneva Robertson désigna du doigt Tristan, qui était resté sous le porche. Jenny se sentit devenir écarlate.

— J'avais oublié mon chapeau dans la voiture de Tristan et il a eu la gentillesse de me le ramener, c'est tout ! Il vient à peine d'arriver.

— Tristan… Je ne me rappelle pas avoir entendu ce nom. C'est avec lui que tu es partie camper ?

— Entre autres, oui. C'était une sortie entre collègues. Laura et moi avons fait le trajet dans la voiture de Tristan.

Enfin, pas tout à fait. Pour le retour, Laura avait préféré voyager avec Roger et Lucia, mais inutile de le préciser. Dans l'espoir de couper court à toute question, Jenny ouvrit la portière de Sawyer.

— Bonjour, mon cœur. Tu as passé un bon week-end avec mamie à Gatlinburg ?

Le garçonnet hocha la tête avec un grand sourire tandis qu'il débouclait sa ceinture de sécurité.

— On a dormi sous la piscine aux requins. Il faut que tu voies ça, maman. Ils sont super-gros !

— Ça t'a fait plaisir, on dirait. Viens ici, mon poussin. Tu m'as manqué !

Sawyer sauta de voiture et elle l'enveloppa dans une étreinte chaleureuse.

— Tu t'es fait un nouveau copain, on dirait. C'est un cadeau de mamie ?

— Oui ! Elle m'a laissé choisir un doudou. Au début, je voulais un requin, comme Eli. Et puis, je l'ai vu, lui.

Alors qu'il lui tendait une tortue de mer en peluche, il remarqua Tristan.

— C'est qui, maman ?

— Un ami du travail, dit-elle en rougissant.

C'était un cauchemar ? Au lieu de rester sagement sous le porche, voilà qu'il les rejoignait. Bon, cela ne changeait rien, puisque Sawyer et sa grand-mère seraient passés devant lui pour entrer. *Dis bonjour et va-t'en*, songea-t-elle comme il approchait. Mais bien sûr, il n'en fit rien.

— Je m'appelle Tristan, s'annonça-t-il avec un sourire resplendissant. Je suis un collègue de ta maman. Et toi, tu dois être Sawyer, c'est ça ?

Le garçonnet hocha la tête, intimidé. Puis il retrouva ses bonnes manières et il lui tendit la main.

— Ravi de vous connaître.

Jenny se sentit fondre. Qu'il était grand, son petit bout de chou ! Mais pourquoi son cœur s'emballait-il autant à l'idée qu'il rencontrait Tristan ?

— Alors comme ça, tu as passé la nuit sous un bassin rempli de requins ?

— Oui, il y en avait partout !

— Non, c'est vrai ? Cool ! dit Tristan en surjouant l'enthousiasme. Et tu as eu peur ?

— Non ! dit le garçonnet avec un petit rire. Ils étaient dans une piscine.

Tristan s'accroupit à la hauteur de l'enfant.

— Ah, tant mieux. Et lui, c'est ton copain ?

— Oui, c'est une tortue de mer et elle s'appelle Freddie. Il y avait deux tortues à l'aquarium de Gatlinburg, mais elles n'avaient pas le même nom. J'adore les tortues de mer.

Geneva interrompit le babillage de Sawyer par un petit rire attendri.

— Ce gosse aime tout ce qui vit dans l'eau. Je suis Geneva, la mère de Jenny. Donc, vous êtes un collègue de ma fille ?

*Oh ! Maman, non ! Je t'en prie, ne t'en mêle pas.*

— Oui, à titre temporaire. Je suis infirmier itinérant, en poste à Chattanooga pour trois mois.

— Un infirmier itinérant, dites-vous ? Vous avez le goût de l'aventure, vous, dit Geneva en ouvrant le coffre. Sawyer, sois gentil, ramasse tes affaires.

— Je peux porter quelque chose ? proposa Tristan.

— Vous feriez ça ? Comme c'est aimable !

Et voilà comment Tristan entra chez Jenny et fut convié pour le déjeuner.

— Si j'avais su que nous aurions des invités, j'aurais prévu quelque chose, dit Geneva en versant un verre de thé glacé à Tristan.

— Il n'est pas venu pour bavarder, maman. Juste pour me rendre mon chapeau.

— Mais cela ne l'empêche pas de prendre part à notre repas. Il a peut-être faim.

Seigneur, ce qu'il ne fallait pas entendre ! Jenny fut partagée entre l'amusement et l'envie de se cacher le visage d'une main. À entendre sa mère, Jenny n'avait jamais amené d'hommes à la maison. Mais certes, ses fréquentations masculines se comptaient sur les doigts d'une seule main : quelques idylles à l'adolescence, puis Geoffrey, et enfin Carlos.

— Pas de problème, madame. Mais Jenny a raison. Je lui ai seulement ramené son chapeau. Elle l'avait oublié dans ma voiture ce matin.

— Oui, oui. C'est ce qu'elle a expliqué tout à l'heure, dit Geneva comme si elle n'y croyait pas. Vous avez passé un bon week-end ?

— Moi, oui. En revanche, je ne suis pas sûr que Jenny sera prête à rééditer l'aventure de sitôt.

— Ah bon ? Pourquoi ?

— Tristan a secouru une jeune fille qui était coincée dans la rivière.

— Sous l'eau ?

— Non, juste son pied, sous un rocher.

— Si Freddie avait été là, il aurait pu la libérer, remarqua Sawyer, occupé à faire voler sa tortue.

— Freddie nous aurait tous beaucoup aidés, j'en suis sûr.

— Au fait, dit Jenny. Je dois vérifier si tu as une place au prochain cours de natation.

— Et Freddie ? Il peut venir, lui aussi ?

— Tu penses que Freddie pourrait te filer des conseils ? demanda-t-elle en consultant son portable. Si c'est le cas, je suis preneuse. Excusez-moi le temps que je lise mes e-mails. Sawyer était sur liste d'attente et je dois confirmer sa présence le plus vite possible pour ne pas risquer de perdre sa place.

Malheureusement, le message disait que tous les cours affichaient complet et qu'on la tiendrait au courant en cas de désistement.

— Un problème ?

Jenny haussa les épaules avec lassitude.

— Rien, rien. Sawyer est toujours sur liste d'attente. J'espérais qu'il apprendrait à nager cet été, mais à moins de lui payer des cours particuliers, je ne vois pas comment faire.

— Moi, je peux lui apprendre.

Elle se tourna vers Tristan en clignant des yeux.

— Toi ?

— Bien sûr. J'ai reçu une formation de maître-nageur et il y a une piscine dans le complexe immobilier où je loge. Avec l'aide de Freddie, Sawyer apprendra à nager en un rien de temps.

Sawyer regarda sa mère avec de grands yeux implorants.

— Je peux, maman ? S'il te plaît…

Comment lui dire non ? Pour couronner le tout, Geneva joignit les mains et regarda Tristan comme s'il était le Messie.

— Ce serait absolument formidable, Tristan ! Sawyer a besoin de savoir nager et quelle meilleure façon d'apprendre, si ce n'est avec un ami ?

Jenny était loin de partager son enthousiasme, mais elle devait avant tout agir dans l'intérêt de Sawyer.

— Je… Maman a raison, ce serait formidable. Merci.

— Youpi ! Je vais apprendre à nager !

Fou de joie, Sawyer sautillait partout dans la cuisine.

— On commence quand ? Aujourd'hui ?

— Pourquoi pas ? dit Tristan en haussant les épaules. Je suis libre tout l'après-midi.

— Tu n'as vraiment rien à faire ? Même pas une sieste ? demanda Jenny en désespoir de cause.

Mais il secoua la tête.

— Je me reposerai un petit moment avant d'attaquer le boulot, mais autrement, je suis disponible.

— On peut, dis, maman ? Freddie a envie de nager.

Jenny poussa un gros soupir.

— C'est bon. Si M. Scott est d'accord pour te donner des cours, on peut caser une séance rapide aujourd'hui.

Geneva adressa à Tristan un sourire rayonnant.

— Merci infiniment. Vous avez déjà sauvé une vie hier et vous allez peut-être en sauver une autre.

— Maman…

— Mais si, c'est vrai. Si jamais Sawyer évite un jour une noyade, ce sera grâce à Tristan et à sa générosité.

— J'espère vraiment que tu n'avais rien de prévu pour cet après-midi, insista Jenny.

Tristan lui sourit par-dessus son verre de thé glacé.

— Ma lessive attendra un autre jour.

— Tu veux sauter dans l'eau ?

Sawyer contemplait le bassin d'un air circonspect qui tranchait avec son enthousiasme initial.

— J'aurai pied ?

— Tout à fait. Regarde-moi, je me tiens debout. Saute et je t'attrape.

— Tu vas m'attraper ? Sûr ?

— Sûr et certain.

Assise sur le rebord, ses longues jambes dans l'eau, Jenny caressa la main de son fils. Tristan aperçut, attachées derrière son cou, les ficelles bleues d'un maillot de bain dissimulé par un ample T-shirt et un short.

— Sawyer, tu ne veux pas que je garde Freddie ? Il me tiendrait compagnie pendant le cours de M. Scott.

— Tristan. Appelle-moi Tristan.

— Pendant le cours de M. Tristan, corrigea-t-elle sans quitter les yeux de son fils.

— C'est toujours mieux que M. Scott. Ta maman a raison, Freddie serait une excellente compagnie pour elle. Tu connais les mamans : une leçon de natation, ça les stresse toujours un peu.

À contrecœur, Sawyer tendit la peluche à sa mère.

— Bon, tu restes avec elle, hein, Freddie ? C'est pour lui tenir compagnie.

À voir son fils aussi craintif, lui d'ordinaire tellement enthousiaste pour tout, Jenny sentait son cœur se serrer. Avait-il deviné qu'elle avait peur pour lui ? Jenny avait totalement confiance en Tristan, là n'était pas la question. Seulement, un accident arrivait si vite ! Tristan ne dirait sûrement pas le contraire, lui qui avait secouru une jeune fille en difficulté pas plus tard que la veille. Certes, il n'y avait pas de rapides ou de rochers dans cette piscine, mais Sawyer pouvait se faire mal de mille autres manières.

— OK, mon petit gars. Aujourd'hui, on va s'en tenir aux bases, t'habituer à l'eau et s'amuser un peu. Tu es prêt ?

Sawyer hocha la tête.

— Tu sauteras dans le bassin plus tard. Pour le moment, tu vas entrer dans l'eau pour ta première leçon de super-héros.

L'enfant ouvrit de grands yeux.

— Une leçon de super-héros ?

— Parfaitement. Et tout d'abord, il y a quelques règles que tout super-héros se doit de connaître. Tu m'écoutes ? Règle numéro un : un super-héros n'est jamais obligé de faire quoi que ce soit dont il n'a pas envie.

Sawyer acquiesça d'un hochement de tête. Tristan leva alors deux doigts.

— Règle numéro deux : un super-héros fait toujours confiance à son professeur. Il sait que les méthodes du prof l'aideront à développer ses pouvoirs de super-héros. Un super-héros écoute son prof et fait exactement ce que le prof dit, sans avoir peur. Les doutes sont une arme redoutable des méchants et un super-héros digne de ce nom ne s'inclinerait jamais devant les forces du mal. Entendu ?

Sawyer hésita brièvement, puis il redressa ses petites épaules d'un air décidé. Jenny se retint de sourire.

— Et la troisième règle, la plus importante : un super-héros doit sourire. Beaucoup sourire. Ça renforce ses pouvoirs et ça fait peur aux méchants.

— Sourire ?

— Absolument. Plus tu souris, plus vite tu deviendras un super nageur.

— Et je nagerai encore mieux que Freddie ?

Tristan jeta un coup d'œil à la peluche.

— Exactement. Fais comme Freddie : il a toujours un sourire à la bouche.

Sawyer étira les lèvres en un grand sourire qui découvrit ses dents et lui creusa des fossettes.

— Super ! Je sens déjà grandir tes super-pouvoirs.

Sawyer sourit avec davantage de spontanéité.

— Attends, laisse-moi vérifier, dit encore Tristan en lui prenant les mains. Oui… Tes pouvoirs augmentent. Bon, pour commencer, sans me lâcher les mains, tu vas entrer dans l'eau. Je te tiens, donc n'écoute pas les méchants avec leurs vilains doutes.

Avec une grande inspiration, Sawyer se laissa glisser dans l'eau.

— Très bien. C'était parfait.

— Je n'ai même pas peur, dit Sawyer sans toutefois s'éloigner de lui. Maman m'a déjà amené à la piscine et j'ai joué dans la pataugeoire.

— Alors, tu as pris de l'avance sur la leçon d'aujourd'hui. La prochaine étape est super-facile. Attends, je te montre.

Tristan s'accroupit avant de plonger la tête. Lorsqu'il se redressa, des filets d'eau dégoulinaient le long de son visage, de son cou, de son torse, et Jenny lutta contre l'envie de s'éventer avec sa main. Tristan repoussa ses cheveux de ses yeux et il se tourna vers Sawyer en souriant.

— À ton tour.

Sawyer hésita à peine avant de s'exécuter. Jenny battit des mains avec enthousiasme.

— Bravo !

— Oui, c'était parfait, dit Tristan. Mais j'aurais bien aimé recevoir des applaudissements, moi aussi.

— Pourquoi ? Tu as besoin d'approbation ?

— De ta part ? Absolument.

Sawyer tira le bras de Tristan pour solliciter son attention.

— Dis, c'est quoi, l'appro-va- tion ?

— C'est un encouragement lorsque tu as réussi quelque chose.

— Maman, tape dans tes mains. M. Tristan a besoin d'appro-va-tion.

— D'accord. J'y penserai la prochaine fois.

Le sourire de Tristan lui coupait le souffle. Il n'allait tout de même pas flirter avec elle en présence de Sawyer ? Mais non : déjà, il se tournait vers le garçonnet, qui l'écouta attentivement.

— Maintenant, on va marcher ensemble jusqu'à l'autre bout de la piscine. Tu veux tenir ma main ou tu te débrouilles tout seul ?

En guise de réponse, Sawyer se mit à avancer dans l'eau. Tristan lui emboîta le pas. Ensemble, ils touchèrent la paroi du bassin, puis ils se donnèrent une grande tape dans la main avant de se tourner vers Jenny, qui leva le poing en l'air en surjouant l'enthousiasme.

— Youhou ! Super ! Vous êtes géniaux, tous les deux.

— Merci pour l'approbation, Jenny, dit Tristan en souriant.

La séance continua par quelques jeux pour familiariser Sawyer avec l'eau.

— OK. À présent, je vais t'apprendre à voler.

Sawyer écarquilla à nouveau les yeux.

— Moi, voler ?

— Absolument, répondit Tristan en lui ébouriffant les cheveux. Je vais te montrer. Prêt ? Tends les bras…

Une main autour de la taille de l'enfant, Tristan lui fit survoler la surface du bassin.

— Regarde, maman ! Je vole !

— Oui, je vois.

Ce qu'elle voyait aussi, c'était l'adoration que Sawyer témoignait déjà à Tristan. Le petit s'attachait beaucoup trop facilement à lui. En plus de ses nombreux talents, Tristan semblait avoir un don avec les enfants. Comme avec les mamans, songea-t-elle avec ironie.

— Désolé pour le bazar. Je n'ai pas eu le temps de ranger depuis ce matin, dit Tristan en ouvrant la porte de son appartement.

En effet, la plupart de ses affaires étaient restées dans l'entrée, telles qu'il les avait posées en arrivant. À sa décharge, il ne s'était pas attendu à avoir de la visite. Enfin, visite, c'était un bien grand mot. Sawyer avait juste une envie pressante.

— Pas de souci, dit Jenny. Je ne suis pas là pour vérifier la propreté des meubles avec un gant blanc.

Le regard de Tristan tomba aussitôt sur les plinthes. Par bonheur, elles étaient propres.

— Les toilettes se trouvent là-bas, dit-il en pointant le doigt vers la pièce en question.

Alors que Jenny emboîtait le pas à Sawyer, celui-ci se tourna vers elle en fronçant les sourcils.

— Maman, je peux me débrouiller. Je ne suis plus un bébé.

— C'est vrai, dit-elle en souriant. Ne dérange rien, OK ?

Sawyer lança à Tristan un regard qui voulait dire « les mamans, je te jure ! », puis il s'enferma dans les toilettes et fit cliqueter le loquet.

— Parfois, j'oublie qu'il grandit à une vitesse folle.

— Il n'y a rien de mal à prendre soin de son enfant, bien au contraire.

— Merci, mais Sawyer ne serait pas d'accord avec toi. Je crois que je l'ai mis mal à l'aise.

— Il s'en remettra, va.

Elle lui sourit à nouveau, puis elle se promena dans l'appartement avant de s'arrêter devant une fenêtre. Enfin, elle se tourna vers lui.

— Dis-moi, tu vis vraiment ici ?

Tristan plissa le front sans rien dire, interloqué.

— Si je n'avais pas vu tes affaires près de la porte, j'aurais pensé que j'étais dans une chambre d'hôtel, expliqua-t-elle.

— Je n'ai pas vocation à m'installer ici, Jenny. Cet appart est juste un endroit où dormir le temps de mon séjour à Chattanooga.

— Mais tu n'as pas un chez-toi quelque part ?

— C'est-à-dire ?

— Eh bien, tu as beaucoup bougé depuis ton enfance, mais y a-t-il un endroit auquel tu te sens attaché ?

— Ma vie n'est pas comme la tienne, Jenny. Pour moi, une maison, un appartement, une tente, tout cela revient au même : ce sont juste des lieux pour dormir.

— Mais ces lieux, tu ne fais rien pour les rendre un peu… Comment dire… chaleureux, personnels ?

— À quoi bon, puisque je n'ai pas l'intention d'y rester ?

— Tu as de la famille ?

— Mon père travaille sur des chantiers de construction. Je tiens beaucoup de lui. Comme lui, je passe d'un travail à l'autre.

— Et ta mère ?

— Elle est décédée depuis quelques années, répliqua-t-il, le cœur serré par une brusque nausée.

— Oh ! désolée !

Par bonheur, Sawyer sortit des toilettes à cet instant et Tristan fut dispensé de répondre que tout cela ne faisait rien.

— J'ai fini, annonça-t-il en se frottant les mains.

Cela tombait bien, Tristan aussi. Il n'appréciait pas du tout que Jenny le confronte à la nudité monacale de son appartement. Une nudité qui lui sautait encore plus aux yeux à présent qu'il avait vu sa maison à elle, remplie de souvenirs et d'amour.

# 9.

— Dis donc, toi, tu as le nez tout rouge.

Jenny lança un regard vers Laura, de l'autre côté du lit d'hôpital, avant de répondre :

— C'est un souvenir de ce week-end.

— Ah bon ? Pourtant, il avait l'air normal lorsqu'on est parties du camping.

— Parlons-en, justement. Qu'est-ce qui t'a pris de me faire faux bond ? J'ai dû rentrer toute seule avec Tristan.

— Tu devrais te féliciter d'avoir une copine comme moi, répondit Laura, tout sourire.

— Tu parles. Je devrais plutôt t'échanger contre une amie plus correcte.

— Je te mets au défi d'en trouver une plus fidèle que moi. Tu ne connais pas ta chance, c'est moi qui te le dis.

— Oui, depuis la maternelle.

— Et tu ne me crois toujours pas ? dit Laura en s'esclaffant.

Le lit terminé, elles y allongèrent un patient sous sédatif.

— Sérieusement, Laura, arrête de jouer les entremetteuses.

— Pourquoi ? Tu t'es enfin rendu compte que Tristan est un mec formidable ?

— Ça, je le sais depuis le début, merci. Simplement, je n'ai pas besoin d'un petit ami, surtout pour qu'il me quitte au bout de deux mois.

— Il te permettrait de te refaire la main.

— Hein ?

— Eh bien, il t'aiderait à replonger dans le grand bain des relations sentimentales. Et tant mieux s'il s'en va bientôt : de la sorte, si ça rate entre vous deux parce que tu manques de pratique, ce n'est pas grave. Il sera parti et tu n'auras rien à regretter.

— Je pourrais aussi m'épargner pas mal d'ennuis.

— Oui, mais bonjour l'ennui avec un grand E. Tu t'es bien amusée hier, avoue…

Oui, Jenny s'était bien amusée. Mais elle avait passé un meilleur moment encore l'après-midi, avec Sawyer. À ce propos, comment Tristan s'y était-il pris pour les retenir à dîner ? Ils étaient venus chez lui pour permettre à Sawyer d'aller aux toilettes, pas pour se faire offrir des sandwichs au fromage grillé.

— Ouh là là… Ton visage tout entier a pris un coup de soleil, remarqua Laura avec un sourire malicieux. Mais le rose te va très bien. Allez, raconte !

— Il est passé à la maison vers midi.

Laura la dévisagea, bouche bée.

— Tu l'as invité ? Petite maligne, va !

— Je n'ai pas dit ça ! J'avais oublié mon chapeau dans son pick-up et il me l'a rapporté.

Pourquoi avait-elle autant de mal à lui parler de Tristan ? Laura était sa meilleure amie et elle lui avait toujours confié ses secrets, même les plus humiliants, comme avec Geoffrey ou Carlos. Quoi qu'il en soit, Laura leva un pouce approbateur.

— Bien pensé, le coup du chapeau. Les femmes ont recours à ce genre d'astuce depuis la nuit des temps. Je suis fière de toi, Jenny !

— Mais je n'ai pas fait exprès de l'oublier !

Jenny poussa un soupir. Était-elle naïve d'entrer dans ces détails ? En plus, elle était loin d'avoir tout dit.

— Il a proposé de donner des leçons de natation à Sawyer.

— Non, c'est vrai ? C'est formidable ! Ça montre qu'il n'a rien à voir avec Carlos. En plus, ça résout le problème de l'inscription à la piscine. Il commencerait quand ?

— Qu'il soit ou non comme Carlos, ça n'a aucune importance. De toute façon, il va partir, exactement comme Carlos. Pour ce qui est des leçons, elles ont débuté aujourd'hui.

— Ah ! Je me doutais bien que ce coup de soleil ne datait

pas de ce week-end. Alors comme ça, tu es sortie avec Tristan. Tu t'es amusée ?

— Sawyer, oui. Moi, je suis restée au bord du bassin.

— Comme je te comprends. Ce mec a un corps de rêve.

Jenny leva les yeux au ciel, mais Laura n'en eut cure.

— Et donc, c'était comment ?

— Sawyer parle de lui quasiment non-stop. Il est tombé sous le charme.

— Et sa mère ? Elle est sous le charme, elle aussi ?

— Sa mère ? répondit Jenny en haussant les épaules. Elle essaie de garder la tête froide, mais ce n'est pas facile.

Laura poussa un petit cri aigu.

— J'en étais sûre ! Dès que je vous ai vus ensemble, j'ai tout de suite deviné que ça marcherait entre vous.

— Nous ne sommes pas ensemble, justement.

— Ce n'est pas sa faute à lui. Il est fou de toi.

À ces mots, Jenny se sentit comme fouettée par une énergie nerveuse.

— Qu'est-ce qui te fait dire cela ?

— Tu as remarqué comme il te regarde ? Il te mange littéralement des yeux. D'ailleurs, tu fais la même chose avec lui. C'est bien pour ça que je n'éprouve aucun remords de t'avoir laissée seule avec lui. Si tu veux tout savoir, depuis que je te connais, je ne t'ai jamais vue comme ça avec un homme. Pas même avec Celui-dont-on-ne-doit-pas-prononcer-le-nom, ni même avec l'abruti qui lui a succédé.

Jenny aurait aimé la contredire, mais elle avait vu Tristan s'occuper de Sawyer. Sa gentillesse et sa patience avaient eu raison de ses derniers doutes. Elle était bel et bien sous le charme.

— Je ne sais pas quoi faire, Laura…

— Pourquoi ne pas cesser de t'inquiéter et profiter à fond des deux prochains mois ?

— C'est à peu près ce qu'il m'a dit samedi soir quand…

Elle s'interrompit avec un sourire pincé avant de se reprendre :

— Si seulement c'était aussi simple.

Alors qu'elles sortaient de la chambre, Laura lui lança un sourire taquin.

— Tu parles du moment où vous avez fait bande à part ?

— N'importe quoi ! Je l'ai aidé à appliquer de la pommade sur une brûlure qu'il s'est faite à cause de moi. D'ailleurs, je ne pensais pas que tu faisais attention à nous. Tu avais l'air en bonne compagnie avec Steve. Où en es-tu avec ton moniteur ?

— Ça se passe très bien, répondit Laura en ôtant sa tenue de protection. Je le vois demain.

— Demain ?

— Il travaille surtout le week-end.

— Oui, bien sûr. Prends garde à toi, Laura. Lui non plus n'a pas l'air intéressé par une relation durable.

— Pourquoi ? Parce qu'il est plus jeune que moi ou parce qu'il travaille dans un club de sports nautiques ?

— Je dis seulement qu'il doit rencontrer pas mal de femmes.

— Bien sûr. Mais il ne fait pas forcément deux heures de route pour les voir.

— Peut-être, mais tu sautes un peu vite les étapes, je trouve. Je ne veux pas te voir souffrir, tu comprends ? Il ne doit pas manquer de compagnie féminine.

— Tu te trompes sur lui. Et même si c'était le cas, eh bien, je m'estimerais heureuse d'avoir été l'une d'entre elles. Il vit en Géorgie, mais depuis trois ans, il travaille pour un club de rafting à la belle saison. L'été prochain, il effectuera un stage dans un cabinet d'avocats à Atlanta, donc il vit à fond sa dernière année de liberté.

— Avec ton aide ?

— Pourquoi pas ? C'est un garçon très bien.

— Comment le sais-tu ? Tu le connais à peine.

— Parfois, on devine ces choses-là, tu vois ?

— Non, je ne vois pas, justement.

— Bien sûr que si. Le problème, c'est que depuis Geoffrey, tu vis barricadée derrière des murs. Arrête de te cacher et ne laisse pas filer ta vie, Jenny.

— Que racontent ces dames ?

Laura se tut en entendant la voix de Roger. Il venait d'arriver au bureau des infirmiers, accompagné de Tristan. Les deux amies échangèrent un regard, puis Laura se tourna vers Roger.

— On parlait de ton anniversaire. On compte bien faire le déplacement pour te voir sauter en parachute et atterrir la tête la première.

— Merci de me rappeler que j'aurai trente ans dans deux petits mois. Je me sens déjà vieux.

— Il peut s'en passer, des choses, en deux mois, remarqua Tristan. De quoi se faire des souvenirs pour toute la vie.

Il fixa ses yeux bleus sur Jenny et elle y trouva les réponses aux questions qui l'avaient taraudée depuis qu'ils s'étaient quittés. Tristan lui laissait l'initiative de la suite de leur relation. La balle était dans son camp, libre à elle d'en faire ce qu'elle voulait.

— Jenny m'a dit que tu donnes des cours de natation à Sawyer, dit Laura. D'après elle, tu es très mignon en tenue d'anniversaire. Enfin, en maillot de bain, ajouta-t-elle en pouffant de rire.

Jenny la fusilla du regard.

— Très drôle. Bon, sur ce, amusez-vous bien. Moi, je vais discuter avec M. Rossberg.

Plus tard dans la soirée, Tristan rejoignit Jenny dans la chambre de M. Rossberg. L'état de ce dernier était stable depuis plus de vingt-quatre heures, mais il ne montrait toujours aucun signe de reprise de conscience, même si la dose de sédatifs avait diminué.

— Qu'as-tu dis à Laura au sujet de ma tenue d'anniversaire ?

— Mais rien du tout ! C'est elle qui raconte n'importe quoi.

— Et moi, je prenais mes désirs pour des réalités, répondit-il en riant.

— Pourquoi ? Ça t'aurait fait plaisir que je lui parle de toi ?

Tristan fit rouler M. Rossberg sur le lit afin que Jenny puisse procéder à sa toilette.

— Eh bien, oui. C'est ta meilleure amie. Si vous discutez à mon sujet, c'est plutôt bon signe, non ?

— Un bon signe de quoi ?

— Que tu n'es pas insensible à mon charme.

— Je croyais que tu le savais depuis samedi soir.

— Oui, mais il me faut des rappels réguliers, dit-il en tenant M. Rossberg d'une poigne ferme.

Comme elle levait les yeux vers lui, il sourit.

— C'est pour ça que tu donnes des cours à Sawyer ?

— Non. Je le fais parce qu'il doit apprendre à nager.

Jenny le dévisagea fixement avant de se rendre à l'évidence.

— Tu es vraiment sincère.

— On dirait que ça t'étonne. Tu pensais que c'était un stratagème pour passer du temps avec toi ? Ce n'est pas faux, mais je le fais surtout pour Sawyer. Par contre, lors du prochain cours, j'aimerais que tu nous rejoignes dans le bassin.

Occupée à enfiler une blouse propre à M. Rossberg, Jenny s'interrompit.

— Moi ? Je ne risque pas de te distraire ?

— Tu me distrais quel que soit l'endroit où tu te trouves.

Jenny hantait sans cesse son esprit, de jour, de nuit, au travail, et jusque dans ses rêves.

— Je suis désolée. Ou plutôt, non, parce que toi aussi, tu me distrais. Comme quoi, c'est réciproque.

Tristan se sentit pousser des ailes, d'autant plus qu'elle avait dit cela en souriant. Les murs étaient encore là, tout autour d'elle, mais elle venait d'entrouvrir une brèche pour le laisser entrer, au moins temporairement.

— Je vous vois tous les deux demain après-midi ?

Elle fit oui de la tête.

— Ça marche, mais je ne te promets pas de descendre dans l'eau avec vous. Envoie-moi un texto à ton réveil et j'amène Sawyer dès que je le récupère à l'école.

Il la considéra un instant en silence. Entre son boulot à l'hôpital et ses responsabilités familiales, Jenny ne devait pas avoir une seconde à elle.

— Tu ne veux pas qu'on fasse l'inverse ? Envoie-moi un SMS, toi. Je ne veux pas te déranger si tu dors.

— Mon réveil sonne à 3 heures de l'après-midi.

— Ça ne te fait pas beaucoup de sommeil.

Jenny haussa la tête.

— Ça me suffit. Je tiens à passer du temps avec Sawyer avant d'aller au travail.

— Tu es une bonne mère, Jenny.

Les joues rose vif, elle eut un rire nerveux et lissa la couverture blanche sur le lit de M. Rossberg.

— Tu crois ? Tu n'as vu Sawyer qu'une seule fois.

— J'ai surtout vu comment tu te comportais avec lui. Je t'ai aussi entendue parler de lui tout au long du week-end. Moi, j'aurais bien aimé… Enfin, Sawyer a de la chance d'avoir une mère comme toi.

— Je ne sais pas s'il a de la chance, mais en tout cas, il est aimé.

— Voilà pourquoi il a de la chance.

Tristan prit une profonde inspiration et s'efforça de laisser au passé les souvenirs d'enfance qui lui remontaient à la gorge.

— À ton avis, M. Rossberg profite de notre conversation ?

— Normalement, j'espère qu'il écoute chacune de mes paroles, mais cette fois-ci, c'est plutôt l'inverse.

— Vous entendez ça, monsieur Rossberg ? Il est temps de vous réveiller pour pouvoir discuter avec votre infirmière préférée.

— J'espère vraiment que vous allez vous réveiller bientôt, renchérit-elle en touchant le bras de M. Rossberg. Votre famille n'attend que ça, surtout votre femme. Elle est prête à vous ramener à la maison dès que vous irez mieux.

Alors qu'il la regardait parler à son patient, Tristan sentit quelque chose remuer dans sa poitrine. Jenny faisait attention aux autres : ses patients, son fils, sa mère… Elle se souciait de toutes les personnes qu'elle était amenée à côtoyer. Lorsqu'elle leva les yeux vers lui, il dut réprimer une envie folle de l'envelopper de ses bras et de la serrer fort contre lui.

Oui, Chattanooga ne ressemblait à aucun des endroits qu'il avait connus jusqu'alors. Et cela, essentiellement grâce à cette femme qui lui souriait à présent.

Sawyer sortit du bassin et secoua la tête avec une vigueur telle qu'il projeta des gouttelettes partout autour de lui. Jenny, qui lui tendait un drap de bain, dut s'abriter les yeux d'une main.

— On dirait un chiot tout mouillé.

— Dis, maman, je pourrais avoir un chien ?

— Tu crois ? C'est des responsabilités, répondit-elle en l'épongeant avec la serviette.

— Mais maman…

— Écoute, je ne promets rien, mais je garde l'idée en tête, OK ?

Le garçonnet se tourna vers Tristan, qui venait de les rejoindre.

— Tu as un chien ?

Tristan fit non de la tête et des gouttes tombèrent sur ses larges épaules.

— Je voyage beaucoup.

Le regard de Jenny aussi voyageait beaucoup : ses yeux ne pouvaient s'empêcher de suivre le tracé des gouttes le long de son torse, de son ventre, et plus bas encore…

— Tu ne pourrais pas t'occuper d'un chien pendant tes voyages ?

— Sans doute que si. Je n'ai jamais eu d'animal quand j'étais petit, mais j'en aurais bien voulu un, moi aussi. Mon père disait toujours qu'il aurait été malheureux avec nous, sans cesse sur la route. Alors, je me suis fait une raison et je n'en ai plus reparlé. À force, j'ai arrêté d'y penser.

Jenny scruta le visage de Tristan et remarqua qu'il évitait son regard. Il drapa une serviette autour de ses épaules et fit mine de s'essuyer avec application.

— Même maintenant ? insista Sawyer.

— Ce serait difficile, Sawyer. Tristan passe beaucoup de temps à l'hôpital. Que deviendrait son chiot tout seul, toute la journée ?

Sawyer haussa ses petites épaules comme si la réponse tombait sous le sens.

— Eh ben, il n'aurait qu'à jouer. Moi, quand je serai grand, j'aurai un chien. J'en aurai même une douzaine !

— Une douzaine ? s'exclamèrent de concert Jenny et Tristan.

Sawyer eut un hochement de tête affirmatif.

— Qu'est-ce que tu feras avec une douzaine de chiens ? dit Jenny.

— Je jouerai avec eux.

— Excellente réponse.

— Inutile de l'encourager, Tristan.

— Estime-toi heureuse : il pourrait réclamer un s-e-r-p-e-n-t.

Sawyer les regarda alternativement.

— Qu'est-ce qu'il a épelé, maman ?

— Tristan pense que tu préférerais posséder un reptile.

— Je veux une grenouille et un petit chien, précisa le garçonnet avant de se tourner vers Tristan. Mamie aime les grenouilles, mais maman refuse que j'en ramène à la maison.

— Elle a raison. Les grenouilles sont faites pour vivre dehors. C'est là qu'elles ont leur nourriture et leurs copains.

— Mais si j'en garde une, je lui donnerai à manger et je serai son copain.

— Pas faux. Qu'en dit ta maman ?

— Sa mère dit qu'à la réflexion, avoir un chiot lui semble de moins en moins saugrenu.

— Regarde, maman ! Je nage !

Les mains autour de la taille de Sawyer, Tristan le maintenait à la surface de l'eau tandis que le garçon battait des jambes pour avancer. Avec ses brassards, Sawyer ne risquait rien, mais il n'était pas encore assez sûr de lui pour se passer de l'aide de Tristan.

Jenny continuait d'assister aux cours assise au bord du bassin. Parfois, elle laissait ses jambes pendre dans l'eau, d'autres jours, elle s'abritait sous un parasol. Elle n'omettait toutefois jamais d'enduire de crème solaire sa peau très blanche et celle de son fils. À quelques reprises, Tristan lui avait proposé de lui appliquer du produit, mais elle avait décliné son offre en souriant. Sawyer et lui avaient insisté maintes et maintes fois pour qu'elle les rejoigne dans l'eau, en vain.

— Ton fils est vraiment doué, dit-il. Il doit avoir des gènes de poisson.

Sawyer ouvrit la bouche à la manière d'un poisson tout en remuant les bras d'avant en arrière, ainsi que Tristan le lui avait montré. Jenny se mit à rire doucement. Jamais elle n'avait été aussi belle, aussi détendue. Elle adorait son fils, mais quoi de plus normal ? Elle pouvait être fière de lui. D'ailleurs, à ce propos, Sawyer n'évoquait jamais son père, et Jenny non plus. Bizarre… Quelle place tenait-il dans leur vie ? Était-il encore en vie ?

— Je suis un poisson qui a faim ! s'écria Sawyer.

— Un requin, alors ?

— Oui !

Pour accompagner sa plaisanterie, Tristan chantonna le thème des *Dents de la mer*. Sans saisir la référence cinématographique, Sawyer ouvrit grand la bouche comme pour mordre tandis que Tristan le faisait glisser sur l'eau d'un bord à l'autre du bassin.

— Il vaudrait mieux nourrir ce gros poisson avant qu'il ne fasse qu'une bouchée de nous deux.

Jenny le dévisagea d'un air hésitant.

— Tu nous consacres déjà tellement de ton temps libre, et tu voudrais en plus qu'on mange tous ensemble ? Il ne faudrait pas qu'on soit un fardeau pour toi.

— Pas du tout ! Au contraire, c'est un plaisir de voir Sawyer progresser aussi vite. Bientôt, il va même pouvoir faire des bombes.

— C'est quoi, une bombe ? demanda Sawyer, qui tapotait l'eau du plat de ses mains.

— C'est un plongeon, les jambes ramenées contre la poitrine.

— Tu peux me montrer ?

Tristan jeta un coup d'œil vers Jenny, qui se contenta de hausser les épaules.

— Pourquoi pas ? Ce n'est pas interdit dans le règlement. Par contre, si je me rate, ta maman devra se porter à ma rescousse. Mais non, je plaisante, dit-il devant le regard inquiet de Sawyer. C'est un exercice de débutant. Reste assis à côté de ta maman pendant que je saute, OK ?

Alors qu'il asseyait l'enfant à côté d'elle, Jenny baissa le bord de son grand chapeau sur ses yeux.

— Ne m'oblige pas à venir t'aider, Tristan Scott.

— Tu ferais ça, Jenny ?

— Dans tes rêves. Je ne suis pas assez forte pour te soulever hors de l'eau.

Tristan posa ses mains de part et d'autre des jambes de Sawyer.

— Ce que dit ta maman c'est que même les très bons nageurs doivent éviter de prendre des risques inutiles. Surtout, on ne nage jamais seul. Tu ne dois pas craindre l'eau, mais toujours la respecter. Toujours.

Sawyer acquiesça d'un air sérieux.

— Regarde bien, dit Tristan en haut du plongeoir. Avant la fin de l'été, je parie que tu sauras faire des bombes, toi aussi.

Il sauta en l'air, recroquevilla les jambes et les enserra de ses bras, boula sur lui-même et disparut dans un plongeon sonore.

— Ouais, super !

Tristan nagea vers eux, puis il se mit debout dans le bassin et repoussa ses cheveux de son visage.

— Tu veux essayer ?

Sawyer écarquilla les yeux sans rien dire.

— Tristan, il n'a pas encore l'âge de monter sur le plongeoir…

— Ce n'est pas nécessaire. J'allais juste lui demander de sauter dans l'eau pour que je le rattrape.

— Tu veux qu'il fasse une bombe ? demanda-t-elle, dubitative.

— Non, juste un plongeon tout simple. Allez, Sawyer, lève-toi et allonge les bras vers l'eau en rentrant la tête comme ça, dit-il en mimant le geste. Parfait. Maintenant, dès que tu te sens prêt, saute vers moi.

Sawyer s'exécuta sans la moindre hésitation. Jenny étouffa une exclamation, quelques secondes avant que Tristan ne hisse l'enfant hors de l'eau.

— C'est bien, mon grand. Tu es un vrai champion !

Sawyer secoua la tête et plissa les yeux en essuyant l'eau qui dégoulinait sur son visage.

— Encore ! cria-t-il. Encore, encore, encore !

Tristan éclata de rire.

— Tu y prends goût, on dirait.

Ils répétèrent le jeu une douzaine de fois avant que Sawyer

ne se souvienne qu'il avait faim. Les bras enroulés autour du cou de Tristan, l'enfant le regarda dans les yeux.

— Comme j'ai réussi les exercices, je peux manger une pizza ce soir ?

— Mon petit gars, tu as tellement bien réussi que tu pourrais avoir un filet mignon.

— Non, une pizza. Le requin a faim ! dit-il en lui mordillant l'épaule.

— Sawyer ! Excuse-toi tout de suite auprès de Tristan.

— Ce n'est pas grave, Jenny. Il a fait ça pour rire.

— Je ne tolère pas ce genre de jeux.

— Mais maman… Un requin, ça mord.

— Eh bien, monsieur le Requin, vous êtes puni, parce que Tristan n'est pas votre repas.

Le sourire de Sawyer retomba.

— Vraiment, Jenny, ce n'est pas grave. Il m'a à peine mordu et ça n'a pas fait mal. Je n'ai même pas de marque.

Tristan jeta un coup d'œil à son épaule.

— Enfin, presque pas, ajouta-t-il avec un sourire en coin.

Comment parvenait-elle à discipliner ce bout de chou ? À la moindre bouderie, Tristan aurait été prêt à lui décrocher la lune.

— On aurait dû nourrir ce petit requin lorsqu'il a commencé à dire qu'il avait faim.

Quand il sortit de la piscine avec Sawyer, ce dernier marcha à côté de lui en évitant ostensiblement sa mère, mais Jenny le prit à l'écart pour le sermonner. Il n'y eut aucun éclat de voix, aucun pleur. Jenny lui parlait à voix basse, en le regardant calmement dans les yeux. Tristan repensa à ses propres parents, aux remontrances sonores auxquelles il avait droit dès lors qu'il les avait déçus. Il aurait vraiment aimé avoir une mère comme Jenny.

Enfin, Sawyer se tourna vers lui avec un soupir.

— Je suis désolé de t'avoir mordu.

— Pas de souci, mon grand.

— Va chercher notre sac sur le banc, OK ? demanda Jenny. Sans courir, s'il te plaît.

Sawyer hocha la tête et s'éloigna en sautillant.

— Je suis mortifiée qu'il ait pu se comporter de la sorte. Je n'en reviens pas !

— C'est un gosse, Jenny. Tous les enfants commettent des bêtises un jour ou l'autre. Ce qui m'embête, c'est que tu l'aies grondé pour quelque chose qu'il m'a fait. Tu n'étais pas obligée.

— Si. Autrement, il aurait pensé qu'il ne risque rien à agir ainsi. Imagine qu'il morde ses camarades de classe.

En effet, elle avait raison. Tristan se sentit légèrement coupable.

— Tu es une bonne mère, Jenny.

— Parce que je ne tiens pas à ce qu'il morde les autres ? C'est la moindre des choses, non ?

— Je parlais de la façon dont tu l'élèves en général.

— C'est beaucoup d'improvisation, dit-elle avec un rire nerveux. Je crains toujours de faire quelque chose qui le handicapera par la suite. J'ai peur qu'une fois adulte, il soit obligé de suivre une thérapie et qu'un psy lui raconte que je suis une mère horrible.

— Pas du tout, voyons. S'il est amené à consulter un jour, ce ne sera pas à cause de toi. Tu es une mère formidable, au contraire.

Les joues de Jenny rosirent.

— Merci.

— Sawyer se débrouille bien.

— Oui ! Je n'en reviens pas qu'il ait plongé aussi facilement. En toute franchise, ça me fait un peu peur.

— Fais-lui confiance. Demain, il enlèvera les brassards.

— Déjà ?

— Oui, il est prêt. Il est doué, comme sa maman.

— Comment le sais-tu ? Tu ne m'as jamais vue nager, après tout.

— Ma foi, si ce n'est que ça…

Tristan s'avança vers elle en remuant les sourcils d'un air amusé.

— Oh ! non… Tristan, je t'interdis !

Elle tenta de lui échapper, mais il la souleva dans ses bras en riant.

— Tristan, repose-moi ! Je te rappelle que la dernière personne que tu as portée t'a mordu l'épaule.

Leurs regards s'accrochèrent et Jenny s'immobilisa, à l'exception de ses doigts qui s'enfoncèrent dans les cheveux de Tristan. Un frisson de désir le parcourut.

— Si jamais tu oses, je t'assassine.

— Tu ne me fais pas peur, répliqua-t-il en riant.

Et pourtant, lorsqu'il sentait ses doigts lui caresser ainsi la nuque, lorsqu'il se sentait réagir comme une marionnette dont on tire les fils, il était terrifié. Quand il la tenait tout contre lui, quand il la regardait dans les yeux, quand il se trouvait avec elle et Sawyer, la puissance de ce qu'il éprouvait avait quelque chose d'effrayant. Tant et si bien que sans réfléchir davantage, Tristan sauta dans la piscine avec Jenny dans ses bras. Dès qu'ils refirent surface, elle toussota et secoua la tête, sans lui lâcher le cou.

— Incroyable… Il l'a fait, ma parole !

Tristan continuait de la tenir contre lui. Il contempla son beau visage, tout dégoulinant d'eau.

— Ne t'inquiète pas, je ne vais pas te lâcher.

Se rendant compte de la variété d'interprétations à laquelle ces mots se prêtaient, il s'éclaircit la gorge.

— Enfin, dans l'eau, je veux dire.

# 10.

« Je ne vais pas te lâcher… »

Pourquoi sa voix s'était-elle brisée ? Et pourquoi avait-il éprouvé le besoin de préciser ce qu'il avait voulu dire ? Ils savaient tous les deux qu'il finirait par la lâcher : au terme de son contrat, il s'en irait et ils ne se reverraient plus. Elle en avait le cœur brisé rien qu'à y penser. C'était fou, sans doute, mais Jenny avait du mal à imaginer sa vie sans lui. En à peine deux mois, il avait pris une place énorme dans leurs vies. Sawyer raffolait de Tristan. Et elle… Elle était pressée contre lui, les bras autour de son cou, immergée dans l'eau qui clapotait autour d'eux. Leurs visages étaient si proches qu'elle sentait son haleine lui caresser les lèvres.

— Jenny…, murmura-t-il dans un souffle.

Ses lèvres… Et ses baisers… Aucun homme ne l'avait jamais embrassée ainsi. Aucun ne lui avait donné envie de choses qu'elle avait crues définitivement disparues de sa vie.

— Embrasse-moi, dit-elle à voix basse.

— Maintenant ?

— Oui. Maintenant. Plus tard. Ce soir. Je m'en fiche. Embrasse-moi.

Il émit un soupir étranglé.

— Tu me rends complètement fou. Mais tu le savais déjà, non ?

— C'est réciproque, répondit-elle en prenant son beau visage en coupe entre ses mains. Je veux que tu m'embrasses.

— Jenny…

Il inclina la tête vers la sienne et…

— Eh ! Je ne savais pas que tu voulais te baigner.

Sawyer se tenait au bord de la piscine, le sac à la main.

— Moi non plus ! lui répondit Jenny sans quitter Tristan des yeux.

Comment avait-elle fait pour oublier la présence de son fils ? Cela, c'était la faute de l'homme qui la tenait entre ses bras.

— J'ai convaincu ta maman de piquer une tête avec moi, dit Tristan.

Jenny profita de ce qu'il avait les yeux tournés vers Sawyer et elle plongea sous l'eau en entraînant Tristan avec elle. Lorsqu'ils émergèrent à nouveau, elle se dégagea et se dirigea le plus vite possible vers la margelle de la piscine.

— Dépêche-toi, maman ! Il est juste derrière toi.

Jenny nageait de toutes ses forces, mais Tristan était plus rapide. Elle poussa un cri lorsqu'il lui attrapa la cheville.

— Tu vas me payer ça, tu sais ?

— C'est toi qui as commencé, répliqua-t-elle, essoufflée.

Les yeux de Tristan étincelèrent.

— Tu crois ça ? On ne va pas en rester là, Jenny, c'est moi qui te le dis.

— Il t'a attrapée, maman !

Oui, Tristan l'avait bel et bien attrapée. Dans tous les sens du terme.

— Tu vas voir, Tristan, tu vas adorer les méduses.

Alors qu'il leur faisait visiter l'aquarium du Tennessee, Sawyer se prenait tellement au jeu qu'il aurait pu faire partie du personnel.

— Et dans l'autre salle, il y a des pingouins.

— Non ? Des vrais ?

Sawyer hocha la tête.

— Quand je serai grand, je veux travailler ici et m'occuper des poissons et des oiseaux.

— C'est un beau métier.

Tristan échangea un regard avec Jenny et il lui pressa brièvement la main. Elle lui rendit son geste en souriant. Décidément, elle était retombée en adolescence : une adolescente en pâmoison, totalement obsédée par son nouveau copain. Elle s'arrangeait pour passer tous ses moments de liberté avec Tristan. À la piscine, lors des repas, au parc avec Sawyer ou même pour faire le ménage, il était toujours là. Au fond d'elle-même, elle se doutait bien que leur séparation n'en serait que plus difficile, mais c'était plus fort qu'elle. Il leur restait si peu de temps à passer ensemble ! Jenny aurait été incapable de donner un nom à ce qu'ils vivaient, mais elle était heureuse, et Sawyer aussi. C'était l'essentiel, non ?

— Maman aime bien les pingouins, elle aussi. Mais elle aime surtout les gens, puisqu'elle les soigne.

Tristan jeta un regard amusé à Jenny.

— Tu préfères les animaux à deux pattes, c'est ça ?

— Quels animaux à deux pattes ? demanda Sawyer, le front plissé.

— Il veut dire les êtres humains, expliqua Jenny. Et oui, je préfère ce public-là. Eux, au moins, on les voit venir. On ne peut pas en dire autant des serpents.

Non loin, un spectacle incongru attira son attention. Un homme aux cheveux gris était accroupi auprès d'une vieille dame, étendue par terre.

— Bess ?

Il la secouait, mais elle ne réagissait pas. Jenny jeta un coup d'œil à Tristan. Il se précipitait déjà vers le couple, sans lâcher la main de Sawyer, qui courait derrière lui. Jenny leur emboîta le pas.

— Sawyer, ne bouge pas d'ici, ordonna Tristan alors qu'il s'agenouillait près de la femme. Bonjour, nous sommes tous les deux infirmiers. Que s'est-il passé ?

— On se promenait, et puis ma femme s'est écroulée par terre. Aidez-nous, s'il vous plaît.

— Vous avez appelé les secours ? demanda Jenny.

Comme l'homme faisait non de la tête, elle sortit son portable pour joindre les urgences.

— Vous me permettez de l'examiner ?

Sans attendre la réponse, Tristan se pencha pour vérifier si la femme respirait encore.

— Son souffle est faible, mais régulier. Pouls stable, bradycardique.

— Ce qui veut dire ? demanda l'homme avec angoisse. Elle va s'en tirer ?

— Son rythme cardiaque est un peu plus lent que la normale.

Tout en parlant, Tristan avait surélevé les pieds de la dame.

— Tenez, pouvez-vous lui tenir les jambes comme ceci ? Sawyer, ça va, mon grand ?

L'homme lui jeta un bref regard perplexe, mais il s'exécuta.

— Je peux lui tenir les pieds, moi aussi, proposa Sawyer.

En ligne avec un opérateur des urgences, Jenny lui adressa un signe de tête en souriant.

— C'est bien, mon chou. Ne t'éloigne pas, on pourrait avoir besoin de toi. Votre femme a des problèmes de santé ? demanda-t-elle à l'homme.

Il hocha la tête.

— Pas récemment. Elle a eu une crise cardiaque l'année dernière, mais elle s'en est bien remise. Le cardiologue lui avait donné son feu vert pour ce voyage. Elle est diabétique et…

— Elle est diabétique, dites-vous ? Elle avait mesuré sa glycémie ce matin ? Vous avez un glucomètre avec vous ?

Occupé à écouter les battements cardiaques de la victime, Tristan avait posé toutes ces questions sans redresser la tête.

— Je ne suis pas sûr qu'elle ait fait son test ce matin. On s'est réveillés tard et on était un peu pressés, voyez-vous. Par contre, elle a un glucomètre, mais il est dans la voiture. Je vais le chercher ?

Un attroupement s'était formé autour d'eux.

— Quelqu'un aurait un glucomètre ? demanda Jenny à la cantonade. Ou alors un comprimé de glucose, un bonbon ?

Une femme lui tendit un kit de test, une autre fit don d'une barre chocolatée.

— Il nous faudrait aussi une boisson sucrée, ajouta Jenny en s'agenouillant à côté de Tristan. Je veux bien la redresser en position assise si tu lui donnes le chocolat.

Tristan hocha la tête et plaça un morceau de confiserie dans la bouche de la femme. Ceci fait, il retira le glucomètre de son boîtier avant de l'allumer. Non sans lui avoir nettoyé l'index au préalable avec du gel hydroalcoolique, il lui piqua le doigt et déposa précautionneusement une goutte de sang sur une bandelette. Quelques secondes plus tard, le résultat s'affichait : 38 milligrammes par décilitre.

— Elle est en hypoglycémie, d'où son malaise. Quelqu'un aurait un autre bonbon ? Ou un kit de glucagon, dans l'idéal ?

— Monsieur, vous pouvez déposer doucement ses pieds, dit Jenny. Tristan vous avait demandé de les lever pour faciliter la circulation du sang vers le cœur, mais le problème ne semble pas venir de là.

Un homme tendit quelques sucres à Tristan, qui en glissa aussitôt un morceau sous la langue de la victime. Sawyer posa une main sur le bras de Jenny.

— Elle va aller mieux, la dame, dis, maman ?

— Je crois, oui. Elle n'a pas assez de sucre dans le sang, donc son corps essaie de la protéger en se mettant en sommeil. Lorsqu'elle aura avalé quelque chose de sucré, elle devrait se réveiller, ne t'inquiète pas.

— Bess ? dit le mari en se penchant vers elle. Tu m'entends, ma chérie ? Ta glycémie est faible, mais il y a des gens qui t'aident. Réveille-toi, Bess…

— Quel est votre nom, monsieur ? demanda Tristan.

— Felix.

— Felix, pourriez-vous vous écarter légèrement ? Continuez à lui parler en lui tenant la main. Rassurez-la, dites-lui que tout va bien se passer.

Au même instant, la personne qui leur avait déjà prêté le glucomètre leur apporta un tube de glucagon pour administration nasale. Jenny redressa la tête de la dame tandis que Tristan préparait la dose. Une fois le médicament pulvérisé dans la narine, ils tournèrent Bess sur le côté et attendirent que le produit fasse effet. Au bout de quelques minutes angoissantes, les paupières de la vieille dame tremblèrent et elle remua légèrement. Sawyer se mit à sautiller avec excitation.

— Elle se réveille, maman ! Ça a marché !

— Madame, vous m'entendez ? Je m'appelle Tristan et voici Jenny. Nous sommes tous les deux infirmiers. Vous avez perdu connaissance à cause d'une crise d'hypoglycémie. Il faudrait que vous avaliez un sucre ou deux avant l'arrivée des secours.

La dame le contempla d'un air vague, puis son regard se porta sur son mari avant de revenir à Tristan.

— Vous êtes médecins ?

— Non, infirmiers, répéta-t-il en lui prenant à nouveau le pouls.

Alors que Bess esquissait le geste de se redresser, Jenny l'aida à s'asseoir.

— Allez-y doucement. Il ne faudrait pas que vous fassiez un autre malaise.

— Avale donc un sucre, ma chérie, intervint Felix en lui serrant la main. Tu te sentiras mieux. Bon sang, tu m'as fichu une de ces peurs !

À l'arrivée de l'ambulance, quelques minutes plus tard, Bess avait encore le teint pâle et moite, mais elle n'était plus en danger immédiat. Felix leur serra la main avec effusion.

— Merci pour votre aide.

— Pas de problème, répondit Jenny.

Elle chercha du regard Sawyer et finit par le repérer près d'un bassin de pieuvres. Assis à croupetons, il observait la scène à l'écart. Elle s'accroupit à côté de lui.

— Je suis fière de toi, mon grand. Tu as été très courageux.

— Tu crois ?

— Mais bien sûr ! Ces leçons de super-héros commencent à porter leurs fruits. Tu as été génial !

Le visage de l'enfant s'éclaira.

— Et Tristan ? C'est ce qu'il pense, à ton avis ?

Tristan, toujours Tristan… Il était devenu son super-héros, et comment s'en étonner ? Il adorait le petit et ne comptait pas le temps qu'il lui consacrait. Avec elle aussi, il était parfait : attentionné, toujours souriant, discret sur leur relation lorsqu'ils étaient à l'hôpital. Enfin, pouvait-elle parler de relation ? Depuis cette excursion de rafting, tout avait changé… Mais sur le fond, rien n'avait changé, puisque Tristan devait partir tôt ou tard. En revanche, sa vie à elle ne serait sûrement plus jamais totalement la même.

— Lorsque tu nous as aidés comme tu l'as fait, je suis sûre qu'il t'a trouvé très courageux.

Elle le serra contre elle et déposa un baiser sur le sommet de sa tête, puis elle se redressa.

— Sur ce, tu veux bien me montrer les limules dont tu m'as parlé ? Tu dis qu'on peut les toucher ?

Jenny alluma une veilleuse à côté du lit de Sawyer avant de refermer tout doucement la porte de la chambre. Accompagnée de Tristan, elle regagna le salon. Geneva avait dû se coucher tandis qu'ils lisaient une histoire à Sawyer, car la télévision était éteinte. Ne sachant si elle devait s'asseoir ou lui proposer un siège, Jenny demeura plantée sur place et tortilla nerveusement le bord de sa chemise entre ses doigts.

— Merci de m'avoir aidée à coucher le petit. Ça lui a fait plaisir que tu lui lises des histoires.

— Le plaisir était pour moi. Ton fils est un gamin formidable.

Le compliment était sincère. Tristan n'avait pas beaucoup l'habitude des enfants, mais en peu de temps, ce bout de chou s'était taillé une place de choix dans son cœur. Le moindre de ses sourires le faisait littéralement fondre.

— Je suis fier de la façon dont il s'est comporté tout à l'heure, à l'aquarium. J'ai vu des adultes qui réagissaient moins bien.

Jenny s'adossa au canapé en souriant.

— Moi aussi, je suis fière de lui. Je craignais qu'il soit perturbé par ce qu'il a vu, mais apparemment, non.

Tristan hocha la tête.

— Après le dîner, il m'a entendu passer un coup de fil à Felix. C'est comme ça qu'il a su que Bess allait mieux. D'ailleurs, elle est déjà sortie de l'hôpital. Les urgences ont confirmé qu'il s'agissait bien d'un malaise hypoglycémique. De toute façon, Sawyer n'a pas reparlé de l'accident, sauf pour dire que sa maman était super-cool.

— Mais non. Il parlait de son prof de natation préféré.

— Normal, il n'en a pas d'autre.

— Il y a de ça, oui. En tout cas, merci de lui donner des cours. Et de l'avoir emmené à l'aquarium, et de lui avoir offert un hamburger et une glace, et… Merci pour tout, en fait. Il t'adore.

Ses paroles réchauffèrent le cœur de Tristan.

— Je lui avais promis une récompense s'il nageait d'un bout à l'autre du bassin, et il l'a fait.

— Oui, avec les brassards.

— Ça compte, en effet, mais bientôt, je suis sûr qu'il pourra s'en passer. Pour l'instant, je veux surtout qu'il sache que je tiens mes promesses.

Jenny le regarda avec une émotion telle que Tristan sentit son ventre se nouer. À quoi pensait-elle ? Se demandait-elle si cette phrase s'appliquait aussi à elle ? Pour autant qu'il s'en souvienne, il ne lui avait jamais rien promis, justement, si ce n'est de ne pas lui faire de mal. Du moins, pas intentionnellement. Et c'était toujours d'actualité, d'ailleurs. Il ne voulait pas qu'elle l'associe à de mauvais souvenirs.

— C'est bon pour le cours de demain après-midi ?

— Oui, si ça te va. Par contre, j'ai peur qu'on abuse de ton temps libre. Au début de ton séjour, tu avais toute une liste d'activités à faire à Chattanooga. Au lieu de cela, tu passes tes journées avec nous.

— Les plans sont faits pour changer.

Pour le mieux, en l'occurrence, car aucune attraction touristique n'aurait été aussi enrichissante que tous ces instants en compagnie de Sawyer et de sa mère. Il la considéra en silence alors qu'elle tirait sur un fil qui dépassait de sa chemise.

— Tu veux que je m'en aille ?

Elle hésita avant de répondre :

— Ça t'embêterait de rester un peu ? On pourrait regarder un film, jouer à un jeu…

— Quel genre de jeu ?

— Je n'ai que des jeux pour enfants, désolée…

— Sawyer ne serait pas content qu'on joue sans lui.

— Non, tu as raison.

Jenny promena les yeux autour d'elle comme en quête d'une occupation à lui proposer.

— Tu veux regarder la télévision, alors ?

— Pourquoi pas ? Qu'est-ce qui t'intéresse ?

— Je ne connais pas les programmes, dit-elle. Je ne regarde pas beaucoup la télévision. Choisis, toi.

En guise de réponse, il s'assit sur le canapé, mais au lieu de saisir la télécommande, il se tourna vers Jenny.

— Quoi ? dit-elle, les joues rosissantes.

— Rien. Tu viens de me dire que je pouvais regarder ce que je voulais.

— Donc, moi, en l'occurrence ?

— Il n'y a rien d'autre qui m'intéresse.

— Quel flatteur !

— Pas du tout. Je dis l'évidence, voilà tout. Mais tu le sais, n'est-ce pas ? Dès que tu es près de moi, j'ai du mal à ne pas te regarder. Je dois faire appel à tout ce qu'il y a de patience et de discipline en moi pour me retenir de te toucher lorsqu'on est au travail. Mais je suis d'accord avec toi : il vaut mieux qu'on continue comme avant.

— Je ne veux pas qu'on me plaigne quand tu seras parti. Les gens vont certainement le faire, de toute façon, mais moins ils en savent, mieux c'est.

Jenny se tourna vers le couloir qui menait à la chambre de son fils.

— Je… ça te dit qu'on s'assoie dehors ?

Alors qu'ils sortaient sous le porche, le chèvrefeuille qui poussait dans la haie du jardin les enveloppa de son parfum capiteux. Jenny s'empara d'un coussin et prit place sur la chaise à bascule.

— Parfois, je passe de longs moments sur la balancelle, à penser.

— Ah bon ? Tu penses à quoi ?

— Ces derniers temps ? À toi, essentiellement.

Tristan sentit sa poitrine se gonfler.

— Je le prends comme un compliment.

Jenny pivota vers lui, mais plutôt que de le regarder, elle baissa les yeux vers leurs doigts entrelacés, éclairés par la faible lumière qui filtrait par la fenêtre.

— À juste titre. Avant de te connaître, je n'avais jamais imaginé me lier de près ou de loin avec un homme, même dans mes rêves.

Il porta sa main à ses lèvres et y imprima un baiser.

— Je suis content que tu l'aies fait, Jenny. Ces dernières semaines ont été formidables.

En guise de réponse, elle se contenta de lui presser la main.

— Jenny… Est-ce que le père de Sawyer t'a fait du mal ?

Il sentit qu'elle se crispait.

— Oui, mais seulement parce que je me suis laissé faire. J'aurais dû me méfier.

— Parle-moi un peu de lui.

Jenny se redressa avec un soupir et, du pied, elle poussa légèrement la balancelle, dont le va-et-vient était scandé par le doux grincement des chaînes qui la retenaient au plafond.

— Geoffrey était un bel homme, très séduisant, médecin de son état. Et moi… Moi, j'étais jeune et naïve. J'étais en école d'infirmières et j'effectuais un stage au sein de son hôpital.

Elle s'interrompit et il redouta qu'elle en reste là, mais elle reprit au bout d'un silence :

— Il était beaucoup plus âgé que moi : il avait trente-huit ans et moi, vingt. Mais à l'époque, ça ne me gênait pas. Tout ce qui comptait, c'étaient les attentions dont il me couvrait. Je suis tombée folle amoureuse sans me rappeler que si quelque chose est trop beau pour être vrai, c'est que ce n'est pas vrai, justement.

— Il était marié ?

— Presque : fiancé.

— Et malgré ça, il sortait avec toi ?

Elle opina du chef.

— Il était merveilleux. Il m'envoyait des fleurs et toutes sortes de petits cadeaux qui me donnaient l'impression d'être quelqu'un de spécial. Il me racontait qu'il m'aimait, qu'il voulait vivre avec moi. Alors, j'ai cessé de lui dire non. Bref, quand je lui ai dit que j'étais enceinte, il a insisté pour que je me fasse avorter.

À l'idée que Sawyer avait failli ne jamais exister, Tristan sentit son cœur se serrer douloureusement.

— Mais tu lui as dit non.

— En effet. Ma mère m'a élevée toute seule. Elle aurait pu choisir de ne pas m'avoir, mais elle ne l'a pas fait. Au lieu de cela, elle m'a toujours entourée d'amour et j'ai eu une enfance formidable. Je n'ai jamais envisagé d'agir autrement quand je me suis retrouvée dans la même situation.

— Il t'aide avec Sawyer ?

Jenny soupira.

— Il m'a versé une pension pendant mes études. Ensuite, je lui ai proposé de renoncer à ses droits de paternité en échange d'un petit placement financier pour les études de Sawyer. Il a sauté sur l'occasion et il a signé les papiers sans la moindre hésitation ni le moindre regret. Au contraire, il n'arrêtait pas de répéter qu'il n'aurait jamais cru s'en tirer à si bon compte, qu'il avait craint de devoir lâcher bien plus pour se débarrasser de moi et de mon… mon « mioche ».

Elle retira sa main et frotta ses avant-bras nus.

— C'est un imbécile.

— Oui, c'est vrai, et je suis bien plus heureuse comme ça. Auparavant, je vivais avec la hantise qu'il me retire la garde de mon fils. Je ne l'aurais jamais empêché de voir Sawyer, mais sachant qu'il n'aimait pas le petit, je n'aurais jamais supporté de le voir partir avec notre bébé.

— Heureusement, ça n'est jamais arrivé.

— Non. Par contre, lorsque je te vois avec Sawyer, je me rends compte qu'il aurait besoin d'une influence masculine.

— Pas celle de son père, quand même ?

Jenny prit une profonde inspiration qu'elle relâcha lentement.

— Encore une fois, je n'empêcherais jamais Geoffrey de voir Sawyer, mais je ne pense pas que ça arrivera. Il est marié et il a deux autres enfants.

— Je plains sa femme.

— Pas moi. Elle savait à quoi s'en tenir en l'épousant. Elle était au courant à mon sujet. Elle m'a même abordée pour me dire que je n'étais ni la première, ni la dernière. Apparemment, cela ne lui faisait ni chaud ni froid qu'il l'ait trompée pendant des mois et qu'il m'ait mise enceinte. Moi, à sa place, j'aurais été anéantie.

Un bruit étranglé jaillit de sa gorge.

— D'ailleurs, j'étais anéantie.

Il passa un bras autour d'elle et la serra contre lui.

— Bien sûr que tu l'étais. C'est la réaction normale de toute personne un tant soit peu saine d'esprit. Manifestement, ils vont bien l'un avec l'autre.

— Oui, sans doute. Ça va faire des années que je ne lui ai pas adressé la parole. Depuis qu'il a renoncé à ses droits sur Sawyer, en fait. Comme il habite à Ringgold et qu'il est médecin, il m'arrive d'entendre parler de lui, mais cela ne va pas plus loin.

— Et malgré tout, tu continues à vivre ici ?

— Eh bien, oui. Je suis ici chez moi, et Sawyer aussi. C'est ici que je veux l'élever. Je n'ai pas l'intention de quitter Chattanooga, et surtout pas à cause d'un homme.

C'était bien là que le bât blessait : Tristan, lui, n'avait pas la moindre intention de rester à Chattanooga. Même pour Jenny et Sawyer.

— Tu es vraiment cachottier, tu sais ?

Malgré tout, Jenny était ravie de ce voyage improvisé à Atlanta. Avec un grand sourire, Tristan lui tendit le bras pour l'aider à descendre du 4x4.

— Ah bon ? D'autres auraient dit « romantique ».

Jenny lui prit la main et posa le pied sur le revêtement en béton d'un parking bondé.

— C'est pour ça que Sawyer n'est pas de la partie ?

Une lueur de mauvaise conscience traversa le regard de Tristan.

— J'avais bien envisagé de le faire venir, mais ta mère a proposé de le garder.

— Elle joue aux entremetteuses, dit Jenny avec un soupir.

— Ce n'est pas pour me déplaire.

— Et tu as tort. Elle s'imagine que tu vas rester quelque temps.

Un autre éclair de culpabilité passa sur les traits de Tristan.

— Nous savons tous les deux que ce ne sera pas le cas.

— Ce n'est pas à moi qu'il faut le rappeler. Je suis bien consciente que dans un mois, jour pour jour, tu ne seras plus là.

Tristan ouvrit la bouche pour dire quelque chose, mais elle leva la main pour le faire taire.

— Ce n'est pas le jour pour discuter de cela. Pour une fois qu'on me fait une surprise « romantique », je veux en profiter sans me torturer les méninges.

Il hésita un court instant avant de hocher la tête.

— Dans ce cas, espérons que ton équipe va gagner.

— J'en suis sûre et certaine. Qu'est-ce que c'est ? ajouta-t-elle en avisant un sac qu'il avait sorti du coffre.

— Ça, c'est une autre surprise.

Jenny jeta un coup d'œil à l'intérieur avant d'éclater de rire.

— Désolé de ne pas te l'avoir donné plus tôt, dit-il. Ça t'aurait mis la puce à l'oreille.

En prenant son maillot, elle s'aperçut qu'il y en avait un deuxième.

— Celui-là est pour moi, dit-il.

Il ôta son T-shirt pour enfiler le vêtement, révélant des biceps et un ventre aux muscles bien dessinés. Jenny resserra les doigts autour du sac pour s'empêcher de caresser le creux entre ses pectoraux.

— Si tu avais un gant en mousse géant à l'effigie des Braves, la panoplie serait complète, dit-elle pour se donner une contenance.

— On peut toujours en acheter un sur le chemin. À ton tour.

Alors qu'il désignait le maillot qu'elle tenait encore dans les mains, elle éclata de rire.

— Bien tenté, mais il est hors de question que je me change dans ce parking.

— Comme tu voudras.

Il jeta sans cérémonie son T-shirt dans le coffre et sortit un cabas en plastique qui contenait des chapeaux et de la crème solaire.

— Allez, insista-t-il en prenant sa main entre les siennes. Tu n'as qu'à l'enfiler sous ta chemise. Pendant ce temps, je file nous acheter des boissons et des hot-dogs.

— C'est toi qui parlais d'une surprise romantique ?

— Pourquoi ? Tu aurais préféré un dîner aux chandelles avec du caviar ?

Elle plissa le nez.

— Alors là, certainement pas.

— Oui ! s'écria Jenny en bondissant de son siège.

Le défenseur de la troisième base venait d'attraper une passe lancée en chandelle, ce qui mit un terme à la manche. Folle de joie, Jenny exécuta un pas de danse qui fit sourire Tristan.

— Tu passes un bon moment, on dirait.

— On mène le jeu ?

— Oui, 7 à 4, dit-il en désignant le tableau de score.

— Voilà pourquoi je passe un bon moment.

— Si on perdait, ce ne serait pas le cas ?

Elle lui sourit de toutes ses dents, le regard pétillant.

— Ça répond à ta question ?

— Tout à fait, répondit-il en riant.

Elle reprit sa place et se tourna vers lui.

— Sérieusement, je suis contente que tu m'aies invitée à ce match.

— Je le sais bien, va. Je te taquinais.

— Tant mieux. Je ne voudrais pas que tu me reproches de manquer de gratitude.

— Aucun risque. La petite danse que tu viens de faire vaut à elle seule tous les remerciements.

— C'est un beau match.

Au même instant, un chant se répandit dans les gradins et Jenny mêla sa voix à celles des fans.

— Ma mère m'a amenée ici à deux occasions quand j'étais

petite, mais c'est la première fois que j'assiste à une rencontre depuis que Carlos et moi…

— Qui est Carlos ?

Elle le regarda en plissant le nez.

— Quand même ? Tu ne veux pas discuter de mon ex un jour comme aujourd'hui ? Après tout, je ne te pose pas de questions sur les tiennes.

— Non, je ne veux pas parler de ton ex aujourd'hui. Et sur mes anciennes relations, je n'ai pas grand-chose à raconter.

— Tu ne vas pas me faire croire qu'il n'y a jamais eu de femme dans ta vie ?

— J'ai eu des copines, bien sûr, mais aucune qui a vraiment compté.

— Parce que tu n'es jamais resté assez longtemps quelque part pour t'attacher à quelqu'un ?

— Non, cela n'a rien à voir. On peut nouer des liens très forts avec quelqu'un en peu de temps.

— Est-ce une manière détournée de dire que tu as craqué pour moi ? dit-elle avec un sourire.

— Tu sais bien que oui.

— Beau parleur, va.

Elle faisait mine de prendre ses paroles à la légère, mais Tristan savait qu'elle avait besoin d'être rassurée sur son attachement pour elle, sans doute parce que ses précédentes relations lui avaient laissé un goût amer.

— Je n'ai jamais connu personne comme toi, Jenny. Tu es quelqu'un de formidable, intelligente, drôle, et une mère géniale. En plus, tu embrasses très bien.

— Oh ! regarde !

Il se tourna vers la direction qu'elle pointait du doigt et vit qu'ils apparaissaient en gros plan sur l'écran géant du stade.

— Je crois qu'on est censés s'embrasser, justement.

Tristan ne se le fit pas dire deux fois et plaqua ses lèvres sur les siennes. Lorsqu'ils s'écartèrent, Jenny le considérait avec de grands yeux à la fois stupéfaits et heureux. Sans doute parce qu'ils étaient sous le regard de tous ?

— Je ne viens pas de dire que tu embrassais bien ?

— Quand tu me regardes comme ça, je suis tentée de te croire.

Ah bon ? Le regard qu'elle lui lançait lui donnait envie de croire à beaucoup de choses, toutes plus folles les unes que les autres.

— La vérité se passe de mots, dans ce cas.

Il se pencha vers elle pour lui dérober un bref baiser.

— Merci, Tristan. Merci pour tout. Je n'oublierai pas cette journée de sitôt.

— Elle n'est pas encore finie.

— Ah bon ? Tu as prévu autre chose après le match ?

Comme il hochait la tête, elle baissa les yeux sur son short et son maillot à l'effigie des Braves.

— Dans ce cas, j'espère que tu ne m'emmènes pas dans un endroit élégant.

Les Braves avaient remporté la rencontre, mais la vraie gagnante, haut la main, c'était Jenny. Sans qu'elle sache par quel miracle, Tristan avait obtenu de rencontrer l'équipe. Deux de ses joueurs favoris lui avaient signé un autographe sur un ballon, ainsi qu'un débutant très prometteur. Sur le trajet du retour, Jenny eut un petit rire.

— Roger et Laura seront verts de jalousie en apprenant ce qu'on a fait ce week-end.

— Tu vas leur raconter qu'on a passé la journée ensemble ?

— Tu crois que Laura n'essaie pas de me tirer les vers du nez ? Tous les jours, elle cherche à savoir si je t'ai vu, ce qu'il s'est passé entre nous, comment j'ai réagi, ce que je t'ai répondu, et j'en passe et des meilleures.

Tristan coula un bref regard vers elle.

— Et toi, qu'est-ce que tu lui réponds ?

— Eh bien, que tu donnes des leçons de natation à Sawyer…

Elle s'interrompit pour essayer de mettre de l'ordre dans les réponses décousues qu'elle avait faites à Laura. Elle aimait bien Tristan, mais elle ne voulait pas souffrir. Il embrassait divinement bien, mais ils n'étaient jamais allés plus loin. Son cœur battait à cent à l'heure chaque fois qu'il était près d'elle, mais sa raison l'incitait à la prudence.

— Et ? demanda-t-il comme elle demeurait silencieuse.

— Et que tu me plais.

*Beaucoup, même*, faillit-elle ajouter.

— Et Laura, que dit-elle de tout cela ?

— Elle est heureuse pour moi. D'après elle, je devrais juste m'amuser tant que tu es là sans chercher midi à quatorze heures.

— C'est bien Laura, ça.

— Je suis sûre que Roger est au courant, mais il ne fait pas de commentaires. Il se contente de sourire et de hocher la tête lorsqu'il me surprend en train de te regarder. Enfin…, ajouta-t-elle en rougissant, ne va pas croire que je passe mon temps à te contempler, mais… Bref…

— Pas de souci, Jenny. Je suis flatté, si tu veux tout savoir.

Il tapota le volant d'un air songeur.

— De toute façon, je ne vois pas comment ils auraient fait pour ne pas remarquer quelque chose.

— Pourquoi ? Ça saute aux yeux à ce point ?

— Que je te désire de toutes les fibres de mon corps ? J'imagine que oui.

Jenny sentit son souffle se bloquer dans sa gorge. Oui, elle le lisait dans ses yeux chaque fois qu'elle le regardait, mais le fait d'entendre ces mots à haute voix intensifiait l'alchimie puissante qui les liait.

— À ton avis, ils pensent qu'on couche ensemble ?

— Non, je ne crois pas. L'amour physique donne lieu à une certaine familiarité.

Les sourcils froncés, elle réfléchit à ses propos.

— Tu veux dire qu'on finirait par se lasser l'un de l'autre ?

— Non, pas du tout, s'empressa-t-il de corriger. Au contraire, ce premier baiser m'a fait comprendre que tout ce que je vivrai avec toi ne fera qu'alimenter mon désir pour toi. Non, je parlais plutôt de la façon dont un couple se regarde, se touche lorsque chacun connaît l'autre intimement.

Jenny ferma les yeux, le cœur battant à tout rompre. Qu'est-ce que cela ferait, de connaître Tristan intimement ? De faire l'amour avec lui ? Il n'avait jamais cherché à aller jusque-là, sans doute parce qu'elle avait toujours affirmé haut et fort qu'elle préférait rester abstinente. Certes, elle appréciait le fait qu'il respecte sa volonté et qu'il n'insiste pas, mais… Eh bien, elle désirait de plus en plus que ses rêves deviennent réalité.

# 11.

— Il faut vraiment que tu partes ?

Embarrassé, Tristan ne sut que répondre. Sawyer le regardait avec une tristesse à briser le cœur. Ses yeux ressemblaient tellement à ceux de Jenny… Il ne s'était pas attendu à avoir autant de mal à faire ses adieux à Sawyer. En fait, ils étaient presque aussi difficiles que ceux qu'il s'apprêtait à faire à Jenny.

— Je n'ai pas le choix, mon grand. Mon contrat est terminé.

— Tu ne pourrais pas en trouver un autre ?

— C'est fait, justement. J'ai un nouveau boulot : à Chicago.

— C'est où, Chicago ? C'est loin ?

— Pas mal, oui.

De la table où il était assis, Sawyer regarda sa mère, accoudée au plan de travail de la cuisine.

— On pourrait y aller en voiture, maman ?

Le visage pâle de Jenny, ses lèvres pincées disaient mieux que mille paroles qu'elle aussi aurait voulu le retenir. Elle se pencha sur son fils.

— Écoute, Sawyer… Lorsqu'il déménagera, Tristan sera très occupé. Même si j'arrive à prendre quelques jours de congé, il n'aura pas le temps de nous accueillir chez lui. Il aura un nouveau boulot, une nouvelle vie, de nouvelles aventures… Tu comprends ?

Sur le point de parler, Tristan se ravisa. Il allait justement proposer de faire le voyage en avion, soit lui vers le Tennessee, soit eux à Chicago, mais il en fut dissuadé par la réponse de Jenny, et surtout par le ton de sa voix.

— On pourrait l'aider, insista Sawyer. Il aime bien que je l'aide.

— Non ! J'ai mon travail et il a le sien. Et toi, tu dois aller à l'école. Et puis, tu as pensé à mamie ? On lui manquerait.

— Elle n'aurait qu'à venir. Elle aime bien Tristan, elle aussi. Elle dit qu'il fait du bien à notre famille.

Décidément, il avait réponse à tout. Jenny se tourna vers Tristan d'un air implorant qui voulait dire : « Ne me laisse pas le mauvais rôle, s'il te plaît. » Il prit une profonde inspiration et regarda l'enfant droit dans les yeux.

— Tu vas me manquer à moi aussi, mon grand. Mais il faut que je parte et toi, tu dois rester ici, auprès de ta maman. C'est comme ça. C'est la vie.

— Mais je ne veux pas que tu t'en ailles, moi !

La lèvre de Sawyer se mit à trembler et Tristan eut l'impression que le sol tanguait sous ses pieds. À court de mots, il serra l'enfant dans ses bras. Jamais Tristan n'avait eu le moindre mal à abandonner un boulot. Il n'avait fait que cela, partir. Son existence entière se résumait à ce simple mot. Celle de son père aussi, et de sa mère. Jamais il n'avait imaginé qu'il désirerait un jour autre chose. Mais cela, c'était avant de connaître ces deux-là…

— Je pourrai peut-être vous rendre visite, un jour.

La proposition lui valut un froncement de sourcils de Jenny.

— Je l'espère, répondit Sawyer en le serrant fort contre lui. Je ne veux pas que tu m'oublies.

— Jamais.

Dans un élan d'affection irréfléchi et instinctif, Tristan déposa un baiser sur le haut de sa tête.

— Je ne t'oublierai jamais, Sawyer. Je me souviendrai toujours de la fierté que j'ai ressentie quand tu as sauté du plongeoir et que tu as nagé jusqu'à moi. Tu es un petit gars formidable, Sawyer. N'en doute jamais.

Jusqu'à présent, la vie de père de famille n'avait pas inspiré Tristan, mais pour Jenny et Sawyer, il aurait été prêt à changer d'avis. Car le simple fait d'imaginer son quotidien sans ces deux-là lui tourneboulait la tête. Ou alors, le cœur…

Jenny ignorait si elle pourrait supporter longtemps ce déballage de sentiments. C'était déjà suffisamment dur de se faire à l'idée que Tristan allait partir. Elle avait l'impression que tout son être se désintégrait. Comment allait-elle faire pour retrouver son quotidien de mère célibataire après avoir connu un tel bonheur avec lui ? Pour couronner le tout, le chagrin de Sawyer était une pure torture, d'autant plus qu'elle en était entièrement responsable. Elle n'aurait jamais dû faire entrer Tristan dans leur vie et laisser son fils s'attacher à lui. Elle n'avait pas compris que Sawyer avait énormément besoin d'une figure masculine positive.

— C'est vrai, dit-elle. Moi non plus, je n'ai pas oublié ce plongeon : il était digne d'un super-héros.

Elle ravala ses larmes et se força à sourire.

— J'étais fière de toi. Et un peu inquiète, aussi.

Sawyer adressa à Tristan un regard excédé qui voulait dire : « Les mamans, je te jure ! »

— Moi aussi, j'ai eu peur, dit Tristan en lui ébouriffant les cheveux. Même si je n'ai jamais douté que tu réussirais. Continue comme ça et tu seras bon pour les Jeux olympiques.

— C'est quoi ?

Adossée au plan de travail, Jenny écouta Tristan expliquer le principe des Jeux olympiques dans un langage accessible à un enfant de cinq ans.

Sawyer demeura auprès de Tristan pendant toute la soirée. Il prit le bain le plus court de sa vie et insista pour que ce soit Tristan qui le borde.

— Tu me racontes une histoire, dis ?

— Bon, OK, si c'est ce que tu veux… Je te laisse choisir.

Sawyer sortit deux livres et se remit au lit.

— J'en ai pris un pour toi aussi, maman.

Elle hocha la tête en souriant et Sawyer tendit les albums à Tristan.

— Tu veux lire lequel ?

— Celui avec le gros chien rouge.

Sawyer tapota le matelas à côté de lui.

— Viens là. Comme ça, je pourrai voir les dessins.

Tristan obtempéra, mais Jenny préféra quant à elle rester debout.

— Tu ne peux pas voir les dessins, maman, dit Sawyer en fronçant les sourcils.

Non… Elle était trop occupée à contempler le spectacle de Sawyer près de Tristan, blottis l'un contre l'autre. Elle en avait la gorge serrée et les genoux tremblants.

*C'est ça que je veux*, songea-t-elle. *Ça, et rien d'autre.*

Mais justement, ce bonheur lui était inaccessible.

— Ça va, mon chéri, parvint-elle à prononcer malgré sa gorge serrée.

— Allez, maman…

De guerre lasse, Jenny s'assit de l'autre côté du lit, mais les larmes qui lui brouillaient les yeux l'empêchaient de suivre l'histoire correctement. À côté d'elle, Sawyer pouffait de rire, il posait des questions. Et toujours, il avait pour Tristan ce regard de pure vénération. Pourquoi Tristan ne voulait-il pas rester à Chattanooga ? Qu'est-ce qui l'en empêchait, bon sang ? Pourquoi fallait-il qu'il s'en aille, alors qu'elle et Sawyer étaient tellement attachés à lui ?

Lorsque ce fut son tour de lire, Jenny s'efforça de se concentrer sur les mots.

— Maman, tu ne lis pas bien ! Tu aurais dû faire comme si j'étais la chenille.

Il avait raison. D'habitude, elle intégrait Sawyer dans l'histoire pour en faire le personnage principal. C'était leur petit rituel du soir et il adorait cela. Cette fois-ci, toutefois, Jenny s'était contentée de lire les lignes sans y insuffler la moindre animation. Comment s'étonner qu'il proteste ? *Allez, mets-y du tien*, se morigéna-t-elle. Elle se contraignit à jouer le jeu et mit de la chaleur dans sa lecture, s'interrompant pour mimer avec les doigts la bouche d'une chenille qui broutait un brin d'herbe imaginaire sur le ventre de Sawyer. Entre deux crises de fou rire, il se tourna vers Tristan pour s'assurer qu'il suivait bien l'histoire.

— Encore une ? demanda-t-il en bâillant.

Mais Jenny fit non de la tête.

— Tu as eu une grosse journée et normalement, tu devrais déjà dormir à cette heure-ci.

— Mais je ne suis pas fatigué !

Un autre bâillement démentit ses paroles. Jenny se pencha pour l'embrasser sur le front.

— Bonne nuit, Sawyer. Je t'aime gros comme ça, dit-elle en ouvrant grand les bras.

— Et moi, grand comme ça.

Il étendit les bras et les referma autour elle, puis il se laissa tomber sur l'oreiller.

— Bonne nuit, mon petit gars, dit Tristan en lui touchant l'épaule. Dors bien.

Les paupières de Sawyer papillotèrent, lourdes de sommeil.

— Quand je me réveillerai, tu seras parti ?

Tristan hocha la tête. Sawyer eut alors un bâillement qui ressemblait à un soupir.

— Si tu changes d'avis, tu peux rester, tu sais. Nous, on t'aime.

Jenny entendit un bruit étranglé, sans qu'elle sache vraiment s'il venait d'elle ou de Tristan. Les paroles innocentes de son fils lui avaient littéralement coupé le souffle. Car, qu'elle le veuille ou non, Sawyer avait raison. Elle aimait Tristan.

— Il ne facilite pas mon départ, remarqua Tristan alors qu'il se rendait au salon avec Jenny.

— C'est la première fois qu'il doit dire au revoir à une personne dont il se sent proche. Il a du mal à se faire à l'idée qu'il ne te verra plus.

Tristan s'assit sur le canapé et se passa les mains dans les cheveux. À l'autre bout du sofa, Jenny se tourna vers lui.

— Son enfance est si différente de la mienne, dit-il.

— En quel sens ?

— J'ai passé mon temps à bouger. Lorsque mes parents se sont séparés, j'ai fait la navette de l'un à l'autre, même si je vivais surtout avec mon père. Il travaillait dans le bâtiment et ne restait jamais longtemps au même endroit. À peine un boulot terminé, il était déjà sur le suivant. Pour moi, changer d'école deux ou trois fois au cours de l'année, ce n'était rien du tout.

— Bon sang…

— Maman vivait dans le sud des États-Unis, mais elle déménageait chaque fois qu'elle accumulait trop de dettes. Moi, je faisais sans cesse des allers-retours entre les deux.

— Mon Dieu, comme ça a dû être dur pour toi.

Non, Tristan n'avait pas aimé cette vie itinérante. Jamais il n'avait pu s'attacher à quoi que ce soit parce qu'il ne savait jamais si ses affaires seraient encore là lorsqu'il reviendrait chez l'un ou l'autre de ses parents. Pour eux, tout était interchangeable, les gens comme les objets. Rien n'était sacré.

— Je ne sais pas si je peux dire ça. Après tout, je n'avais jamais connu autre chose.

Tristan ne se rappelait pas à quel moment au juste il avait réalisé combien cette façon de vivre différait de celle de ses camarades d'école. Peut-être qu'il n'en avait pas souffert parce que, déjà à cet âge, il avait fait sienne cette existence. Pour lui, c'était la sédentarité qui n'était pas normale. Depuis toujours, chaque fois qu'il se faisait des amis, il savait qu'il devrait les quitter tôt ou tard. C'était comme cela.

— Bref… Mon enfance n'a rien à voir avec celle de Sawyer.

— Ni avec la mienne. J'ai grandi dans cette maison et je n'ai presque jamais quitté le Tennessee. J'ai du mal à imaginer la vie que tes parents t'ont imposée.

— Elle n'était pas si terrible que ça.

— Non, sans doute. Sinon, tu aurais posé tes valises quelque part au lieu de continuer à bourlinguer. Après tout, tu es adulte et maître de ton destin.

— Je ne me vois pas « poser mes valises quelque part », comme tu dis. J'ai besoin de bouger, Jenny. C'est dans mes gènes.

— Mais tu pourrais rester si tu le voulais, dit-elle d'une voix à peine audible.

Pourquoi éprouvait-il de la culpabilité ? Y avait-il de l'accusation dans sa voix ?

— Allons, Jenny… Tu savais depuis le début que je partirais.

Elle hocha la tête comme si elle comprenait. Il aurait voulu qu'elle comprenne. Mais ce n'était pas le cas, manifestement.

— Tu ne regrettes jamais les endroits où tu as vécu ? Les gens que tu as côtoyés ?

— Si, parfois. Toi, par exemple : tu vas me manquer. Et Sawyer aussi. Je lui ai dit la vérité, tout à l'heure : je ne l'oublierai jamais. Ni toi, au cas où tu te poserais la question.

Les yeux de Jenny brillèrent et elle baissa la tête vers ses mains. À nouveau, la mauvaise conscience assaillit Tristan.

— Je me suis posé la question, oui. En tout cas, tu vas manquer à Sawyer, c'est sûr. Il s'est vraiment attaché à toi.

— C'est réciproque. Je n'ai pas l'habitude des enfants, mais ton fils est un brave petit.

Son cœur se serrait à l'idée de ne plus jamais revoir Sawyer. Tristan ne saurait pas s'il continuerait à pratiquer la natation, s'il finirait par avoir ce chiot qu'il désirait tant… S'il deviendrait océanographe ou s'il hésiterait entre une dizaine de métiers… Si ses cheveux resteraient d'un blond pâle ou s'ils vireraient au châtain. Si…

— Il va me manquer. Et toi aussi.

Il vit sa gorge se contracter et crut qu'elle allait pleurer.

— J'ai envie de te répondre, Tristan. J'ai l'impression que je suis censée dire quelque chose, seulement je ne sais pas quoi.

Sa voix se brisa et elle se tut.

— Tu n'es pas obligée de parler, Jenny. Ça t'embête de t'asseoir à côté de moi pour que je te serre dans mes bras ? Juste une dernière fois…

Elle hésita et il sentit ses défenses se remettre en place. Tristan comprenait sa réaction. Son départ lui faisait de la peine, et pire encore, il faisait de la peine à Sawyer. Mais Tristan ne pouvait pas rester. Il avait des obligations ailleurs. Et puis, à supposer qu'il s'établisse ici, il finirait fatalement par s'en aller : il avait cela dans le sang. Auquel cas, il leur ferait encore plus de mal à tous les deux. Non, mieux valait qu'il les quitte maintenant plutôt que de leur donner de faux espoirs.

Et pourtant, lorsqu'elle se nicha contre lui et qu'il l'enveloppa de ses bras, il s'en voulut de ne pas être celui que Jenny aurait mérité. Il déposa un baiser sur le sommet de son crâne.

— Merci, murmura-t-il. Je veux inscrire ce moment dans ma mémoire.

Alors qu'elle s'essuyait les yeux, il enfouit son visage dans ses cheveux si doux.

— Ne pleure pas, Jenny. Je n'en vaux pas la peine.

— Qui te dit que je pleure ?

Tristan sentit une sueur froide lui mouiller le dos. Mais tout de suite, sa raison effaça ses doutes. Bien sûr qu'elle pleurait. Malgré les circonstances, sa réaction bravache le fit sourire.

— Désolé, je croyais. Mais si tu ne pleures pas, dis-moi ce qu'il t'arrive.

— Rien, rien, dit-elle en reniflant. Je viens de penser qu'il me faudrait trouver quelqu'un d'autre pour m'aider avec le jardin.

Tristan éclata de rire, puis le trait d'humour retomba aussitôt. Tôt ou tard, Jenny lui trouverait un remplaçant, pas juste pour le jardinage, mais pour passer du temps avec elle et Sawyer. Elle sourirait à un autre, tiendrait la main d'un autre… Un autre qu'elle embrasserait. C'était dur à avaler, mais que préférait-il ? Qu'elle reste seule toute sa vie ?

— Promets-moi que tu te feras aider par quelqu'un.

Elle s'écarta pour le regarder droit dans les yeux.

— Je disais cela pour plaisanter, Tristan. Je me suis toujours occupée de mon jardin toute seule. C'est toi qui as insisté pour me filer un coup de main, tu te souviens ?

— C'est vrai, mais tu as besoin de quelqu'un pour t'aider à réaliser tes projets et t'épanouir, Jenny. Je ne veux surtout pas que tu fasses une croix sur les hommes. Au contraire, amuse-toi, profite de la vie.

— Comment peux-tu dire une chose pareille après que… après…

Elle prit une profonde inspiration avant de reprendre :

— Nous ne sommes vraiment pas faits pareil, toi et moi. Je ne peux pas ramener n'importe qui à la maison. Je dois penser à mon fils. Il a besoin d'une présence stable dans sa vie. Toi, tu étais différent.

Le cœur de Tristan se mit à battre si vite qu'il avait du mal à respirer.

— Je ne voulais pas sortir avec toi, si tu te souviens bien. Je t'évitais parce que tu me faisais peur. Il y a en toi quelque chose qui m'attire sans que je sache comment l'exprimer. Même en ce moment, le simple fait de te regarder me donne envie de te toucher, de t'embrasser... Et toi, tu me demandes de profiter de la vie ? Alors que c'est toi que je veux ?

À cet aveu, Tristan sentit sa poitrine se gonfler. Pour autant, ses appréhensions n'avaient pas disparu.

— Je suis flatté, Jenny, mais tu m'oublieras.

— Non, tu as tort, dit-elle en secouant la tête. Je ne suis pas comme ça.

Tristan respira profondément pour déloger la boule qui lui bloquait la gorge.

— Qu'est-ce que tu veux, Jenny ?

Elle enfouit son visage entre ses mains tremblantes.

— Reste avec moi, dit-elle dans un murmure.

Tristan sentit la sueur perler à son front. Il fallait qu'il parte vite, avant de faire des promesses qu'il serait incapable de tenir.

— Demain, nous nous dirons au revoir, dit-elle encore. Mais accorde-moi au moins ce moment, Tristan. Donne-toi à moi.

Avait-elle vraiment dit ce qu'elle venait de dire ? Jenny n'en revenait pas de sa propre audace. Un voile de peur assombrit le regard enfiévré de Tristan, mais elle aussi était paniquée à l'idée que cette nuit serait sa dernière avec lui. Quelle idiote elle avait été de ne pas profiter à fond de chaque instant, chaque seconde avec lui !

— Tu n'es pas sérieuse ?

— Si. Je suis majeure et vaccinée, je sais ce que je veux, et toi aussi. Si tu n'avais pas envie de moi, je t'aurais posé la question, mais nous savons tous les deux ce qu'il en est.

Tristan la désirait, elle n'avait aucun doute à ce sujet. Il aurait pu avoir n'importe quelle femme à ses pieds, mais c'était elle qu'il avait choisie, alors qu'elle avait toujours refusé de coucher avec lui. À cette pensée, redoublant de hardiesse, elle lui prit la main et se leva.

— Qu'est-ce que tu fais, Jenny ?

Sans prendre la peine de lui répondre, elle le conduisit dans sa chambre et referma derrière eux. Elle eut la présence d'esprit de pousser le verrou, pour le cas où Sawyer viendrait à se réveiller pendant la nuit : il ne fallait surtout pas qu'il les surprenne ainsi tous les deux. Jenny se dirigea vers la lampe de chevet, l'alluma et se tourna vers lui. Tristan n'avait pas bougé de la porte et il la dévisageait fixement, comme s'il s'était transformé en statue de glace. Sans doute était-ce le cas. Ou alors, elle était en train de rêver. Plongée dans un état irréel, elle avait l'impression de flotter plus que de marcher. Elle tendit le bras au-dessus de l'épaule de Tristan pour éteindre la lumière principale de la chambre, puis, les yeux accrochés aux siens, elle empoigna sa chemise et la tira par-dessus sa tête.

— Jenny…

Elle posa l'index sur les lèvres de Tristan pour le faire taire.

— Chut… Tu as une jolie bouche, Tristan. Embrasse-moi.

— On ne peut pas faire ça, voyons. Pas maintenant. Je pars demain.

Mais tout en prononçant ces paroles, il semait des baisers sur le bout de ses doigts.

— C'est maintenant ou jamais, Tristan. Et « jamais » n'est pas une réponse acceptable pour moi.

— Non, pour moi non plus.

Pourtant, il continuait de tenir son visage en coupe d'un air hésitant.

— Tu es vraiment sûre, Jenny ? Cela ne changera rien au fait que je pars demain. Je ne veux pas te donner davantage de regrets.

— J'aurai surtout des regrets si je laisse filer cette occasion.

Joignant le geste à la parole, elle glissa les mains sous le T-shirt de Tristan et le lui releva pour caresser son ventre dénudé.

— J'en ai envie depuis si longtemps. Quand je te regardais

donner des cours de natation à Sawyer, sais-tu à quel point j'avais envie de te toucher ici ?

Elle déposa un baiser sur son torse.

— Et ici..., ajouta-t-elle en lui embrassant le ventre. Et ici, ici, ici...

Elle le sentit frissonner sous ses lèvres et il gémit sourdement.

— Si tu n'arrêtes pas tout de suite, cette nuit va être aussi rapide que décevante.

— Jamais. Tu ne vas pas me décevoir, Tristan.

— Non, je ne vais pas te décevoir. Pas ce soir.

Il termina d'ôter son T-shirt, puis il la prit par la taille et la souleva à sa hauteur.

— Ce soir, je vais te donner plus de plaisir que tu n'en as jamais eu.

Jenny joignit sa bouche à la sienne en un baiser dans lequel se déversait toute la passion qui s'était accumulée en elle ces dernières semaines. Jamais elle n'avait désiré un homme comme elle désirait Tristan. Sans doute parce qu'elle l'aimait. Lorsqu'il serait parti, il serait toujours assez tôt pour se résigner à son absence. Pour l'heure, il était à elle, tout à elle, et Jenny avait bien l'intention de savourer chaque seconde de cette nuit.

Les filets de lumière qui commençaient à filtrer dans la chambre signalaient à Tristan qu'il aurait dû partir depuis longtemps, mais il n'arrivait pas à s'arracher au corps tiède de Jenny. Il était si bien, pelotonné contre elle. Il aurait voulu que cet instant se prolonge éternellement.

Mais le temps commençait à presser. S'il s'attardait trop longtemps, Sawyer allait finir par se réveiller et par les découvrir ensemble. Ce serait déjà compliqué de lui expliquer pourquoi il avait passé la nuit avec sa mère, mais répéter ses adieux, c'était carrément au-dessus de ses forces. Tout doucement, Tristan se dégagea du corps de Jenny. Elle soupira dans son sommeil, mais elle ne se réveilla pas, Dieu merci. Il s'habilla rapidement, puis hésita près de la porte. Il avait l'impression de partir comme un voleur. Mais c'était bien un peu le cas, non ?

# 12.

— Non… à ton réveil, il n'était plus là ?

Jenny hocha la tête sans quitter des yeux Sawyer, qui courait dans l'aire de jeux avec d'autres enfants. Elle se renversa en arrière sur le banc en fer forgé qu'elle partageait avec Laura.

— C'était sans doute pour le mieux. Il m'a épargné des adieux larmoyants.

Mais alors, pourquoi souffrait-elle autant ? Ce matin, lorsqu'un rayon de lumière l'avait réveillée, Jenny s'était sentie si heureuse… Et puis, elle avait vu la place vide dans le lit à côté d'elle. Tristan était parti sans un au revoir. Mine de rien, cela faisait mal.

— Je n'arrive pas à croire qu'il t'ait quittée comme ça.

— Il avait déjà fait ses adieux à Sawyer. D'une certaine manière, il a fait pareil avec moi, mais sans mots. Excuse-moi, ajouta-t-elle avec un sourire forcé. Je t'ennuie avec mes histoires.

— Pardon ? À quoi servent les meilleures amies ?

— C'est vrai. Tu as toujours été à mes côtés, quoi qu'il arrive. Merci.

— Il n'y a pas de quoi. Tu en ferais autant pour moi, non ?

— Oui, bien sûr, mais j'ai l'impression d'être toujours celle qui fait n'importe quoi de sa vie.

— Ah bon ? Moi, quand je te regarde, je vois au contraire une fille qui se débrouille très bien.

— Tu trouves ?

— Mais oui ! Regarde-le, dit Laura en désignant Sawyer. Il est la preuve vivante que tu t'en sors comme une chef.

— Si tu le dis…

— Parfaitement. Ton fils est heureux, en bonne santé, et il a une mère qui l'aime de tout son cœur.

— Oui, c'est un brave petit.

Jenny éprouva un pincement douloureux au cœur en songeant que Tristan avait utilisé exactement les mêmes mots. Pendant combien de temps faudrait-il que tout la ramène à ce qu'il avait dit, ce qu'il avait fait ?

— Non seulement tu as réussi tes études d'infirmière, mais tu as décroché ton diplôme haut la main.

— Grâce à toi, encore une fois. Je ne sais pas ce que j'aurais fait sans toi. J'étais enceinte, à l'époque.

— Avec ou sans moi, tu t'en serais sortie. Tu as toujours su ce que tu voulais faire de ta vie. Tu travailles dur et tu ne fais jamais les choses à moitié. Et la plupart du temps, ça marche, Jenny. Tu atteins tes objectifs. Par exemple, acheter la maison de ta mère. Je suis fière de toi.

Jenny sentit ses yeux se mouiller.

— Tu vas me faire pleurer, idiote ! Comme si je n'avais pas versé suffisamment de larmes aujourd'hui.

— Mais non ! Sois heureuse, au contraire. Tu viens de passer trois mois formidables avec l'un des mecs les plus sexy de la Terre.

— Il est tellement plus que sexy… Il est beau, drôle, patient, gentil…

— Tu l'aimes, n'est-ce pas ? l'interrompit Laura.

Jenny prit une profonde inspiration.

— Oui. Autrement, j'irais beaucoup mieux.

— Oh ! Jenny… Tu n'étais pas censée tomber amoureuse ! Tu savais bien qu'il allait partir.

Jenny haussa les épaules.

— Comme tu dis, je ne fais jamais les choses à moitié.

Sawyer accourut vers elle et posa ses petites mains à plat sur les cuisses de sa mère.

— Maman, tu pleures parce que Tristan est parti ?

Elle secoua la tête, le cœur serré.

— Non, mon chéri. Tatie Laura m'a raconté quelque chose de triste, voilà tout. Ça ira, ne t'inquiète pas.

Oui, ça irait. Laura avait raison. Jenny savait ce qu'elle voulait et lorsqu'elle avait une idée en tête, elle faisait tout pour la mettre en œuvre. Il lui faudrait peut-être du temps pour remonter la pente, mais elle y parviendrait. Au bout du compte, elle ne garderait de Tristan que le souvenir précieux d'un homme qui lui avait montré ce qu'était l'amour. Le vrai.

Tristan avait quitté le Tennessee depuis deux semaines. Deux longues semaines de solitude. Jenny lui manquait. Sawyer lui manquait. Il avait pourtant à peine commencé son nouveau contrat à Chicago. Avant son séjour à Chattanooga, il aurait savouré la brise rafraîchissante qui soufflait du lac Michigan tandis qu'il faisait son jogging quotidien. Avant Chattanooga, il aurait accepté l'invitation d'une jolie serveuse qui le conviait à une pièce de théâtre dont elle tenait le rôle-titre. Avant Chattanooga, il n'aurait pas eu besoin de s'épuiser au travail pour arriver à dormir quelques heures. D'ailleurs, il n'avait jamais eu de problèmes de sommeil. Maintenant, en revanche, il suffisait qu'il ferme les yeux pour voir Jenny, son sourire, ses yeux… Son corps sous le sien… Ses gémissements de plaisir ne cessaient de hanter ses rêves.

Ses parents avaient-ils eu autant de mal à quitter quelqu'un, un endroit ? Si tel était le cas, ils ne l'avaient jamais dit. En tout cas, chaque fois qu'il allait chez l'un ou chez l'autre, ils n'avaient jamais l'air trop chagrinés de le voir partir. Au contraire, ils semblaient soulagés de pouvoir se dispenser de leurs responsabilités parentales. Mais Jenny, elle, avait eu du mal à lui dire adieu, et Sawyer aussi. D'aussi loin qu'il s'en souvienne, il n'avait jamais manqué à personne. Personne, mis à part Jenny et son fils. Et pourtant, il était parti. Pourquoi ? Il n'avait même pas envisagé de prolonger son séjour à Chattanooga, le temps de voir comment évoluait sa relation avec Jenny. Pourquoi ne lui avait-il pas parlé de toutes ces émotions qui l'avaient submergé lorsqu'elle s'était abandonnée entre ses bras ? Aucune femme ne lui avait inspiré des sentiments aussi puissants.

Il interrompit son jogging le temps de reprendre son souffle, les mains sur les genoux. Puis, avant qu'il ne se rappelle toutes les raisons de ne pas le faire, il sortit son téléphone et composa le numéro de Jenny. Elle ne décrocha pas, mais cela n'avait rien d'étonnant. Il était midi. Si elle avait été de garde la nuit précédente, elle devait dormir à présent. À son réveil, elle verrait qu'il avait tenté de la joindre en consultant les appels en absence. Auquel cas, pourquoi ne pas lui laisser un message ? En l'espace de quelques secondes, son esprit moulina à toute vitesse. Zut, le bip sonore ! Comment lui faire comprendre à quel point il se sentait vide et détraqué sans elle ? Comment lui dire qu'ils lui manquaient, elle et Sawyer ? Qu'il avait envie de revenir au Tennessee ?

— Jenny, c'est moi. Je voulais juste savoir comment ça va pour vous deux. Ici, tout va bien. J'adore Chicago, ce nouvel hôpital aussi. Le niveau de soins est excellent. Pas aussi bien qu'à Chattanooga, mais très bon quand même.

Il eut une hésitation avant d'ajouter :

— Si tu venais, je te ferais visiter la ville… Enfin, Sawyer a dû reprendre l'école et tu ne peux pas te libérer facilement, je suppose. Sauf si ta mère le gardait quelques jours… Désolé, je dis n'importe quoi. Mais j'étais juste en train de faire mon jogging et je pensais à toi. Je voulais te dire que ça va bien.

Il raccrocha avant de débiter d'autres âneries. Quel idiot, bon sang, mais quel idiot ! Enfin, Jenny saurait au moins qu'elle lui manquait. Elle saurait qu'il était un imbécile de les avoir quittés, elle et Sawyer. En tout cas, il le savait, lui. C'était même pour cela qu'il avait eu tant de mal à s'arracher du lit de Jenny.

Et pourtant, il était parti. Mieux valait la laisser sur de bons souvenirs, à supposer qu'elle songe encore à lui… Allons, bien sûr qu'elle pensait à lui. Ne lui avait-elle pas dit qu'elle ne l'oublierait pas et que son cœur était à lui ? D'ailleurs, elle ne se serait jamais donnée à lui si cela n'avait pas été le cas. Décidément, il n'était qu'un idiot.

Le téléphone avait cessé de sonner, mais Jenny continuait de le serrer contre elle. Oh ! comme son cœur avait bondi lorsqu'elle avait reconnu le numéro. Elle avait eu toutes les peines du monde à ne pas décrocher pour le supplier de revenir. Paradoxalement, c'était aussi pour cela qu'elle n'avait pas répondu.

— C'était qui, ma chérie ?

— Personne, maman, répondit-elle en glissant l'appareil dans sa poche. Tu es sûre que tu ne veux pas emporter davantage de vaisselle ?

— Ça ira, je t'assure. Giles en a plein chez lui. Par contre, vous pourriez en avoir besoin.

— Ne t'en fais pas pour nous. Sawyer envisage déjà de récupérer ta chambre et de transformer la sienne en salle de jeux.

Geneva sourit, les larmes aux yeux.

— Je ne pensais pas qu'il serait si difficile de déménager. Je devrais sans doute rester.

— Quoi ? Mais maman, tu vas te marier ! C'est bien normal que tu vives avec Giles.

— Mais vous avez besoin de moi. Le mariage peut attendre.

— Absolument pas. Il est hors de question que tu repousses tes projets à cause de nous deux. Giles te rend heureuse, plus heureuse que je ne t'ai jamais vue. Écoute, j'ignore comment je me serais débrouillée sans toi quand Sawyer était bébé, mais je m'en serais sortie quand même.

— Je sais, je sais… Mais ce n'est pas une raison pour que je parte maintenant.

— Bien sûr que si. Tu auras toujours un toit ici, s'empressa-t-elle d'ajouter comme Geneva ouvrait de grands yeux. Simplement, tu dois mener ta vie de ton côté.

En guise de réponse, sa mère la serra fort contre elle.

— Coucou !

Giles se figea sur le seuil de la pièce en les voyant dans les bras l'une de l'autre.

— Je dérange ? Je peux repasser plus tard, si vous voulez.

Jenny pressa une dernière fois sa mère contre elle avant de se tourner vers son futur beau-père.

— Non, viens donc. Tu fais partie de la famille, maintenant, et tu seras toujours le bienvenu.

Giles les attira toutes les deux dans une accolade chaleureuse.

— Pareil pour toi et Sawyer chez nous, hein ?

Les larmes aux yeux, Geneva approuva d'un hochement de tête. Sawyer pointa le nez hors de sa chambre et fronça les sourcils.

— Pourquoi vous pleurez tous ?

— Pour rien. Allez, viens pleurnicher avec nous, lui dit Jenny en souriant.

Sawyer hésita, interloqué, avant de courir vers eux en pouffant de rire, puis il passa les bras autour des jambes de sa mère et de sa grand-mère.

Oui, sa vie n'était pas celle qu'elle aurait pu avoir avec Tristan, mais c'était quand même une bonne vie, et Jenny était bien décidée à l'améliorer, autant pour elle que pour son fils. Évidemment, il lui serait plus simple d'aller de l'avant si elle arrivait à couper les ponts avec Tristan. Prendre ses appels, lui rendre visite ou le recevoir chez elle, ce serait comme gratter une plaie mal cicatrisée. Sawyer semblait avoir moins de mal à se remettre de son départ. Aujourd'hui, par exemple, il n'avait parlé de lui que deux fois, alors que les premiers temps, il avait sans cesse le nom de Tristan à la bouche.

Certes, Tristan lui manquait, mais ils s'étaient fait leurs adieux. Jenny passa le reste de la journée à se répéter que tout était pour le mieux ainsi, tant et si bien qu'elle finit presque par s'en convaincre. Presque : la soirée venue, elle ne put s'empêcher de pleurer en pensant à lui. Comme quoi, les enfants se remettaient beaucoup plus facilement d'un chagrin qu'une femme au cœur brisé.

— C'est super que tu sois des nôtres, dit Laura. Roger sera content.

Ce dernier fêtait ses trente ans aujourd'hui, et pour l'occasion, il avait réussi à convaincre plusieurs amis de sauter en parachute avec lui. Laura était de l'aventure et, sans Sawyer, Jenny en aurait certainement fait partie, elle aussi. Lorsqu'elle se gara sur le parking du terrain d'aviation, tout le monde était arrivé depuis longtemps pour avoir le temps de se préparer.

— Sawyer ne tenait plus en place quand je lui en ai parlé, dit-elle en ouvrant la portière arrière. Voir mes dingues de copains sauter d'un avion, c'est un spectacle qui ne se rate pas.

Sawyer bondit hors de la voiture sur le bitume chauffé à blanc.

— J'aimerais être assez grand pour voler, moi aussi.

— Pas moi, dit Jenny en grimaçant. Je ne suis franchement pas pressée de te voir tenter ce genre d'exploit.

— Mais un jour, je serai grand.

Jenny lui ébouriffa les cheveux en souriant.

— Je sais. Tu seras un merveilleux jeune homme et je serai fière de toi. Je le suis déjà, d'ailleurs.

— Sawyer pourrait être fier de sa maman si elle voulait bien sauter avec nous, intervint Laura avec malice. Il est encore temps.

— Alors là, jamais. Sawyer et moi sommes ici comme simples spectateurs. Amuse-toi bien, mais sans nous.

Sawyer secoua le bras de sa mère pour attirer son attention.

— Maman, je peux regarder l'avion de là-bas ?

Jenny jeta un coup d'œil à la barrière métallique qui séparait le parking du terrain d'aviation. Deux tables de pique-nique étaient disposées non loin.

— Pas de problème. Je te rejoins dans une minute.

Elle avait emporté des boissons et des encas dans une glacière pour meubler l'attente. Alors qu'elle refermait le coffre, elle croisa le regard de Laura et un frisson lui courut sur la nuque.

— Quoi ?

— Il faut que je te dise quelque chose, Jen. J'aurais sans doute dû t'en parler avant, mais je n'ai reçu la confirmation qu'hier soir et je ne voulais pas te gâcher cette journée si jamais il n'était pas là.

— Mais de qui parles-tu, au juste ?

Comme si la réponse n'était pas évidente… Bien sûr qu'il avait fait le déplacement pour sauter avec Roger.

— Tristan !

Jenny ferma les yeux et prit une profonde inspiration. Près de la clôture, Sawyer trépignait à la vue d'un groupe qui sortait d'un hangar.

— Tristan, Tristan ! criait-il en agitant les bras.

Laura ne put s'empêcher de sourire.

— En voilà un qui est content de le revoir. Bon, il faut que j'y aille, ajouta-t-elle en la serrant contre elle. Tu me pardonnes de t'avoir fait une cachotterie ? C'était pour ton bien.

Jenny la suivit du regard tandis qu'elle se dirigeait vers le bâtiment, puis elle reporta son attention vers Tristan. Il avait rejoint Sawyer et s'était accroupi près de lui pour lui parler.

— Toi aussi, tu m'as manqué, l'entendit-elle dire alors qu'elle s'approchait.

Seigneur, elle avait l'impression d'avancer à la vitesse d'un escargot. Et pourquoi son cœur battait-il la chamade à ce point ? Pourquoi se mettre dans un état pareil pour un homme qui n'avait même pas pris la peine de lui dire au revoir ? Enfin, si : il l'avait fait à sa manière, le temps d'une nuit. Mais Jenny ne pouvait pas se permettre la moindre indulgence. Sans un minimum de fermeté, elle ne parviendrait jamais au bout de cette journée.

— Maman, Tristan est revenu ! Il va sauter en parachute, lui aussi.

— Je ne suis là que pour le week-end, mon grand. Je reprends l'avion dès lundi.

Il se releva pour la saluer. Lorsqu'il la regardait de ses yeux bleus si perçants, elle se sentait les genoux faibles et elle avait une envie folle de jeter les bras autour de lui, comme Sawyer venait de le faire. Au lieu de cela, elle lui offrit un sourire pincé.

— Tu es venu pour l'anniversaire de Roger ?

Il hocha la tête en la fixant d'un regard scrutateur.

— Chose promise, chose due.

— Oui, mais depuis, tu es parti vivre à l'autre bout du pays. Il ne t'en aurait sûrement pas voulu si tu t'étais désisté.

— Une promesse est une promesse.

Les yeux fixés sur les lèvres de Tristan, Jenny les regardait bouger tandis qu'il parlait, mais elle ne pensait qu'à une seule chose : la dernière fois qu'elle avait vu cet homme, il avait été dans son lit. À cette évocation, elle fut assaillie par mille souvenirs qu'elle aurait préféré garder à l'arrière-plan. Une voix familière interrompit ses réflexions.

— Tristan, ils sont prêts. On peut y aller.

Jenny reconnut Steve au sein du groupe sorti du hangar. Tristan hocha la tête, puis il se tourna à nouveau vers elle.

— Je suis content que tu aies pu venir avec Sawyer. Je ne savais pas si je te verrais.

— Oui, bon… On ne savait pas que tu viendrais.

— Mais on est contents de te voir, pas vrai, maman ?

Elle hocha la tête avec raideur. La remarque de Sawyer avait au moins l'avantage de lui rappeler que la moindre de ses paroles, le moindre de ses gestes était susceptible d'être surpris par son fils ou leurs amis.

— Bien sûr… Plus on est de fous, hein ? répondit-elle, faute de mieux.

Tristan se passa les doigts dans les cheveux avec un soupir. Qu'avait-il espéré ? Qu'elle se jetterait dans ses bras et qu'elle l'embrasserait devant tout le monde ? Après tout, elle n'avait répondu à aucun de ses messages ou appels depuis qu'il était parti.

— Bon, je vous retrouve tout à l'heure, quand j'aurai atterri.

— Tu me feras un signe de là-haut ? demanda Sawyer.

— Pas de problème.

Tristan hasarda un regard vers Jenny.

— Et toi, tu veux que je te fasse un signe ?

— Ça ira, merci.

Il hocha la tête, tapa son poing contre celui de Sawyer, puis il se détourna pour s'en aller. Il eut à peine fait quelques pas qu'il sentit la main de Jenny se refermer sur son bras.

— Fais attention.

Leurs regards se croisèrent. Elle le fixait avec une émotion telle qu'il se sentit perdre pied.

— Toujours, tu le sais bien.

Cédant à une impulsion irrésistible, il effleura sa joue d'un baiser. Jenny ouvrit de grands yeux, mais elle ne cilla pas.

— On se parle plus tard. Pour le moment, souhaite-moi bonne chance.

— Oui, bonne chance. Sois prudent !

Il fit quelques pas avant de se tourner à nouveau vers elle. Jenny n'avait pas bougé de l'endroit où elle se tenait et elle gardait les doigts sur sa joue, là où il l'avait embrassée. Tristan sentit une joie folle se répandre en lui. Folle, car comment pourrait-elle lui pardonner toutes ses erreurs ? Comment une femme aussi merveilleuse pourrait-elle jamais aimer un homme comme lui, incapable de poser ses valises quelque part ?

Juste derrière elle, Sawyer lui faisait de grands signes avec son exubérance familière. Tristan lui rendit son geste avant d'entrer dans le hangar, où les autres avaient déjà enfilé leur combinaison. Laura se tenait les bras ouverts tandis que le moniteur ajustait les bretelles de son parachute.

— Tu lui as manqué, lui dit-elle.

— Tu crois ?

Sans un mot de plus, Tristan serra la main du parachutiste avec qui il allait sauter. Une fois équipé, il écouta un rappel des consignes de sécurité et suivit les autres à bord de l'avion. Bientôt, l'appareil décollait sous les acclamations des spectateurs au sol. Assis près de la barrière, Jenny et Sawyer firent de grands signes au passage de l'appareil. Tristan avait la boule au ventre, mais ce qui le mettait dans cet état, c'était moins la perspective de sauter d'un avion à plus de quatre mille mètres que cette discussion qu'il aurait tout à l'heure avec Jenny.

Sawyer dormait déjà lorsque Jenny le borda. Entre le spectacle de parachutisme et un repas dans un restaurant avec une vue imprenable sur la vallée de Sequatchie, sa journée avait été si remplie qu'il s'était endormi avant la fin de l'histoire. Postée sur le seuil de la chambre, Jenny le contempla quelques instants avant d'éteindre la lumière et de fermer la porte.

Elle avait laissé le plus important pour la fin. Tristan avait dit qu'ils se parleraient plus tard… Mais que voulait dire « plus tard », au juste ? Incapable de tenir en place, elle nettoya la cuisine, rangea le salon, fit tourner une lessive, puis elle brossa ses cheveux et observa son reflet dans le miroir de la salle de bains. Elle hésita à ôter son mascara et son fond de teint, puis elle retoucha son maquillage, sans trop savoir pourquoi. Tristan ne lui avait pas dit qu'il passerait la voir, du moins pas ce soir. Il préférerait peut-être lui téléphoner… Ou alors, absorbé par le moment présent, il avait tout simplement oublié cette conversation. Non, Tristan n'était pas du genre à manquer à ses promesses. Il le lui avait rappelé lui-même tout à l'heure.

Elle eut un coup au cœur lorsque, juste après 9 heures du soir, son téléphone bipa.

Je suis garé devant chez toi. Je peux entrer ?

Elle tapa aussitôt « oui », puis elle se demanda à quoi elle venait de s'engager. Était-il ici pour discuter ou pour une nouvelle nuit avec elle ? Et s'il venait pour la deuxième raison, aurait-elle la force de le repousser ? De toute évidence, non : à peine avait-elle refermé la porte derrière lui qu'il couvrait sa bouche de la sienne. Enfin, *couvrait*, quel euphémisme. Il aurait mieux valu dire *dévorait* : sa bouche dévorait littéralement la sienne. Lorsqu'ils s'écartèrent l'un de l'autre, Jenny était hors d'haleine et elle avait le tournis.

— Tu m'as manqué.

— Toi aussi… Mais je veux juste qu'on se parle, Tristan. Pas… Enfin, tu vois…

— Faire l'amour avec moi ?

Elle fit oui de la tête.

— Je ne crois pas qu'il faille recommencer.

D'ailleurs, ils n'auraient jamais dû le faire, point. Malgré tout, elle n'arrivait pas à regretter cette nuit, la plus agréable de sa vie. Malheureusement, le plaisir était venu avec son lot de tourments…

— Ça tombe bien, je ne suis pas venu pour ça.

— Ah. Tant mieux.

— Tu crois vraiment, ma douce ?

Tristan traversa le salon et il se posta devant une photo de Jenny avec Sawyer.

— Il m'aurait pourtant été plus simple de t'exprimer tout ce que je ressens de cette manière plutôt qu'avec des mots.

— Tu es venu pour quoi, Tristan ?

— Tu savais que je reviendrais.

— Oui, mais rien n'a changé depuis ton départ.

— Si, tout a changé. Du moins, pour moi.

— Ah bon ? Chicago n'a rien à voir avec Chattanooga, j'imagine.

— Je ne te parle pas de l'endroit où je passe mes nuits, dit-il avec un geste dédaigneux. Ou plutôt, si. Il y a un poste d'infirmier qui m'intéresse. Il se trouve ici, à Chattanooga.

Le cœur de Jenny se mit à tambouriner comme un fou dans sa poitrine.

— Je veux revenir auprès de toi, poursuivit-il. Mais avant de signer mon contrat, j'ai besoin de savoir si tu en as envie.

Un silence plana. Suspendu à sa réponse, Tristan serrait ses poings si fort que ses ongles s'enfonçaient dans ses paumes. Jenny paraissait prise de court. Elle devait pourtant se douter des sentiments qu'il éprouvait pour elle, non ?

— Tu es un grand garçon, Tristan. Tu n'as pas besoin de ma permission pour revenir.

Il se passa la main dans les cheveux tandis qu'il cherchait ses mots.

— Je ne demande pas ta permission. Écoute, on pourrait s'asseoir sous le porche ?

Qu'est-ce qu'il lui prenait ? Il réfléchissait à ce qu'il voulait lui dire depuis des semaines, alors à quoi bon quelques minutes de sursis ? Mais ces jours-ci, rien de ce qu'il faisait n'avait de sens.

Il la suivit dans le jardin et la regarda prendre place sur la balancelle, les jambes repliées sous elle. Trop agité pour la rejoindre, il se mit à faire les cent pas.

— Désolé… Dans ma tête, tout était pourtant simple. Ce n'est pas comme si j'avais appris à la dernière minute que je serais à Chattanooga ce week-end et que je t'y verrais. Malgré tout, je n'arrive pas à trouver les bons mots.

Il relâcha son souffle lentement et se tourna vers elle.

— Roger m'a proposé de me désister, mais j'ai refusé.

— Pourquoi ?

— J'espérais que tu viendrais.

— Moi aussi, je tiens mes promesses, répliqua-t-elle en dressant le menton.

— Je n'ai jamais prétendu le contraire. J'ai dû imaginer un millier de fois le moment où je te reverrais.

— Mais la réalité n'est pas à la hauteur de tes attentes ?

— Je ne suis jamais déçu de te voir, Jenny. Même si j'avais espéré te voir courir à ma rencontre comme Sawyer l'a fait.

— C'est un enfant. Sa vie est moins compliquée.

— Je te l'accorde. Mais as-tu au moins été tentée de courir vers moi ?

— Oui, pour te demander comment tu as pu avoir le culot de partir en douce sans même me dire au revoir.

Il s'assit à côté d'elle et prit sa main dans la sienne.

— Si je t'avais réveillée, je n'aurais pas eu la force de partir. Ni de ton lit, ni de Chattanooga. Je t'aime, Jenny.

Voilà, c'était dit. Après avoir prononcé ces paroles à haute voix, il se sentait nu, vulnérable.

— Tu m'aimes ? demanda-t-elle d'une voix faible.

Il leva sa main à ses lèvres pour y déposer un baiser.

— Follement… Passionnément. Je suis en terrain inconnu, Jenny. C'est la première fois que mon avenir et mon bonheur dépendent de quelqu'un d'autre. Mon cœur t'appartient.

Tristan l'aimait ? Ses oreilles devaient la tromper… C'était à peine croyable.

— Je… Je ne sais pas quoi répondre.

La main de Tristan se mit à trembler.

— Dis-moi que tu es prête à m'accorder une deuxième chance de te prouver que je suis l'homme qu'il vous faut, à Sawyer et à toi.

— Tu veux reprendre un poste d'infirmier intérimaire à Chattanooga pour te rapprocher de nous ?

Il hocha la tête.

— Oui, mais cette fois-ci, il s'agirait d'un poste permanent.

— Et si je te dis que je ne veux pas ?

— Alors, tu vas me briser le cœur, mais je ne baisserai pas les bras parce que tu tiens à moi, je le sais. Je vais revenir à Chattanooga et je compte bien gagner ta confiance et ton cœur. Toi et Sawyer, vous m'avez donné quelque chose que je n'avais encore jamais eu.

Elle ne dit rien, attendant qu'il poursuive.

— Vous m'avez donné le sentiment d'être enfin chez moi quelque part. Avant de vous connaître, partir ne me posait aucun problème. Mais depuis que je vous ai quittés, j'ai l'impression d'avoir laissé une partie de moi-même à Chattanooga. Ce matin, quand je t'ai vue sur le terrain d'aviation, j'ai enfin compris ce que c'est, revenir à la maison.

— Parce que tu te sens chez toi à Chattanooga ?

— Non, je me sens chez moi dès lors que je suis auprès de toi.

Il porta à nouveau ses doigts à ses lèvres.

— Mon cœur t'appartient, et le reste aussi.

Était-elle en train de rêver ? Tout ce qu'il racontait était tellement merveilleux ! Mais un reste de peur empêchait Jenny de s'abandonner sans réserve à sa joie.

— Comment puis-je être sûre que tu ne partiras pas ?

— Je ne peux rien te garantir à cent pour cent, Jenny. Personne ne sait ce que l'avenir nous réserve. Par contre, pour la première fois de ma vie, j'ai envie de me poser. Avant, je n'avais pas le choix, puisque j'étais à la merci d'adultes qui décidaient pour moi. Mais maintenant, je l'ai, ce choix, et j'ai décidé de vivre avec toi et Sawyer. Enfin, si vous voulez bien de moi.

— Sawyer t'adore.

Tristan prit son visage en coupe entre ses mains.

— Et sa mère ?

— Tu sais bien que oui, murmura-t-elle.

Un sourire jaillit sur les lèvres de Tristan.

— Alors, dis-le-moi vraiment. Je veux entendre les mots.

— Je t'aime, Tristan. De tout mon cœur. Mais j'ai peur. Tous les hommes de ma vie m'ont fait faux bond.

— Moi, je ne te quitterai pas, Jenny. Je préférerais mourir que de vous faire de la peine, à toi et à Sawyer. Dès la fin de mon contrat à Chicago, je serai de retour à Chattanooga, et cette fois-ci, ce sera pour de bon. Mon cœur t'appartient tant que tu voudras de lui.

Elle pressa doucement ses lèvres sur les siennes.

— Dans ce cas, je veux ton cœur et tout le reste, pour toujours. Promets-le-moi.

Il lui caressa la joue avec le pouce. Dans les yeux de Jenny, il voyait tout ce qu'il avait désiré, tout ce dont il avait eu besoin sans même le savoir.

— Je te le promets, Jenny. Pour toujours et à jamais.

Retrouvez prochainement,
dans votre collection

# BLANCHE

**Le chirurgien de Gulf Harbour, de JC Harroway - N°1671**

***SÉRIE : URGENCES D'AUCKLAND - 1/2***

Entièrement dévouée à sa carrière, Lauren aspire à devenir chef du service des urgences de l'hôpital Gulf Harbour. La romance, très peu pour elle ! Jusqu'au jour où Mason, l'homme qu'elle a tant aimé autrefois, réapparaît dans sa vie et sur son lieu de travail, en tant que nouveau chirurgien. Résolue à ne pas se laisser distraire, Lauren s'efforce d'ignorer les sentiments intenses que Mason suscite encore chez elle, contre toute raison…

**L'infirmier de ses rêves, de JC Harroway**

***SÉRIE : URGENCES D'AUCKLAND - 2/2***

Médecin et mère célibataire, Kat s'en tient toujours aux règles qu'elle s'est fixées. Mais sa rencontre avec Nash Grady, talentueux infirmier à l'hôpital de Gulf Harbour, bouleverse soudain ses habitudes. Auprès de cet homme si spontané, lui-même papa, elle se sent plus libre que jamais. Nash pourrait-il être le partenaire qu'elle n'attendait plus ?

**Les jumeaux d'une sage-femme, de Fiona McArthur - N°1672**

Lisandra a beau être sage-femme, elle panique quand, enceinte de jumeaux, elle perd les eaux dans l'ascenseur de la maternité. Heureusement, l'obstétricien bloqué avec elle dans l'étroit habitacle la prend immédiatement en charge, lui permettant de donner naissance à deux magnifiques garçons. Non content de cet exploit, le Dr Malachi Madden, touché de la découvrir seule en pareilles circonstances, lui propose bientôt de l'héberger chez lui avec ses nouveau-nés…

**À force de l'aimer, de Susan Carlisle**

Depuis la perte tragique de son fils, Marcy n'est que l'ombre d'elle-même. Elle passe son temps dans son laboratoire à chercher un remède contre le cancer. Mais ses retrouvailles avec Dylan, son ancien condisciple à l'université, viennent soudain briser sa solitude. Se pourrait-il que cet homme qu'elle aimait en secret autrefois lui insuffle le goût de vivre et d'aimer ? L'émotion qu'il suscite en elle lui donne envie de le croire…

*Leur mission : sauver des vies.*
*Leur destin : trouver l'amour.*

BLANCHE

## Les amants d'Écosse, de Becky Wicks - N°1673

Sadie connaît Owen depuis dix ans. Embauchée en même temps que son meilleur ami dans la luxueuse clinique écossaise de Rothesay, elle est ravie à la perspective de le côtoyer chaque jour ! Seulement voilà, à peine sont-ils installés dans les Highlands que Sadie note un changement chez Owen. Quand est-il devenu cet homme sublime ? Et pourquoi rêve-t-elle soudain de troquer leurs innocentes conversations contre des étreintes torrides ?

## Pour un sourire de Noah, de Charlotte Hawkes

Neurochirurgien célèbre, le Dr Seth Mulder est confiant dans ses capacités. Pourtant, le jour où il se retrouve tuteur de Noah, son neveu orphelin, il est complètement démuni. Pour secourir ce petit garçon muet de souffrance, Seth ne sait que faire. Aussi demande-t-il son aide à Andrea Perkins, sa collègue infirmière qui semble le détester. Car elle seule a été capable de faire sourire Noah…

## Le mystérieux Dr Blackman, de Tina Beckett - N°1674

Kate ne se reconnaît pas : comment a-t-elle pu succomber à la passion entre les bras du Dr Luke Blackman – sur leur lieu de travail de surcroît ? Une seule explication : le mystère et la séduction que dégage cet homme la rendent folle… de désir. Sauf que, depuis cette étreinte passionnée, Luke fait tout pour l'éviter et refuse de lui parler. Comme s'il cachait un secret…

## L'amour au bout du monde, de Joanna Neil

Éprouvée par son rythme de travail effréné aux urgences, Alyssa a décidé de s'accorder une pause ; on vient justement de lui proposer d'être consultante médicale sur un tournage, situé aux Bahamas ! Mais, bien loin de l'hôtel de rêve auquel elle s'attendait, elle se retrouve à devoir cohabiter avec un certain Connor Blakeley, qui se montre d'emblée odieux à son égard. Une situation d'autant plus troublante qu'Alyssa est irrésistiblement attirée par lui…

HARLEQUIN

*Leur mission : sauver des vies.*
*Leur destin : trouver l'amour.*

HARLEQUIN
www.harlequin.fr

BLANCHE

## Entre tes mains, d'Amy Ruttan - N°1675

Charlotte est prête à tout pour aider sa meilleure amie, et sauver le bébé qu'elle attend. Même si cela implique de faire appel à son ex-fiancé, le Dr Quinn Devlyn. N'est-il pas le meilleur chirurgien néonatal qu'elle connaisse ? Sauf que, en revoyant Quinn, Charlotte comprend immédiatement qu'elle l'aime toujours. À présent, elle a non seulement placé la vie de ce petit être entre les mains de cet homme, mais aussi son propre cœur…

## Une rencontre explosive, de Lucy Ryder

Paige enrage. La voilà à moitié nue sur le pas de sa porte au beau milieu de la nuit ! Tout cela à cause de l'homme qu'elle vient d'assommer et qui – loin d'être un cambrioleur comme elle l'avait cru – n'est autre que le Dr Tyler Reese, son nouveau propriétaire ! Pire encore, au lieu de s'excuser de lui avoir fait peur, il la couve d'un regard brûlant de désir…

HARLEQUIN

*Leur mission : sauver des vies.*
*Leur destin : trouver l'amour.*

HARLEQUIN
www.harlequin.fr

# AZUR

## GLAMOUR. INTENSE. IRRÉSISTIBLE.

Poussez les portes d'un monde fait
de luxe, de glamour et de passions.
Ici, les hommes sont beaux, riches et
arrogants ; les femmes impétueuses,
fières et flamboyantes. Entre eux, le désir
est immédiat… et l'amour impossible.

**11 romances à découvrir tous les mois.**